台灣現代文選

［散文卷］

蕭 蕭 編著

文學流域

三民書局

國家圖書館出版品預行編目資料

台灣現代文選散文卷／蕭蕭編著.——初版六刷.——
臺北市：三民，2016
面；　公分

ISBN 978-957-14-4311-9　(平裝)

855　　94008514

© 台灣現代文選散文卷

編著者　蕭　蕭
發行人　劉振強
著作財產權人　三民書局股份有限公司
發行所　三民書局股份有限公司
地址　臺北市復興北路386號
電話　(02)25006600
郵撥帳號　0009998-5
門市部　(復北店) 臺北市復興北路386號
(重南店) 臺北市重慶南路一段61號

出版日期　初版一刷　2005年6月
初版六刷　2016年9月修正
編　號　S 832530
行政院新聞局登記證局版臺業字第〇二〇〇號

ISBN 978-957-14-4311-9　(平裝)

http://www.sanmin.com.tw　三民網路書店

編輯凡例

一、本文選延續《台灣現代文選》的編輯宗旨，除提供大學院校作為現代文學的教材之外，也期待能提供各年齡層的普通讀者閱讀，作為補充文學養分的精神食糧。同時為收納更多篇章，接續文選的選文精神，細分為《散文卷》、《新詩卷》及《小說卷》，全套四冊，以繁花盛開的精彩文選具現台灣現代文學的風貌。

二、執編本文選的主編皆在大學院校任教，教授現代文學課程，並在文學創作方面卓有聲名，《散文卷》由散文家蕭蕭主編，《新詩卷》由詩人向陽主編，《小說卷》由小說家林黛嫚主編。

三、為呈顯現代精神，編選範圍擴大至百年來在台灣發表或出版之文學作品，以名家名作為主，兼顧藝術性及可讀性，務期呈現台灣現代文學的發展脈絡及成績。

四、本《散文卷》共收錄散文三十二家，由主編撰寫導言〈從生活現實的寫真到生命境界的提昇〉，一方面介紹現代散文的發展，一方面分析散文文類的架構，同時以文選所收錄之作品佐證，讓讀者循此認識及體會一種品賞現代散文的樂趣。

五、體例上，每篇收錄文選中的作品皆含「作者簡介」、「作品賞析」及「延伸閱讀」，務期方便讀者欣賞、習作與研究。「作者簡介」呈現作家生平概略與整體創作風貌；「作品賞析」深入淺出導讀文本；「延伸閱讀」則條列關於選文的重要評論篇目及相關範文，提供進一步研究的參考。

台灣現代文選

散文卷

目次

【導言】

從生活現實的寫真到生命境界的提昇

散文，生活現實的寫真

散文是一切文學的基礎，通常以散文作為與韻文相對的一種文體，它所包括的範圍極廣，日常的日記、札記、書信、公文、便條、請帖、演說辭，都可列為散文的範圍，甚至於小說、戲劇的語言，也不以韻文為主要形式，包括在散文之中亦無不當。

就古典文學而言，散文可以視為古典文學的主流。因為：散文，相對於韻文而言，她不必押韻。相對於駢文而言，她不必對仗。這樣的範疇極為開闊。試看古典書籍一向以經史子集作為分類的基礎，其中除了經部裡的《詩經》、集部裡的詩詞歌賦，以韻文撰成，其他十分之八、九，全都以散文寫就。換句話說，經史子集四部書中，除詩經、辭賦、樂府、古詩、絕律、詞曲，都可以稱為廣義的散文。及至清朝，姚鼐的《古文辭類纂》將「古文」分為十三類：論辨、序跋、奏議、書說、贈序、詔令、傳狀、碑誌、雜記、箴銘、頌贊、辭賦、哀祭，其中，箴銘、頌贊、辭賦、哀祭，雖有協韻的要求，但是沒有一定的格律、沒有固定的字數句數限定，仍然列入古文行列中，可見自古至清，廣義的散文有著極為寬廣的胸襟。

所以，凡是不用押韻、不重排偶，以散體單行的文句所寫成，都可以稱為散文。如果真就姚鼐的十三種分類法來看，除「辭賦」之外的十二類，幾乎可以說都是今日的「實用中文」、「實用華文」、「應用文」。可見，散文出現的最初目的，原來就是為了生活之所需。

古文裡，所謂「文」、「文學」、「文章」之稱，「文」、「筆」之辯，其實都可以見證：文學（或者說散文）原是人類生活的真實記錄，人類情性的逼真寫照。

春秋時代的「文」、「文學」、「文章」，這三個詞語，包括文學性作品，也包括學術性著作，所謂「文章典籍」是也，這「文章典籍」就是廣義的散文。以大家熟知的《論語》為例，《論語・學而》：「行有餘力，則以學文。」「文」與「行」相對，「文」是指所有的「智育」學習，「行」是指所有的「德育」成就。孔門的教育指標是先「行」後「文」，先器識後文藝，這裡所說的「文」、「文藝」，都不是狹義的文學作品而已。《論語・先進》：「文學：子游、子夏。」這是孔門四科十哲中的兩位，特別是子夏以傳詩經而有名於後世，顯然，這裡所指的「文學」要比二十世紀所說的「文學」更為寬廣、繁複。同理，《論語・公冶長》：「夫子之文章，可得而聞也。」這裡所指的文章，也不是今日我們所說，在副刊、雜誌上發表一篇抒情性散文這種文章，因為歷史中的孔子是思想家、教育家，但不以今日我們所說的文學傳世，學生所要「得而聞之」的「文章」，是孔子對生活哲理的領悟與解說。

兩漢時代「文學」、「文章」發展出兩種不同的定義，「文學」指的是學術著作（包含經學、史學、玄學），廣義的文化觀；如《史記・孝武本紀》：「趙綰、王臧等以文學為公卿。」這裡所指的「文學」含意類近於台灣各大學「中國文學系」的「文學」，含括義理、詞章、考據，所謂「中華文化」，盡在其中。

至如「文章」二字才是專指純文學作品，包括狹義的散文與辭賦詩歌，但這時，詩歌韻文卻又隸屬於文章之下，如《史記・儒林列傳》：「文章爾雅，訓辭深厚。」《漢書・公孫弘傳》：「文章則司馬遷、相如。」顯然包括文、詩、賦三種，都以文章概略稱述。要等魏晉南北朝時代，這兩個詞語的意涵才漸趨一致，都用來指稱後世所稱的文學（狹義的散文與辭賦詩歌），如文學批評之祖曹丕的《典論・論文》說：「文章，經國之大業，不朽之盛事。」「年壽有時而盡，榮樂止乎其身，二者必至之常期，未若文章之無窮。」《梁書・昭明太子傳》：「文學之盛，晉宋以來未之有也。」《文心雕龍・風骨》：「唯藻耀而高翔，固文章之鳴鳳也。」

唐朝雖然單純以「文」、「文章」、「古文」稱呼散文，但其內容其實也不單純是「文」、「文章」、「古文」而已。如韓愈〈題哀辭後〉：「愈之為古文，豈獨取其句讀不類於今者邪？思古人而不得見，學古道則欲兼通其辭；通其辭者，本志乎古道者也。」可見「學古道」才是首要目標，是為了「志乎古道」才要「通其辭」，這就是韓愈「文以載道」的理想，「文」是手段，「道」才是終極目標。柳宗元敘論自己的散文與史書、子書之間的關係：「參之《穀梁氏》以厲其氣，參之《孟》、《荀》以暢其支，參之《莊》、《老》以肆其端，參之《國語》以博其趣，參之〈離騷〉以致其幽，參之《太史公》以著其潔，此吾所以旁推交通而以為之文也。」可以看出脈絡的清晰，同時也看出內容的繁複。

如果以這樣的觀點看散文，散文是無國界、無任何疆域限制的文體，簡而言之，散文是人類生活的周全寫真。即使是現代散文依然可以持守這樣的觀點。如以方祖燊、邱燮友二人合著的《散文結構》而言，雖然把散文定義為文章性散文與文學性散文，說「文章性散文」是指普通一般的傳記、記物、寫景、敘事、抒情、說理、議論，應用的文章，能夠做到辭達意舉，明晰精采，能夠充分表現出作者的觀點看法也就夠了。而「文學性散文」則是強調文藝氣息，注重想像力、觀察力，使用精練峻拔的文字。其實此書所謂「文學性散文」仍然是在「文章性散文」的範疇內，如果有所不同，不是疆域尚待釐清，而是主觀評價有所尊抑的問題。但二氏為「文章性散文」所下的定義，正是指稱散文是人類生活的周全寫真。

所以，我們能為廣義現代散文所劃歸的版圖，是以當代文字所書寫，表達作者個人的思想、情感、意志、觀念的文章，都可以稱為散文，舉凡日記、書信、傳記、報導、短評、論述、序跋、雜記，都是廣義的現代散文。

散文，歷史傳承的跡痕

回顧傳統「文言」散文的發展，我們不能不承認「理性」在早期的散文中佔著極重要的分量。先民文學中，詩、歌、樂、舞同源，人的感情受到興發、振盪，必然嘴要嗟嘆詠歌，手足要揮舞跳踊，但這是詩、是歌，是樂、是舞，但不是文，「文」的起源要更晚一點，或者說：要更理性一點。《尚書》，上古之書，是散文的始祖，我們仔細探究《尚書》的內容，不過是周朝王室的文告、演講辭而已，所謂左史記言，右史記事，《尚書》應該是這種史官的紀錄，其時代不會早於西周末期，因此，〈堯典〉、〈皋陶謨〉、〈禹貢〉、〈商書〉等篇，恐怕出於後人偽托之作，而其內容仍不外乎文告、戒勉之詞罷了！

繼其後，散文發展為以敘事為主的史傳散文，《左傳》、《戰國策》大其先河，記言記事，記下當時的歷史，此後的《史記》、《漢書》，各類史傳，無不承其遺緒。特別是《左傳》的散文，文與事並重，《戰國策》

的散文，文又勝於理，促使散文藝術，在文采運用上向前推進一大步，章學誠說：「戰國者，縱橫之世也。縱橫之學，本於古者行人之官。觀《春秋》之辭命，列國大夫，聘問諸侯，出使專對，蓋欲文其言以達旨而已。至《戰國》而抵掌揣摩，騰說以取富貴，其辭敷張而揚厲，變其本而恢奇焉，不可謂非行辭命之極也。孔子曰：誦詩三百，授之以政，不達，使於四方，不能專對，雖多亦奚以為。是則比興之旨，諷諭之義，固行人之所肆也。縱橫者流，推而衍之，是以能委折而入情，微婉而善諷也。」在這段文字中，很明顯地可以看出從《春秋》到《戰國策》，遣詞用字的觀念已有相當大的轉變，《春秋》是「文其言以達其旨」，《戰國策》則是「騰其說」，「變其本」，其辭「敷張」、「揚厲」、「推衍」，有時還有「委折」「微婉」之效。

劉勰《文心雕龍・宗經》認為後世散文各種不同類型的發展，都源於五經。他說：「論說辭序，則《易》統其首。詔策章奏，則《書》發其源。賦頌歌贊，則《詩》立其本。銘誄箴祝，則《禮》總其端。紀傳盟檄，則《春秋》為根。……所以百家騰躍，終入環內者也。」

前面已談過，除《詩經》外都是散文的源頭，其中，「詔策章奏」、「紀傳盟檄」的源頭：《尚書》與《春秋》，更促成兩漢史傳散文的高峰。《尚書》為記言之書，《春秋》為記事之作，藉歷史事件以維繫政教倫常，記王室言行以垂訓後代子孫，記的是歷史事件，所以「事信而不誕」；為的是垂訓子孫，所以「義貞而不回」。正符合劉勰「文能宗經，體有六義：一則情深而不詭，二則風清而不雜，三則事信而不誕，四則義貞而不回，五則體約而不蕪，六則文麗而不淫」的散文典範。

《尚書》、《春秋》以下，如《左傳》之作，梁啟超也曾讚賞：「《左傳》文章優美，其記事文對於極複雜之事項——如五大戰役等，綱領提挈得極嚴謹而分明，情節敘述得極委曲而簡潔，可謂極技術之能事。

其記言文，淵懿美茂而生氣勃勃，後此亦殆未有其比。」（梁啟超《要籍解題及其讀法》）

現代散文中，為個人立傳的專書，當屬此類。但不要忘記，所有散文家的第一本書，很可能就是他個人最早的傳記，最真的記憶。鄭明娳在《現代散文類型論》書中，提到散文家對於散文創作應有的自覺要求有三，其中第一項就是內容方面的要求，那就是「必須環繞作家的生命歷程及生活體驗」，因為：散文是個人的、族群的、家國的歷史傳承所留下的跡痕。如琦君〈外祖父的白鬍鬚〉、余光中〈記憶像鐵軌一樣長〉、彭瑞金〈記一位迷路的藝術家〉、蔣勳〈無關歲月〉、簡媜〈天涯海角〉，都應該是創造歷史或擷取歷史的佳篇。

散文，思理辯證的肯認

清朝章學誠曾說：「後世之文，其體皆備於戰國。」那是因為春秋戰國時代，王室式微，平民也能接受教育，普羅大眾的才華因而被激發出來；另一方面，諸侯爭雄，急需人才，每個人都有展現才華的機會，也有貢獻才能的舞台，百花可以齊放、眾鳥能夠爭鳴。思想家、哲學家趁勢而起，各種聞所未聞、空前絕後的理論，都得到表現的空間，散文的寫作內容與方法因而豐富不少，記敘性的史傳散文之外，又發展出論說性散文。

諸子散文正是這種論說性、思想性散文的代表。如《老子》、《墨子》，偏向哲理性；《孟子》、《韓非子》、《荀子》，偏向政論性；他們的精闢言論，犀利筆法，咄咄逼人的氣勢，可縱可橫可開可闔的思考方式，直接影響秦代漢初的政論文章，如李斯〈諫逐客書〉、賈誼〈論政事疏〉、晁錯〈論貴粟疏〉；及於唐宋古文八大家的史論、時論作品，如韓愈〈師說〉、〈進學解〉、蘇洵〈六國論〉、蘇轍〈六國論〉、蘇軾〈留侯論〉、歐陽修〈縱囚論〉、王安石〈讀孟嘗君傳〉。再如《莊子》、《韓非子》、《戰國策》的寓言體寫作，《論語》、《孟子》的語錄體方式，後世如柳宗元的〈三戒〉，蘇東坡的〈赤壁賦〉、〈超然台記〉、〈淩虛台記〉，劉基的〈郁離子〉，都受《莊子》等寓言體散文的影響。語錄體可能影響「賦」體的問答方式、一般散文的對白設計、格言式的文章，遠而影響後代小說的興盛。散文的各種體式，因而綮然完備。

台灣，一直都處在：「現實生活——諸侯割據，心靈生活——價值混淆」的戰國時代。以國家認同而言，日制時期，誰是祖國，疑惑不停；二十一世紀，藍綠對峙，統獨拉鋸，一樣左右不得。以生活習性、族群利益而言，原住民、河洛人、客家人、新移民、外籍新娘，人數有多有寡，生活或相似或相反，利益或重疊或衝突。如此繁多的種族，如此歧出的觀念，當他以散文方式出現時，有激昂的鬥士，有溫和的調人，有道德的導師，思想激盪的火花，燦亮了台灣的夜空。

隱地的〈人啊人〉可以對比著泰雅族瓦歷斯・諾幹的〈人啊！人〉。漢人廖鴻基的〈討海人〉現實，與夏曼・藍波安的〈海浪的記憶〉中的神祕，可以相映襯；還可以一起跟陳列的〈玉山去來〉再盤整。陳冠學的〈植物之性〉是謙卑的生物學習，顏崑陽的〈蝶夢〉是道家的思懷思情，林清玄的〈送一輪明月給他〉則是佛家的慈悲，陳幸蕙〈把愛還諸天地〉從儒家的仁心去擴增，劉克襄〈最後的黑面舞者〉又擴增仁心及於其他生命。台灣的現代散文，多象限，多層次，多向度，多款式，震撼多樣的思理，安慰多竅的心靈。

散文，人格的具體象徵

前舉鄭明娳在《現代散文類型論》書中，提到散文家的三項自覺要求，在內容方面「必須環繞作家的生命歷程及生活體驗」，其他兩項則是風格方面「必須包含作家的人格個性與情緒感懷」，主題方面「應當訴諸作家的觀照思索與學識智慧」。綜合鄭明娳散文家的自覺之論，散文是作家個人人格的具體象徵，此一命題十分明晰，無可懷疑。張堂錡在《現代文學》「現代散文」的篇章裡，談到現代散文的獨特魅力，他略舉了四種：作者個性的真實流露，題材內容的自由廣闊，語言運用的藝術講究，秩序井然的流動結構。顯然也指向：作家的人性格局、人格養成、人生智慧，陶鑄出現代散文不可或缺的特質。

梁實秋〈論散文〉時曾引用喀賴爾（Calyl）翻譯來辛作品時說的話：「每人有他自己的文調，就如同他自己的鼻子一般。」接著他即強調：「文調的美純粹是作者的性格的流露，所以有一種不可形容的妙處：或如奔濤澎湃，能令人驚心動魄；或是委婉流利，有飄逸之致；或是簡鍊雅潔，如斬釘斷鐵，……總之，散文的妙處真可說是氣象萬千，變化無窮。」

管管在《中國當代十大散文家選集》的〈序〉文中，問：「什麼是好的散文?」答曰：「真!」他說：「好的散文，必定是至情至性之文，好的散文必定是文如其人的散文，好的散文必定是有血有肉的散文。風格即人格，無赤子之心的人，寫不出赤子之心的散文。」

瘂弦編選聯副名家散文選，以《散文的創造》為書名，卻以〈散文，人格的直接呈現〉為序，他說：「詩、小說、戲劇，往往為作者人格的轉化，只有散文才是作者人格的直接呈現。中間沒有緩衝，也無從隱藏，它是『暴露性』最大的文體。……散文貴在『誠』字，寫散文，首先不可失信於自己，如果心口不一，那就是妄語，是散文的大忌。好的散文是作者把感受自自然然流露出來，不見技巧只見性情，次等的散文是滿篇技巧的堆砌，而不見作者真實的性情。有什麼樣的人，便有什麼樣的風格。散文最不容易做假。」

年輕學者黃雅莉期望採擷紛繁人生的心影，因而編成《現代散文鑑賞》一書，在〈自序〉中她所強調的是「散文必須抒發自己的真實情感，必須表現自己對於大千世界的深切感受，必須充分體現自己的個性，必須成為作者與讀者之間心靈的交流與對話。」在其後的專論〈現代散文的定義與特質〉中特立一節「真實是散文的內在靈魂」，宗旨也在說明「散文，尤其是現代散文，百分之一百是『我』在文學的台上亮相，與讀者交相莫逆，抵掌晤談。」散文的真，散文的誠，無非是作者自我的真，作者自我的誠，散文真是作者內在真我的獨白，真是作者人格的完整象徵。

張堂錡在空中大學教科書《現代文學》「現代散文」部分，認為現代散文有四個主要源頭：傳統散文的豐富滋養，晚明小品的觀念突破，白話小說的語言示範，域外散文的風格啟發。其中「晚明小品」，周作人早就直指為「公安派」，他說：「中國新散文的源流是公安派與英國的小品文兩者所合成。」（〈燕知草跋〉）明代萬曆年間，「三袁」袁宗道、袁宏道、袁中道所領導的「公安派」，他們的美學中心觀念就架構在「獨抒性靈，不拘格套」八字上，這八字出現在袁宏道為其弟《中道詩集》所寫的序言上：「（中道）足跡所至，幾半天下，而詩文亦因之以日進，大都獨抒性靈，不拘格套，非從自己胸臆流出，不肯下筆。有時情與境會，頃刻千言，如水東注，令人奪魄。」（〈序小修詩〉）甚至於說，只要從自己胸臆流出，就是本色獨造語，即使有瑕疵，也自有令人欣喜的地方；如果是佳處，卻不免粉飾蹈襲，未能盡脫近代文人氣息，也仍然是遺憾。

直抒胸臆，象徵人格，從此成為現代散文最為本色的特色。如：張秀亞〈和紫丁香的明晨之約〉正是浪漫主義者的美麗夢境，林文月〈午後書房〉呈現學者的溫厚涵養，張曉風〈我在〉撐起自尊自信的莊嚴人格，廖玉蕙〈示愛〉顯示活潑潑的庶民個性，平路〈服裝的性別辯證〉併呈女性主義者的文化視野，周芬伶〈閣樓上的女子〉的掙扎，石德華〈擦肩而過〉的故示灑脫，張曼娟〈荷花生日〉的古典曼妙，鍾怡雯〈梳不盡〉擅長以小寓大的本領，阿嬶〈月桃〉的文化象徵，都是人格、風格的誠正示範，自我展現的獨立符碼。

散文，情意的委婉獻呈

敘事、說理、抒情、詠物，是散文最主要的四個類別。文言散文偏於敘事、說理（如史傳散文偏於敘事，諸子散文偏於說理）；現代散文則多抒情、詠物之作。敘事或說理，自然以理性為重；抒情或詠物，則傾向感性與情趣，抒情傾向感性與情趣自不待言，而詠物之「詠」，感性的讚嘆當然要多於理性的分析，詠物之「物」，其實就因為人有情寄託此物，所以才會借物而詠，詠物原是為了抒情。如此看來，現代散文的抒情性，散文家借散文以抒情的必然性，抒情散文成為現代散文之大宗的現實性，已是不爭之事。

散文如何從敘事、說理，轉變為以抒情、詠物為正宗，文學史上有其脈絡可尋，最早的遠因應該是辭賦的興起，賦是介乎詩與散文的一種文體，是詩與散文相互衝激下的產物，賦可以敘事、說理，更可以詠物、抒情，詩與散文合流，個人的情思能以類似散文的賦體揮揚而出，不必限制在史傳的敘事、子書的論理的內涵裡。第二個遠因是南北朝時代文學觀念的改變，蕭統《昭明文選》的編纂標準，以純文學的美文觀念為重，「事出於沉思，義歸乎翰藻」的文學主張逐漸抬頭，甩脫教化羈絆的文學能夠頂立自己的天地。第三個遠因，柳宗元的山水小記伴隨古文運動而出現，古文運動在內容上要求言之有物，在語言上則以古樸、真實為高，而柳宗元的山水遊記在這種文學運動下，獨出機杼，頗得自然韻味。第四個遠因，晚明小品的出現，體製不大，性靈獨到，完全脫離了傳統散文載道言志的拘囿，影響現代散文最大。

台灣現代散文走向抒情美文的路子，最大的轉變應該源於語言的轉變：民國成立以後，五四運動白話文學的衝創力，帶來極大的刺激；日語的流行，從日文所窺探的西洋文學模式，形成新誘因；台灣意識的覺醒，如何讓台語書寫既能貼近情意心靈、生活現實，又能找回恰切的文字，成為台灣散文家努力的目標。

早期抒情散文，內容上要以戀情與遊記為最傑出，因為，西洋文學與思想陸續介紹進來，自由戀愛的風氣，勇於表現感情的開明心態，對於含蓄的台灣文學是一種絕大而突然的刺激。七〇年代以後的抒情散文，受到現代詩跳躍的思考方式，閃亮的意象，獨白式的夢囈所影響，散文家個人的情意與性格盡情揮灑而出。同時，散文家初嚐新詩入侵之美的甜果，全面開放其他文類與科學新知也移民而來，並且將之降伏為散文的順民，突出散文特質。

情意的委婉獻呈，約有四類：一是親情之作，多從懷念著墨，回憶自己所從出的父母、祖父母，描述自己所出的稚子天性，育子艱辛與歡欣，顯示社會與家庭結構、倫理與親情，多有變革。其次，友情之作，往往是自我人格投影的結果，含蓄而內向的民族性容易把朋友當做自我的延伸，懷友是為了傷己，思憶故人是為了照見自己的形影。其中師友之情，則從早期偏重風範、典型的塑鑄，轉向後來描繪如坐春風、如晒冬陽的親切情意。三是戀情之作，因為沒有相同的愛情模式可循，愛情的篇什也就永遠有不同的激動！四是鄉情之作，居鄉者，有鄉疇之愛，去鄉者，有鄉愁之情，一個有根有本的民族，遭逢百年來的亂離遷徙，政治變局，何謂故鄉？其情如何？其思如何？從這樣的篇章可以看出台灣人內心的不安，台灣內部的不安。

親人、友人、戀人、鄉人，基於這四種基本的「人」之情，現代散文當然可以煥發出不同的「物」之情，對於人生、命運的期盼，對於社會、家國的奉獻，對於自然、時間的追尋，對於物華、眾生的關懷，可以永遠無止無盡的抒發，現代散文正是這樣遞嬗而來，終將這樣衍變下去。

散文，生命境界的提昇

對於散文的特質，我曾以四美強調她異於其他文類的地方：

一是真實之美。詩，需要意象、想像；小說，需要人物、情節、大量虛構；戲劇，需要舞台、面具、布景、聲樂。散文，卻是人類生命真實的寫照，只需要虔敬的心，流利的筆。

二是開放之美。前人曾以珍珠喻詩，以建築喻小說，以河流喻散文，宋朝蘇東坡喜歡用「行雲流水」、「行於所當行，止於所不可不止」自評其文，也是藉流水的天機自然，完全開放，來形容文章因物而婉轉，因婉轉而有深致。流水向無限廣遠的大地行去，向無限開闊的天空開放，散文的開放之美就這樣充滿了無限的生機。

三是素樸之美。素樸之美就是自然之美，妙手偶得，一方面像蘇東坡評陶淵明詩文：「質而實綺，癯而實腴。」素樸之中不妨有華彩；一方面素樸之美也不妨有技巧，經由技巧達至看不出技巧的地步，這是素樸自然的最高境界。

四是滋味之美。蘇軾曾說：「發纖穠於簡古，寄至味於澹泊。」（〈書黃子思詩集後〉）簡單素樸之所以美，是因為其中有滋味雋永。韻外之致，味外之旨，是晚唐司空圖的詩觀，優美的散文在語言文字之外，一樣令人回味無窮！

一九四九以降的台灣現代散文，「美」的文字駕馭功力是最基本的門檻要求，因此，她不像新詩一樣有晦澀與淺露的問題，不必擔心文字的土石流；「善」的內涵所形成的人生指標，則是她開啟的窗口，任人瀏覽，所以，她不像小說一樣有現代主義與鄉土小說的路線之爭，更不必準備輔導級、限制級的塑膠套。因此，經由四美可以達至全真，「真」，則是她獨具的平台，超越個人、鄉土、種族，逐漸鋪展出心靈共通的領域。

台灣現代散文從早期肚臍眼那麼大的篇幅，方寸那麼大的情事，可以擴增為對荒野、海岸、初民、生物無止境的關懷，以整版連載的方式，啟動經年觀察的機制，探索上千年的長度、心靈私密的深度、生命實質的韌度。將人類的心靈躍升於現實之上，將生命的境界提昇至時空之外。

《台灣現代文選　散文卷》期望可以見證台灣現代散文是實用美學的完整實踐，因為散文曾經是生活現實的周全寫真，留著歷史傳承的跡痕；因為散文曾對某些事理有著高度的肯認，因而造就出作家人格的具體象徵；因為散文曾為人類通同的情意委婉獻呈，終而邁向將生命的境界全面提昇。台灣現代散文如是完成由實用而美學的巨大高塔，周密的文學與周密的生命體系，我們樂於見證。

二〇〇五年五月五日

外祖父的白鬍鬚

琦　君

我沒有看見過我家的財神爺，但我總是把外祖父與財神爺聯想在一起。因為外祖父有三綹雪白的長鬍鬚，連眉毛都是雪白的。手裡老捏著旱煙筒，腳上無論夏天與冬天，總拖一雙草拖鞋，冬天多套一雙白布襪。長工阿根說財神爺就是這個樣兒，他聽一個小偷親口講給他聽的。那個小偷有一夜來我家偷東西，在穀倉裡挑了一擔穀子，剛挑到後門口，卻看見一個白鬍子老公公站在門邊，拿手一指，他那擔穀子就重得再也挑不動了。他嚇得把扁擔丟下，拔腿想跑，老公公卻開口了：「站住不要跑。告訴你，我是這家的財神爺，你想偷東西是偷不走的。你沒有錢，我給你兩塊洋錢，你以後不要再做賊了。」他就摸出兩塊亮晃晃的銀元給他，叫他快走，小偷從此不敢到我家偷東西了。所以地方上人人都知道我家的財神爺最靈，最管事。外祖父卻摸著鬍子笑咪咪地說：「那一家都有個財神爺，就看這一家做事待人怎麼樣。」

外祖父是讀書人，進過學，卻什麼都沒考取過。後來就在祠堂裡教私塾，在地方上給人義務治病。他醫書看得很多，常常講些藥名或簡單的方子給媽媽聽。因此媽媽也像半個醫生，什麼茯苓、陳皮、薏米、紅棗，無緣無故的就熬來餵我喝，說是理濕健脾的。外祖父坐在廚房門口的廊簷下，摸著長鬍鬚對媽媽說：「別給孩子吃藥，我雖給旁人治病，自己活這麼大年紀，卻沒吃過藥。」他說耳不醫不聾，眼不醫不瞎，上天給人的五官與內臟機能，本來都是很齊全的，好好保養，人人都可活到一百歲。他就說他自己起碼可以活到九十以上，因為他從不生氣。我看著他的雪白鬍鬚，被風吹得飄呀飄的，很相信他說的話。

冬天，他最喜歡叫我端兩張竹椅，並排兒坐在後門矮牆邊曬太陽。夏天就坐在那兒乘涼，聽他講那講不完的故事。媽媽怕他累，叫我換張靠背籐椅給他，他都不要。那時他七十多歲，腰桿挺得直直的，沒有一點傴僂的老態。他對我說：古書裡有個「兮」字，是表示肚子裡有氣，這口氣到喉嚨口又給堵住了，透不出來，八字鬍子氣得翹，連背都駝了。他把「兮」字畫給我看，所以我「人手足刀尺」還不認識，第一個先認識「兮」字。長大後讀《楚辭》，看見那麼多「兮」字，才知道這位憤世愛國的詩人，顏色憔悴，形容枯槁地行吟澤畔，終於自沉而死，心裡有多麼痛苦。

坐在後門口的一件有趣的工作，就是編小竹籠。外祖父用小刀把竹籤削成細細的，教我編一個個四四方方的小籠子。籠子裡面放圓卵石，編好了扔著玩。有一次，我捉一隻金龜子塞在裡面，外祖父一定要我把牠放走，他說蟲子也不可隨便虐待的。他指著牆腳邊正在排著隊伍搬運食物的螞蟻說：「你看螞蟻多好，一個家族同心協力的把食物運回洞裡，藏起來冬天吃，從來沒看見一隻螞蟻只顧自己在外吃飽了不回家的。」他常常故意丟一點糕餅在牆角，坐在那兒守著螞蟻搬運，嘴角一直掛著微笑。媽媽說外祖父會長壽，就是因為他看世上什麼都是好玩的。

要飯的看見他坐在後門口，就伸手向他討錢。他就掏出枚銅子給他。一會兒，又一個來了，他再掏一枚給他。一直到銅子掏完為止，搖搖手說：「今天沒有了，明天我換了銅子你們再來。」媽媽說善門難開，叫他不要這麼施捨，招來好多要飯的難對付。他像有點不高興了，煙筒敲得咯咯的響，他說：「那個願意討飯？總是沒法子才走這條路。」有一次，我親眼看見一個女乞丐向外祖父討了一枚銅子，不到兩個鐘頭，她又背了個孩子再來討。我告訴外祖父說：「她已經來過了。」他像聽也沒聽見，又給她一枚。我問他：「您為什麼不看看清楚，她明明是欺騙。」他說：「孩子，天底下的事就這樣，他來騙你，你只要不被他騙就是了。一枚銅子，在她眼裡比斗笠還大，多給她一枚，她多高興？這麼多討飯的，有的人確是好吃懶做，但有的真是因為貧窮。我有多的，就給他們。也許有一天他們有好日子過了，也會想起從前自己的苦日子，受過人的接濟，他就會好好幫助別人了，那麼我今天這枚銅元的功效就很大了。」他噴了口煙，問我：「你懂不懂？」

「懂是懂，不過我不大贊成拿錢給騙子。」我說。

「騙人的人也可以感化的，我講個故事給你聽，我們的　國父孫中山先生就是位最慷慨，最不計較金錢的人，他自己沒錢的時候，人家借給他錢，他不買吃的、穿的，卻統統買了書。他說錢一定要用在正正當當的地方。所以他鼓吹革命的時候，許多人向他借錢，他都給。那時他的朋友胡漢民先生勸他說：許多人都是來騙你錢的，你不可太相信他們。他說沒有關係，這麼多人裡面，總有幾個是真誠的，後來那些向他拿過錢，原只是想騙騙他的人，都受了他的感動；紛紛起來響應他了。這一件事就可證明，人人都可做好人。當他壞人，他也許真的變壞，當他好人，就是偶然犯了過錯，也會變好的。而誠心誠意待人，一定可以感動對方的。我再講一段　國父的故事給你聽。」他講起國父來就眉飛色舞，因為他最欽佩 國父。他說：「 國父在國外的時候，有一個留學生願意參加革命，後來又有點怕了，就偷偷割開 國父的皮包，偷走了一份革命黨員的名單， 國父卻裝做不知道，等到革命成功以後，他一點也不計較那人所犯的過錯，反而給他一份官做。那人萬分的感動，做事做得很好。」

他忽然輕聲輕氣地問我：「你知不知道那一次你家財神爺嚇走了小偷是怎麼回事？」

「不知道。」

「你別告訴人，那個白鬍子財神爺就是我呀。」

「外公，您真好玩，那個小偷一定不知道。」

「他知道，他不好意思說，故意那麼告訴人的。我給他兩塊銀元，勸說他一頓，他以後就去學手藝，沒有再做小偷了。」

他又繼續說：「我不是說過嗎？那一家都有個財神爺，一個國家也有個財神爺，做官的個個好，老百姓也個個好，這個國家就會發財，就會強盛。」

這一段有趣的故事，使我一直不會忘記，進中學以後，每次聖誕節看見舞臺上或櫥窗裡白眉毛白鬍子的聖誕老公公，就會想起我家的財神爺——我的外祖父，和他老人家對我說的那段話。「施比受更為有福。」這是中外古今不變的真理，外祖父就是一位專門賜予快樂給人們的仁慈老人。

我現在執筆追敘他的小故事，眼前就出現他飄著白鬍鬚的慈愛臉容。他活到九十六歲，無疾而終。去世的當天早晨，他自己洗了澡，換好衣服，在佛堂與祖宗神位前點好香燭，然後安安靜靜地靠在床上，像睡覺似的睡著去世了。可是無論他是怎樣的仙逝而去，我還是禁不住悲傷哭泣。因為那時我雙親都已去世，他是唯一最愛我的親人，我自幼依他膝下多年，我們祖孫之愛是超乎尋常的。記得最後那一年臘月二十八，鄉下演廟戲，天下著大雪，凍得足手都僵硬了。而每年臘月的封門戲，班子總是最蹩腳的，衣服破爛，唱戲的都是又醜又老，連我這個戲迷都不想去看，可是外祖父點起燈籠，穿上釘鞋，對我與長工阿根說：「走，我們看戲去。」

「我不去，外公，太冷了。」

「公公都不怕冷，你怕冷？走。」

他一手牽我，一手提燈籠，阿根背長板凳，外祖父的釘鞋踩在雪地裡，發出沙沙的清脆聲音。他走得好快，到了廟裡，戲已開鑼了，正殿裡零零落落的還不到三十個人。臺上演的是我看厭了的「投軍別窰」，一男一女的啞嗓子不知在唱些什麼。武生舊兮兮的長靠後背，旗子都只剩了兩根，沒精打采的垂下來。可是唱完一齣，外祖父卻拼命拍手叫好。不知什麼時候，他給臺上遞去一塊銀元，叫他們來個「加官」，一個魁星與高采烈地出來舞一通，接著一個白面戴紗帽穿紅袍的又出來搖擺一陣，向外祖父照了照「洪福齊天」四個大字，外祖父摸著鬍子笑開了嘴。

人都快散完了，我只想睡覺。可是我們一直等到散場才回家。路上的雪積得更厚了，老人的長統釘鞋，慢慢地陷進雪裡，再慢慢地提起來，我由阿根背著，撐著被雪壓得沉甸甸的傘，在搖晃的燈籠光影裡慢慢走回家。阿根埋怨說：「這種破戲看它做什麼？」

「你不懂，破班子怪可憐的，臺下沒有人看，叫他們怎麼演得下去，所以我特地去捧場的。」外祖父說。

「你還給他一塊大洋呢。」我說。

「讓他們打壺酒，買斤肉暖暖腸胃，天太冷了。」

紅燈籠的光暈照在雪地上，好美的顏色。我再看外祖父雪白的長鬍鬚，也被燈籠照得變成粉紅色了。我捧著阿根的頸子說：「外公真好。」

「唔，你老人家這樣好心，將來不是神仙就是佛。」阿根說。

我看看外祖父快樂的神情，就真像是一位神仙似的。

那是我最後一次跟外祖父看廟戲，以後我出外求學，就沒機會陪他一起看廟戲，聽他講故事。現在，我抬頭望蔚藍晴空，朵朵白雲後面，彷彿出現了我那雪白長鬚的外祖父，他在對我微笑，也對這世界微笑。

——《琦君小品》，三民書局

◆作者簡介

琦君（一九一七～二〇〇六），本名潘希珍，浙江永嘉人。浙江杭州之江大學中文系畢業，曾任司法行政部編審科長、中國文化學院（今中國文化大學）副教授，中央大學、中興大學教授。琦君的創作以散文與小說為主，曾獲國家文藝獎、中山文藝獎、新聞局優良圖書著作金鼎獎、中國文藝獎章。重要散文作品有《琦君小品》、《紅紗燈》、《三更有夢書當枕》、《桂花雨》、《細雨燈花落》、《千里懷人月在峰》、《留予他年說夢痕》、《煙愁》、《水是故鄉甜》等。

◆作品賞析

琦君女士在〈靈感的培養〉中說到自己的文學觀：「我認為有志從事寫作，第一要有廣大的同情心，時時體驗人情，觀察物態，然後以溫柔敦厚之筆，寫出真善美的文章。」鄭明娳在〈談琦君散文〉中說到：「潘琦君的散文，無論寫人、寫事、寫物，都在平常無奇中含蘊至理，在清淡樸實中見出秀美；她的散文，不是濃妝豔抹的貴婦，也不是粗服亂頭的村俚美女；而是秀外慧中的大家閨秀。」這正是琦君的散文風格——溫潤婉約。

白先勇對琦君的作品有更深一層的透視，他說：「琦君用隱而不露的曲筆，卻把中國舊社會『封建家庭』中婦女的痛苦，寫得如此深刻，令人難忘……論者往往稱讚琦君的文章充滿愛心，溫馨動人，這些都沒有錯，但我認為遠不止此。往往在不自覺的一刻，琦君突然提出了人性善與惡、好與壞，難辨難分，複雜曖昧的難題來，這就使她的作品增加了深度，逼使人不得不細細思量了。」

〈外祖父的白鬍鬚〉，自是琦君散文永遠的主題——懷舊念鄉之作。外祖父溫和的形象，溫潤的處事態度，在她的文章中娓娓敘說，說的是外祖父，我們的感覺卻像說的是琦君散文的源頭。外祖父的白鬍子形象一開始就與財神爺連結，說的不僅是財產的富足，說的更是人格修養的富足。小偷的故事雖是主線，看戲的精神鼓舞，卻也不可忽略。特別是幼年時的記憶：「兮」字的有趣又有意義的解說，螞蟻一個家族同心協力地把食物運回洞裡的提醒，可以在讀者的心中留下記憶，因為它們先在幼年琦君的心中留下記憶，這是琦君選材用心，用材仔細的功力。至於白先勇所言：「人性善與惡、好與壞，難辨難分，複雜曖昧的難題」，即使是在〈外祖父的白鬍鬚〉這篇文章中，仍然有著「明知他在欺騙，要不要繼續幫助他」這樣的爭辯，這種人性的刻劃，才是琦君散文令人百讀不厭的主要原因。

◆延伸閱讀

1. 隱地編，《琦君的世界》，台北：爾雅，一九八〇年十一月
2. 章方松，《琦君的文學世界》，台北：三民，二〇〇四年八月
3. 夏志清，〈琦君的散文〉，《人的文學》，台北：純文學，一九七七年三月，頁一四五—一五〇
4. 鄭明娳，〈談琦君散文〉，《現代散文欣賞》，台北：東大，一九七八年五月，頁一一九—一二九
5. 潘夢園，〈魂牽夢縈憶故鄉——試論琦君懷鄉思親的散文〉，《暨南學報》一九八四年四期，一九八四年十月，頁八一—八七
6. 賴芳伶，〈簡析〈外祖父的白鬍鬚〉〉，《中國現代散文選析》，台北：長安，一九八五年三月，頁五三四
7. 李今，〈善與美的象徵——論琦君散文〉，《評論十家》，台北：爾雅，一九九五年十一月，頁一〇七—一

和紫丁香的明晨之約

張秀亞

她覺得很快樂，彷彿飲了一杯濃郁的葡萄酒

是前天的午後，層陰壓屋，門外落著細雨，一個朋友來了，以那隻皎白細長的手，將三枝深淺不同的紫丁香，插在她案頭的藍色玻璃瓶裏。

這紫色，這丁香花的豔麗紫色，使她想起一些往事。

前天，整整一個下午，她凝視著那三枝丁香花，然後，她在當天的記事冊上寫下幾行：

對著那幾枝紫丁香，我覺得很快樂，彷彿飲了一杯濃郁的葡萄酒。

紫丁香的芬芳氤氳著，那幽柔的紫色，對她的心靈像是發出了呼召。踏上了回憶的小徑。那幾年，在放假的日子，在長長的春末夏初的週末，她總是喜歡流連在那顯得有幾分清寂的校園裏。

紫丁香開得正盛，以深淺不同的紫色組成了季節的舞曲。

她有時埋首在那一簇簇的花朵組成的紫色浪潮裏，聽走廊對面的琴室裏有同學正以生澀的手敲著琴鍵，那一個個不太連貫的音符，卻似化作了那晚雲暮煙一般朦朧的，帶著幾分輕愁與醉意的小花，而她手中詩冊裏的句子，也似滲入花中，成了春天的鮮明而生動的註腳。花氣襲進了她的心中，連同那生澀的琴聲，伴著那片似是沖激而來的燦美的花色——那片透明的紫色，她想到了達達派的畫；斑斑舞蹈，她想到了瑪拉美的散文；一個愛美的靈魂，神遊在洋溢著芬芳果園的天空下……。

在琴韻、花的顏色與香息的舞蹈、迴旋中，她似走進了一個奇境：她看到一個音樂演奏臺上紫色的幃幕拉開了，在上面，她讀到了優美的旋律開始前的沉寂……漸漸的，一個管弦樂隊的聲音四下裏流溢出來，那些音韻與節響，似紫藤的枝蔓一般的嫋嫋，茂密的翠色文竹般的淒迷，她想起了宋人的詞句：

芳草懷烟迷水曲

對了，正是那詞句的義蘊，深邃，綿緲，芳草懷烟迷水曲，快樂裏帶著思慮，歡笑中結著輕愁……，一聲聲、一聲聲，象徵著熾烈而又高貴的情愫，……柔曼的音符，感人的交響，聲音挾著芬芳的香息，像吳爾芙夫人筆下的月光，流滿了她的襟袖、她的內心，使她深深的、深深的陶醉在那以淡雅的紫色代表的華麗的音樂裏。

花叢那邊是誰在唱？是正在讀陶詩的同學吧。

藹藹堂前林，
庭院儲清陰。

庭院是一片清蔭，一片紫色的影翳珊珊起舞……。紫色的影翳，瀰天匝地，像晚天上一大片燃燒的霞雲……，其中，更似透發著一兩聲柳林中的水鴣鴣……，那鳴聲，宛如帶著赫蓀所說的微暗的陰影，繚繞著發白的窗子，隱隱約約，似遠又近，似近，而又迢遠……。

她從清晨就到校園來了，如今，幾個沉酣的小時過去了，時光已近晌午。陽光出來了，自花枝的縫隙裏，透過來一些銅片般迷路的陽光的圓圓碎點，襯托在花蔭，看來就像華美的古代波斯氈了，又如敲碎了的帶斑紋的花崗岩石……，怎麼，自那花崗岩的裂隙，又透過來水鴣鴣的鳴叫一聲聲：

咯咕，

咯咕。

水鴣鴣的聲音是淒咽的，如果用顏色來象徵正是那叢紫丁香花，而略顯淺淡了些，因那鳴聲似自湖邊傳來，帶著被湖波洗得澄明的回音……。

那位於校園中心的古老鐘樓裏的大銅鐘悠然響起了，告訴她是進入學校餐廳的午飯的時間了。

「再見，紫丁香！」她站了起來，一邊去撿拾掉在地上的詩集，一邊心不甘情不願的向那些看來神情懨懨的紫花說。

半點鐘後，她又匆匆的回來了。

陽光強烈，

紫丁香都無精打采的低下了頭。

她靜靜的坐了下來，那色彩的音樂會似乎也已止響了，還有那水鴣鴣也似飛去湖的那一邊，或者隱藏在柳樹的枝葉底下了。

只有一絲微弱的琴韻，緩緩的流向花蔭。

她捏著那本詩集，站了起來，拂去了衣裙上的灰塵同落瓣，低下頭，俯向幾朵紫丁香：在璀璨欲燃的陽光下，她和紫丁香訂下了明晨之約。

她轉身向學校宿舍走去，她覺得很快樂，因為，她彷彿飲了一杯濃郁的葡萄酒。

——一九八〇年七月四日

——《白鴿・紫丁花》，九歌出版社

◇作者簡介

張秀亞（一九一九－二〇〇一），河北滄縣人。輔仁大學西洋語文學系畢業，再入史學研究所研究。曾任重慶《益世報》編輯，先後任教於北平輔大、台中靜宜大學及台北輔仁大學，教授文學及翻譯課程二十五年。十四歲即開始寫作，寫作生涯長達七十年，著、譯作品達八十二種，千萬餘言，讀者遍及台灣、香港、大陸、東南亞及歐美各地華人地區。曾獲首屆中國文藝協會散文獎、首屆中山文藝獎散文獎、婦聯會首屆長詩獎等。美國國會於二〇〇一年將其生平事蹟列入國會記錄。重要散文作品有《三色菫》、《北窗下》、《水仙辭》、《湖水．秋燈》、《與紫丁香有約》等。二〇〇五年三月國家台灣文學館委由台灣文學發展基金會、文訊雜誌社承辦，出版《張秀亞全集》十五冊，七千四百頁，是研究張秀亞最完善的版本。

◆作品賞析

〈張秀亞，台灣婦女寫作的燃燈人——從早期學思生活的發軔到「美文創作版圖的完成」〉，《張秀亞全集》總論撰稿人痖弦，以這樣的標題為文，已完整勾勒張秀亞一生的文學成就與光芒。痖弦說：「經過長達七十年的創作實踐，張秀亞使美文這台灣文學最珍貴的文學類型，成立了，壯大了。她對文藝女神的扣問，得到了最好的回答，而她的作品，已成為時代的一個代表，一個典型。」

《張秀亞全集》散文卷導論撰稿人張瑞芬宣稱：「在一個荒蕪涸竭的時代中，堅持『在多少噸土瀝青中，濾取到那一閃的鐳光，在人的內心深處，顯示出照明的作用』，張秀亞的生命力是昂揚的。終身的散文創作凝結在藝術的頂峰，以不懈的努力，為散文這項文類作了有力的『隱形宣言』，實現了『以作品給人印象，而不以人給人印象』的自我期許。」

〈和紫丁香的明晨之約〉正是藝術美文的代表作，憑著朋友贈送的三枝深淺不同的紫丁香，她可以覺得快樂，彷彿飲了一杯濃郁的葡萄酒；憑著紫丁香的芬芳氤氳，她的心靈可以接受幽柔紫色的呼召，從此沉入往事的回憶裡。如果說，琦君的回憶以「事」開展，張秀亞的回憶，憑藉的是「美」的引介，「情」的抒發。校園的紫丁香組成的紫色浪潮，在張秀亞的筆下，可以將生澀的琴鍵聲化作晚雲暮煙一般朦朧的、帶著幾分輕愁與醉意的小花，詩冊的句子也滲入花中，成了春天生動的註腳。而後，進入達達派的畫境，瑪拉美的散文，管絃樂隊的音韻與節響，陶詩的情韻中。張秀亞的散文，永遠充滿著詩、畫、花、鳥、音樂、香息之美，人性永恆的善，永遠不會有琦君的「善與惡、好與壞，難辨難分，複雜曖昧的難題」。

◆延伸閱讀

1. 于德蘭編，《甜蜜的星光——憶念張秀亞女士的文學與生活》，台北：光啟文化，二〇〇三年九月
2. 《張秀亞全集》（共十五冊），台南：國家台灣文學館，二〇〇五年三月
3. 公孫嬿，〈論張秀亞的散文〉，《青年戰士報》九版，一九七二年十月七日
4. 吳慧君，〈張秀亞和她的散文世界〉，《幼獅文藝》，一九七八年九月，頁九二—九六
5. 涂靜怡，〈愛與美的嚮導——讀張秀亞教授的作品有感〉，《中央日報》一〇版，一九八三年三月二十四日
6. 杜元明，〈詩情蔥蘢、筆緻秀逸——略評張秀亞的散文〉，《台港文學選刊》二卷，一九八八年
7. 封德屏，〈東西交會・古今融合——張秀亞散文論〉，當代台灣散文文學研討會，一九九七年三月三十日

看不透的城市

王鼎鈞

紐約太大，太複雜，看不完，也看不透。紐約市人才薈萃，也人種薈萃；在地下車的長櫈上並肩而坐的，往往是一個黑人，一個猶太人，一個盎克魯撒克遜人，一個日本人，一個拉丁美洲人。在曼哈頓幾個著名的廣場上，常常麕集著許多人休息談天，你從其間穿過時，可以聽見日語、英語、西班牙語、俄語以及甚麼語，腳下每走幾步耳畔就換一種語言。

紐約到底有多少種人？公共場所有一張海報，上面寫著：「你覺得受到歧視嗎？請打電話到×××。」這麼簡單一句話，用了二十多種文字反覆的寫，寫滿一大張，乍看整個海報是一張怪異的圖案。一個城市要用二十多種文字來「俾眾周知」，豈不是太大、太複雜了？

我曾經問過一位老紐約：「紐約所沒有的是那一個種族的人口？」他沉思一下，亦莊亦諧的回答：「臺灣的高山族。」

有一段日子我每天清早經過時報廣場公車總站，那正是「紐約客」去上班的時候，多少人坐地下車、公共汽車在此集散，偌大一層樓竟然擠得水泄不通，比咱們的廟會有過之無不及，各種膚色、各種服飾、各種氣味、各種眼色，林林總總，觀之不足。在排山倒海的人種壓力之下我忽然眩惑了：

這些人從那兒來的呢?為什麼要來?還回去不回去?他們後悔了沒有?他們真的是隨著流星一同誕生的嗎?……每個人,每個家庭,總是藏著一個動人的故事吧,除了上帝,誰又能讀遍這些故事呢?

有一段日子我經常在下班時分穿過世界貿易中心大樓,那也是交通要隘,單單兩座大樓裏的辦公人員就不可勝數。這樣子的紐約人能在世貿大樓裏有一張辦公桌已在某種程度上出乎其類,所以履聲襟影自成水準,不似時報廣場之魚龍混雜。我常站在一家服裝店轉角處看這靜靜的人流,默數其中有多少東方人,多少黑人,多少拉丁美洲人,多少斯拉夫人。那裏的人似乎有個習慣:下班後喝一杯再回家(?),只見幾個餐室酒館全坐滿了;屋子裏坐不下,座位延伸到屋子外面來。一樣水晶般的玻璃杯,每個人面前卻盛著不同的顏色散放著不同的香氣。我在別的餐室裏看見美國人——尤其是衣履光潔、神采奕奕的美國人——談話總是壓低了聲音,獨有此處此時,人聲一片嘈嘈、一片嗡嗡,每個人的聲音都提得很高,可又不特別比人家高;大家像排練過似的,同時發出一種彼此差不多的高音,混合成一陣難分難解的聲音旋風,把所有的人氣酒氣脂粉香氣都裹在裏面。他們用了多少種語言?那裏面的含義,也許只有上帝才聽得明白吧?

在紐約,這麼多歷史背景不同、文化思想也不同的人雜居在一起,總難免有些問題的吧!我曾經和一個日本人、一個韓國人、一個美國人共事,大家彼此「熟不拘禮」,說話就比較隨便了。有一天那韓國同事對美國人說他很討厭日本人。那日本同事恰巧從外面回來聽見了,勃然色變,質問他有何理由討厭日本人。兩人激烈爭吵,升高到相約到外動武的程度。自然,這種衝突是有辦法平息的,只是那美國青年大惑不解,他說:「如果有人說他討厭美國人,我不會同他打架。」

有些麻煩出在學校裏。我的孩子在高中讀書，他們班上有從許多國家來的交換學生。起初，孩子們都是好朋友，可是蘇聯忽然揮兵侵入阿富汗，那由阿富汗來的少年立即與莫斯科來的同學絕交。上歷史課的時候，讀課本讀到波蘭被列強瓜分，由倫敦、由柏林、由莫斯科來的學生都表示異議，說他們的國家一向是幫助波蘭的。歷史老師問那由波蘭來的孩子有何意見，他茫然表示在國內從沒聽說過這件事。老師趕快說：「翻到下一章。波蘭的問題，你們留到大學裏去解決吧。」

但是，各民族的人仍有其共同相通的地方。我常常告訴人家澳洲一位參議員的夫人回答過一個甚麼樣的問題。那是很久很久以前的事了，我在廣播電臺製作節目，這位夫人環遊世界後經過臺北，我擬了幾個問題，把她請到節目裏來，由王玫小姐發問，在場擔任口譯的，是後來聲名鼎盛的熊玠博士。有一個問題是：「您這次遍遊世界各地，觀察了各民族不同生活方式，有那些事情給你留下最深刻的印象？」我的本意是希望她談一點奇風異俗。誰知這位夫人不同凡俗，她說：「我不注意他們不同的地方，我注意他們相同的地方。我發現，不論是那個民族，他們做父母的都愛孩子，他們做妻子的都愛丈夫，他們希望他們所愛的人幸福，因此，他們都希望家庭生活改善，子女上進，希望世界安定和平。」這番話我至今不忘，而且多年來反覆引述。在紐約，我們可以具體而微的看見這種共同的願望，我想，正是這種共同的願望，把不同膚色、不同歷史背景、不同文化意識的人結合成一個大紐約。

紐約有那麼多摩天大樓，有和大樓一樣多的資本家，但是紐約也有數不清的平凡微小然而知足的人，只要自己能按時領到薪水，只要子女能按時攝取足夠的蛋白質和維他命。這兩個「只要」，在紐約是理所當然的不成問題，但是在世界上有些地方可不行。我認識一個人，他從物質十分匱乏的地方來到紐約，頭一次進超級市場時魂魄幾乎出竅，怎麼有這麼多可以吃的東西！他說一天吃一種，這輩子也吃不完！接著他發現怎麼有這麼多的學校！這麼多的圖書館！這麼多「事求人」的廣告！不錯，紐約也有那麼多不良幫派，那麼多色情電影和大麻煙，但是，他知道那是他必冒的風險，任何事情都有風險是不是？如果他牢守故園，不是也有許多風險要冒嗎？勝算不是比在紐約還要小嗎？——我敢說，這個人的想法是有代表性的，「非我族類」，其心約略相同。它正是紐約無形的「紐」，紐約人無聲的「約」。

有時候我會多想一些。「人活著不是單靠食物」，紐約之「紐」，紐約之「約」，應該在牛奶麵包失業保險之上還有抽象的一個層次。每個民族都有他們「天柱賴以立，地維賴以尊」的東西，可是他們來到紐約，那些東西全得丟開，或者只能關起門來當做個人隱私辦理，一旦放之五島（紐約有五個島嶼構成）即難免發生「你為甚麼不喜歡日本人」以及「波蘭究竟被瓜分過沒有」之類的困惑，有解「紐」毀「約」之虞。究竟有沒有各色人等都能信奉的共同上帝呢？如果沒有，此紐此約豈非太脆弱了？紐約太大，太複雜，我實在看不透。

——《看不透的城市》，爾雅出版社

◆作者簡介

王鼎鈞，山東臨沂人，一九二五年生。一九四九年來台，任職於中廣公司專門委員、中國電視公司編審組長，擔任《中國時報》主筆、〈人間副刊〉主編，現旅居美國，專事寫作。曾獲行政院新聞局圖書著作金鼎獎，中國時報文學獎散文推薦獎，吳魯芹散文獎。曾嘗試評論、劇本、小說、散文、詩各種文體，自己最後定位於散文。重要散文有《開放的人生》、《人生試金石》、《我們現代人》、《左心房漩渦》、《隨緣破密》等。另外，蔡倩茹曾以王鼎鈞的散文為對象撰寫《王鼎鈞論》，亮軒則以全面性的、廣角度的觀點撰寫《風雨陰晴王鼎鈞：一位散文家的評傳》，足供研究王鼎鈞作品的人參考。

◆作品賞析

王鼎鈞說自己是「基督信徒，佛經讀者，有志以佛理補基督教義之不足，用以詮釋人生，建構作品。」曾以「四不」：「閱歷不少，讀書不多，文思不俗，勤奮不懈。」謙稱自己，其實這四句話也充滿了自信。王鼎鈞曾仿佛家四弘誓願作成銘言：「文心無語誓願通，文路無盡誓願行，文境無上誓願登，文運無常誓願興。」用於自勵，兼以勉人，可以看出一個傑出的散文家，重要的不是他的文學技巧，而是他恢弘的胸襟、氣度，寬廣的視野。

撰寫《王鼎鈞論》的蔡倩茹說：「王鼎鈞寫作已逾半世紀，以自己的生命歷程創造了一種可能性，縱然生命的年輪，有太多時代轍痕，他的作品，卻能將根鬚吸收的人生經歷加以昇華，在文路上日益精進，無論是理性的哲思，或抒情的時代刻畫，都給人寬厚的溫暖、清明的指引、心靈的饗宴，彷彿那濃濃的樹蔭。」

〈看不透的城市〉，寫的是紐約。紐約真的看不透嗎？其實，有哪一個城市真的可以看透？我們所熟知的台中、台南、台北，我們能看透嗎？但是，真的看不透嗎？看不透，又如何寫成一篇文章？如果將題目換成「看不透的人性」，我們知道，人性有其矛盾的地方，一下子往東，一下子往西；有人愛香蕉，有人愛鳳梨。我們知道，所謂看不透，其實是對人性的迷惑。所以，所謂「看不透的城市」，表達的當然是對紐約的迷惑。不同人種麕集的地方，不同文化、思想、生活習慣相互衝擊的地方，憑藉什麼力量匯流成為大都市？這篇文章以大量的篇幅描寫種族之間的不同，成人世界的不同，小孩世界的不同，但是當大家都在注目其間的不同時，文章卻藉由澳洲一位參議員的夫人說出：「我注意他們相同的地方」，世界各地的人都希望所愛的人幸福，都希望家庭生活改善，子女上進，都希望世界安定和平。這就是紐約之「紐」、紐約之「約」，人類共同的準則。

認識到這一點，紐約是平靜的，否則，毀「紐」解「約」，世界不安寧。以這樣的認識，回頭省思台灣，河洛人、客家人、原住民、新移民、外籍新娘，這麼多不同的人種，血緣或親或疏，語言有似有異，台灣人的心胸、氣度如何培養？如何以同理心尊重歧異？我們需要看透的是這一點。

◆延伸閱讀

1. 蔡倩茹，《王鼎鈞論》，台北：爾雅，二〇〇二年七月
2. 亮軒，《風雨陰晴王鼎鈞》，台北：爾雅，二〇〇三年四月
3. 應鳳凰，〈王鼎鈞的書〉，《明道文藝》一〇〇期，一九八四年七月，頁一六三—一七〇

4. 應鳳凰，〈「文路」、「講理」：王鼎鈞〉，《筆耕的人》，一九八七年一月，台北：九歌，頁四五—四九
5. 張春榮，〈典雅與鎔裁——王鼎鈞散文的遺詞〉，《台灣新聞報》一三版，一九九二年八月十四日
6. 張春榮，〈細微與真實：王鼎鈞散文的描寫藝術〉，《文訊》八三期，一九九二年九月，頁九七—九九
7. 沈謙，〈王鼎鈞的男性之美〉，《中央日報》一九版，一九九六年十二月六日
8. 沈謙，〈駱駝背上的樹——王鼎鈞散文的人格與風格〉，台灣現代散文研討會論文，台北：九歌文教基金會，一九九七年五月

記憶像鐵軌一樣長

余光中

我的中學時代在四川的鄉下度過。那時正當抗戰，號稱天府之國的四川，一寸鐵軌也沒有。不知道為什麼，年幼的我，在千山萬嶺的重圍之中，總愛對著外國地圖，嚮往去遠方遊歷，而且覺得最浪漫的旅行方式，便是坐火車。每次見到月曆上有火車在曠野奔馳，曳著長煙，便心隨煙飄，悠然神往，幻想自己正坐在那一排長窗的某一扇窗口，無窮的風景為我展開，目的地呢，則遠在千里外等我，最好是永不到達，好讓我永不下車。那平行的雙軌一路從天邊疾射而來，像遠方伸來的雙手，要把我接去未知；不可久視，久視便受它催眠。

鄉居的少年那麼神往於火車，大概因為它雄偉而修長，軒昂的車頭一聲高嘯，一節節的車廂鏗鏗跟進，那氣派真是懾人。至於輪軌相激枕木相應的節奏，初則鏗鏘而慷慨，繼則單調而催眠，也另有一番情韻。過橋時俯瞰深谷，真若下臨無地，躡虛而行，一顆心，也忐忐忑忑吊在半空。黑暗迎面撞來，當頭罩下，一點準備也沒有，那是過山洞。驚魂未定，兩壁的迴聲轟動不絕，你已經愈陷愈深，衝進山嶽的盲腸裏去了。光明在山的那一頭迎你，先是一片幽昧的微熹，遲疑不決，驀地天光豁然開朗，黑洞把你吐回給白晝。這一連串的經驗，從驚到喜，中間還帶著不安和神秘，歷時雖短而印象很深。

坐火車最早的記憶是在十歲。正是抗戰第二年，母親帶我從上海乘船到安南，然後乘火車北上昆明。滇越鐵路與富良江平行，依著橫斷山脈蹲踞的餘勢，江水滾滾向南，車輪鏗鏗向北。也不知越過多少橋，穿過多少山洞。我靠在窗口，看了幾百里的桃花映水，真把人看得眼紅、眼花。

入川之後，剛亢的鐵軌只能在山外遠遠喊我了。一直要等勝利還都，進了金陵大學，才有京滬路上疾駛的快意。那是大一的暑假，隨母親回她的故鄉武進，鐵軌無盡，伸入江南溫柔的水鄉，柳絲弄晴，輕輕地撫著麥浪。可是半年後再坐京滬路的班車東去，卻不再中途下車，而是直達上海。那是最哀傷的火車之旅了：紅旗渡江的前夕，我們倉皇離京，還是母子同行，幸好兒子已經長大，能夠照顧行李。車廂擠得像滿滿一盒火柴，可是乘客的四肢卻無法像火柴那麼排得平整，而是交肱疊股，摩肩錯臂，互補著虛實。母親還有座位。我呢，整個人只有一隻腳半踩在茶几上，另一隻則在半空，不是虛懸在空中，而是斜斜地半架半壓在各色人等的各色肢體之間。這麼維持著「勢力均衡」，換腿當然不能，如廁更是妄想。到了上海，還要奮力奪窗而出，否則就會被新湧上車來的回程旅客夾在中間，挾回南京去了。

來臺之後，與火車更有緣分。什麼快車慢車、山線海線，都有緣在雙軌之上領略，只是從前京滬路上的東西往返，這時變成了縱貫線上的南北來回。滾滾疾轉的風火千輪上，現代哪吒的心情，有時是出發的興奮，有時是回程的慵懶，有時是午晴的遐思，有時是夜雨的落寞。大玻璃窗招來豪闊的山水，遠近的城村；窗外的光景不斷，窗內的思緒不絕，真成了情景交融。尤其是在長途，終站尚遠，兩頭都搭不上現實，這是你一切都被動的過渡時期，可以絕對自由地大想心事，任意識亂流。

餓了，買一盒便當充午餐，雖只一片排骨，幾塊醬瓜，但在快覽風景的高速動感下，卻顯得特別可口。臺中站到了，車頭重重地喘一口氣，頸掛零食拼盤的小販一湧而上，太陽餅、鳳梨酥的誘惑總難以拒絕。照例一盒盒買上車來，也不一定是為了有多美味，而是細嚼之餘有一股甜津津的鄉情，以及那許多年來，唉，從年輕時起，在這條線上進站、出站、過站、初旅、重遊、揮別，重重疊疊的回憶。

最生動的回憶卻不在這條線上，在阿里山和東海岸。拜阿里山神是在十二年前。朱紅色的窄軌小火車在洪荒的岑寂裏盤旋而上，忽進忽退，忽蠕蠕於懸崖，忽隱身於山洞，忽又引吭一呼，回聲在峭壁間來回反彈。萬綠叢中牽曳著一線媚紅，連高古的山顏也板不起臉來了。

拜東岸的海神卻近在三年以前，是和我存一同乘電氣化火車從北迴線南下。浩浩的太平洋啊，日月之所出，星斗之所生，畢竟不是海峽所能比，東望，是令人絕望的水藍世界。起伏不休的鹹波，在遠方，搖撼著多少個港口多少隻船，押不到邊，探不到底，海神的心事就連長錨千丈也難窺。一路上怪壁礙天，奇岩鎮地，被千古的風浪蝕刻成最醜所以也最美的形貌，羅列在岸邊如百里露天的藝廊，刀痕剛勁，一件件都鑿著時間的簽名，最能滿足狂士的「石癖」。不僅岸邊多石，海中也多島。火車過時，一個個島嶼都不甘寂寞，跟它賽起跑來。畢竟都是海之囚，小的，不過跑三兩分鐘，大的，像龜山島，也只能追逐十幾分鐘，就認輸放棄了。

薩洛揚的小說裏，有一個寂寞的野孩子，每逢火車越野而過，總是興奮地在後面追趕。四十年前在四川的山國裏，對著世界地圖悠然出神的，也是那樣寂寞的一個孩子，只是在他的門前，連火車也不經過。後來遠去外國，越洋過海，坐的卻常是飛機，而非火車。飛機雖可想成莊子的逍遙之遊，列子的御風之旅，但是出沒雲間，遊行虛碧，變化不多，機窗也太狹小，久之並不耐看。那像火車的長途，催眠的節奏，多變的風景，從闊窗裏看出去，又像是在人間，又像駛出了世外。所以在國外旅行，凡鏗鏗的雙軌能到之處，我總是站在月臺——名副其實的「長亭」——上面，等那陽剛之美的火車轟轟隆隆其勢不斷地踹進站來，來載我去遠方。

在美國的那幾年，坐過好多次火車。在愛奧華城讀書的那一年，常坐火車去芝加哥看劉鋆和孫璐。美國是汽車王國，火車並不考究。去芝加哥的老式火車頗有十九世紀遺風，坐起來實在不大舒服，但沿途的風景卻看之不倦。尤其到了秋天，原野上有一股好聞的淡淡焦味，太陽把一切成熟的東西焙得更成熟，黃透的楓葉雜著赭盡的橡葉，一路豔燒到天邊，誰見過那樣美麗的火災呢？過密西西比河，鐵橋上敲起空曠的鏗鏘，橋影如網，張著抽象美的線條，倏忽已踹過好一片壯闊的煙波。等到暮色在窗，芝城的燈火迎面漸密，那黑人老車掌就喉音重濁地喊出站名：Tanglewood！

有一次，從芝城坐火車回愛奧華城。正是耶誕假後，滿車都是回校的學生，大半還背著、拎著行囊，更形擁擠。我和好幾個美國學生擠在兩節車廂之間，等於站在老火車軋軋交掙的關節之上，又凍又渴。飲水的紙杯在眾人手上，從廁所一路傳到我們跟前。更嚴重的問題是不能去廁所，因為連那裏面也站滿了人。火車原已誤點，我們在呵氣翳窗的芝城總站上早已困立了三、四個小時，偏偏隆冬的膀胱最容易注滿。終於「滿載而歸」，一直熬到愛大的宿舍。一瀉之餘，頓覺身輕若仙，重心全失。

美國火車經常誤點，真是惡名昭彰。我在美國下決心學開汽車，完全是給老爺火車激出來的。火車誤點，或是半途停下來等到地老天荒，甚至為了說不清楚的深奧原因向後倒開，都是最不浪漫的事。幾次耽誤，我一怒之下，決定把方向盤握在自己手裏，不問山長水遠，都可即時命駕。執照一到手，便與火車分道揚鑣，從此我騁我的高速路，它敲它的雙鐵軌。不過在高速路旁，偶見迤迤的列車同一方向疾行，那修長而魁偉的體魄，那穩重而驃悍的氣派，尤其是在天高雲遠的西部，仍令我怦然心動。總忍不住要加速去追趕，興奮得像西部片裏馬背上的大盜，直到把它追進了山洞。

一九七六年去英國，周榆瑞帶我和彭歌去劍橋一遊。我們在維多利亞車站的月臺上候車，匆匆來往的人群，使人想起那許多著名小說裏的角色，在這「生之漩渦」裏捲進又捲出的神色與心情。那火車出城了，一路開得不快，看不盡人家後院曬著的衣裳，和紅磚翠籬之間明豔而動人的園藝。那年西歐大旱，耐乾的玫瑰卻恣肆著嬌紅。不過是八月底，英國給我的感覺卻是過了成熟焦點的晚秋，儘管是遲暮了，仍不失為美人。到劍橋飄起霏霏的細雨，更為那一幢幢儼整雅潔的中世紀學院平添了一分迷濛的柔美。經過人文傳統日琢月磨的景物，畢竟多一種沉潛的秀逸氣韻，不是鋁光閃閃的新廈可比。在空幻的雨氣裏，我們撐著黑傘，踱過劍河上的石洞拱橋，心底迴旋的是米爾頓牧歌中的抑揚名句，不是硤石才子的江南鄉音。紅磚與翠藤可以為證，半部英國文學史不過是這河水的回聲。雨氣終於濃成暮色，我們才揮別了燈暖如橘的劍橋小站。往往，大旅途裏最具風味的，是這種一日來回的「便遊」(side trip)。

兩年後我去瑞典開會，回程順便一遊丹麥與西德，特意把斯德哥爾摩到哥本哈根的機票，換成黃底綠字的美麗火車票。這一程如果在雲上直飛，一小時便到了，但是在鐵軌上輪轉，從上午八點半到下午四點半，卻足足走了八個小時。雲上之旅海天一色，美得未免抽象。風火輪上八小時的滾滾滑行，卻帶我深入瑞典南部的四省，越過青青的麥田和黃豔豔的芥菜花田，攀過銀樺蔽天杉柏密矗的山地，渡過北歐之喉的峨瑞升德海峽，在香熟的夕照裏駛入丹麥。瑞典是森林王國，火車上凡是門窗几椅之類都用木製，給人的感覺溫厚而可親。車上供應的午餐是烘麵包夾鮮蝦仁，灌以甘冽的嘉士伯啤酒，最合我的胃口。瑞典南端和丹麥北部這一帶，陸上多湖，海中多島，我在詩裏曾說這地區是「屠龍英雄的澤國，佯狂王子的故鄉」，想像中不知有多陰鬱，多神秘。其實那時候正是春夏之交，緯度高遠的北歐日長夜短，柔藍的海峽上，遲暮的天色久久不肯落幕。我在延長的黃昏裏獨遊哥本哈根的夜市，向人魚之港的燈影花香裏，尋找疑真疑幻的傳說。

西德之旅，從杜塞爾多夫到科隆的一程，我也改乘火車。德國的車廂跟瑞典的相似，也是一邊是狹長的過道，另一邊是方形的隔間，裝飾古拙而親切，令人想起舊世界的電影。乘客稀少，由我獨佔一間，皮箱和提袋任意堆在長椅上。銀灰與橘紅相映的火車沿萊茵河南下，正自縱覽河景，查票員說科隆到了。剛要把行李提上走廊，猛一轉身，忽然瞥見蜂房蟻穴的街屋之上峻然拔起兩座黑黝黝的尖峰，瞬間的感覺，極其突兀而可驚。定下神來，火車已經駛近那一雙怪物，峭險的尖塔下原來還整齊地繞著許多小塔，鋒芒逼人，拱衛成一派森嚴的氣象，那麼崇高而神秘，中世紀哥德式的肅然神貌聳在半空，無聞於下界瑣細的市聲。原來是科隆的大教堂，在萊茵河畔頂天立地已七百多歲。火車在轉彎。不知道是否因為車身微側，竟感覺那一對巨塔也峨然傾斜，令人吃驚。不知飛機迴降時成何景象，至少火車進城的這一幕十分壯觀。

三年前去里昂參加國際筆會的年會，從巴黎到里昂，當然是乘火車，為了深入法國東部的田園詩裏，看各色的牛群，或黃或黑，或白底而花斑，嚼不盡草原上緩坡上遠連天涯的芳草萋萋。陌生的城鎮，點名一般地換著站牌。小村更一現即逝，總有白楊或青楓排列於鄉道，掩映著粉牆紅頂的村舍，襯以教堂的細瘦尖塔，那麼秀氣地針著遠天。席思禮、畢沙洛，在初秋的風裏吹弄著牧笛嗎？那年法國剛通了東南線的電氣快車，叫做Le TGV (Train àGrande Vitesse)，時速三八〇公里，在報上大肆宣揚。回程時，法國筆會招待我們坐上這驕紅的電鰻；由於座位是前後相對，我一路竟倒騎著長鰻進入巴黎。在車上也不覺得怎麼「風馳電掣」，頗感不過如此。今年初夏和紀剛、王藍、健昭、楊牧一行，從東京坐子彈車射去京都，也只覺其「穩健」而已。車到半途，天色漸昧，正吃著鰻魚佐飯的日本便當，吞著苦澀的札幌啤酒，車廂裏忽然起了騷動，驚嘆不絕。在鄰客的探首指點之下，迤見富士山的雪頂白矗晚空，明知其為真實，卻影影綽綽，像一片可怪的幻象。車行極快，不到三五分鐘，那一影淡白早已被近丘所遮。那樣快的變動，敢說浮世繪的畫師，戴笠跨劍的武士，都不曾見過。

臺灣中南部的大學常請臺北的教授前往兼課，許多朋友不免每星期南下臺中、臺南或高雄。從前龔定盦奔波於北京與杭州之間，柳亞子說他「北駕南艤到白頭」。這些朋友在島上南北奔波，看樣子也會奔到白頭，不過如今是在雙軌之上，不是駕馬艤舟。我常笑他們是演「雙城記」，其實近十年來，自己在臺北與香港之間，何嘗不是如此？在臺北，三十年來我一直以廈門街為家。現在的汀州路二十年前是一條窄軌鐵路，小火車可通新店。當時年少，我曾在夜裏踏著軌旁的碎石，鞋聲軋軋地走回家去，有時索性走在軌道上，把枕木踩成一把平放的長梯。時常在冬日的深宵，詩寫到一半，正獨對天地之悠悠，寒顫的汽笛聲會一路沿著小巷嗚嗚傳來，淒清之中有其溫婉，好像在說：全臺北都睡了，我也要回站去了，你，還要獨撐這傾斜的世界嗎？夜半鐘聲到客船，那是張繼。而我，總還有一聲汽笛。

在香港，我的樓下是山，山下正是九廣鐵路的中途。從黎明到深夜，在陽臺下滾滾輾過的客車、貨車，至少有一百班。初來的時候，幾乎每次聽見車過，都不禁要想起鐵軌另一頭的那一片土地，簡直像十指連心。十年下來，那樣的節拍也已聽慣，早成大寂靜裏的背景音樂，與山風海潮合成渾然一片的天籟了。那輪軌交磨的聲音，遠時哀沉，近時壯烈，清晨將我喚醒，深宵把我搖睡，已經潛入了我的脈搏，與我的呼吸相通。將來我回去臺灣，最不慣的恐怕就是少了這金屬的節奏，那就是真正的寂寞了。也許應該把它錄下音來，用最敏感的機器，以備他日懷舊之需。附近有一條鐵路，就似乎把住了人間的動脈，總是有情的。

香港的火車電氣化之後，大家坐在冷靜如冰箱的車廂裏，忽然又懷起古來，隱隱覺得從前的黑頭老火車，曳著煤煙而且重重嘆氣的那種，古拙剛愎之中仍不失可親的味道。在從前那種車上，總有小販穿梭於過道，叫賣齋食與「鳳爪」，更少不了的是報販。普通票的車廂裏，不分三教九流，男女老幼，都雜雜沓沓地坐在一起，有的默默看報，有的怔怔望海，有的瞌睡，有的啃雞爪，有的閒閒地聊天，有的激昂慷慨地痛論國是，但旁邊的主婦並不理會，只顧得呵斥自己的孩子。如果你要香港社會的樣品，這裏便是。週末的加班車上，更多廣州返來的回鄉客，一根扁擔，就挑盡了大包小籠。此情此景，總令我想起杜米葉 (Honoré Daumier) 的名畫「三等車上」。只可惜香港沒有產生自己的杜米葉，而電氣化後的明淨車廂裏，從前那些汗氣、土氣的乘客，似乎一下子都不見了，小販子們也絕跡於月臺。我深深懷念那個摩肩抵肘的時代。站在今日劃了黃線的整潔月臺上，總覺得少了一點什麼，直到記起了從前那一聲汽笛長嘯。

寫火車的詩很多，我自己都寫過不少。我甚至譯過好幾首這樣的詩，卻最喜歡土耳其詩人塔朗吉 (Cahit Sitki Taranci) 的這首：

去什麼地方呢，這麼晚了，
美麗的火車，孤獨的火車？
淒苦是你汽笛的聲音，
令人記起了許多事情。

為什麼我不該揮舞手巾呢？
乘客多少都跟我有親。

去吧，但願你一路平安，
橋都堅固，隧道都光明。

——一九八四年五月七日

——《記憶像鐵軌一樣長》，洪範出版社

◇作者簡介

余光中，福建永春人，一九二八年生於南京市。台灣大學外文系學士、美國愛奧華大學文藝碩士。曾任台灣師範大學英語系講師、副教授、教授，政治大學西語系主任，香港中文大學教授及系主任，高雄中山大學文學院院長、外文研究所所長；榮獲國家文藝獎、吳三連文藝獎（散文獎）、吳魯芹散文獎、中國時報文學獎新詩推薦獎、新聞局圖書金鼎獎主編獎等。著有詩集、散文集、評論集、翻譯作品等五十餘種。重要散文作品有《左手的繆思》、《逍遙遊》、《聽聽那冷雨》、《記憶像鐵軌一樣長》、《日不落家》等。傅孟麗撰有《茱萸的孩子——余光中傳》，可以了解余光中的生平；香港評論家黃維樑編有二書《火浴的鳳凰》、《璀璨的五采筆》，收集台灣、中國、香港等地論文，或通論，或專研余光中的詩情文采，值得參考。

◇作品賞析

散文家余光中的風格，小品與長篇兼勝，陽剛與陰柔並工，知性與感性相濟，文言與白話交融。「我認為散文可以提昇到更崇高、更多元、更強烈的境地，在風格上不妨堅實如油畫，遒勁如木刻，宏偉如建築，而不應長久甘於一張素描、一幅水彩、一株盆栽。」「我投入散文，是為了崇拜一枝男得充血的筆，一種雄厚如斧、野獷如碑的風格。」這是余光中的散文觀，已足以顯示散文的內在精神，余光中散文的特質所在。

天風海雨的想像，古往今來的馳騁，一揮百應的交響樂章，余光中散文的氣勢、氣魄，代表著文學界的陽剛之力，要與一般散文家的氣質、氣象所呈現的陰柔之美，共同撐起一片天。

〈記憶像鐵軌一樣長〉，余光中的記憶也像鐵軌一樣清晰，歷歷細數這一輩子跟鐵軌相關的記憶，從中國童時的記憶，到台灣成長歷史；從縱貫線到阿里山小火車、東海岸鐵路；從美國愛奧華、芝加哥，到英國、瑞典、德國、巴黎、里昂，接著又繞回日本、台北汀州路小火車，轉向香港。一生的記憶，一生的遊歷，好像可以用鐵軌相連接。余光中可以說是世界級的鐵道迷。

王鼎鈞的〈看不透的城市〉，以不同人種的眾多不同習性，襯托出人類內心相同的對幸福的渴望；余光中的〈記憶像鐵軌一樣長〉卻以相同的兩條鐵軌，描述不同年代、不同國境的不同景觀、不同文明。王鼎鈞刻意以極多的相異襯出人性之可同，余光中雖無意報導各國風光不同的千秋，卻讓我們瞥見生命轉折的奧妙。所以，欣賞〈記憶像鐵軌一樣長〉特別要注意的是：每次轉變記述不同國度的鐵軌時，文筆如何交接，心情如何轉換，這樣長的記憶才不至於單調、平凡而無趣！像鐵軌一樣長的記憶，當然也不能只在記憶自己生命的轉折、時代的變遷，余光中在這篇散文裡加進了許多文學典故，如薩洛揚小說〈追趕火車的野孩子〉，龔定盦的〈北駕南艤〉，杜米葉的名畫「三等車上」，最後以土耳其詩人塔朗吉的詩作結：「但願你一路平安，橋都堅固，隧道都光明。」豐富人生旅程中車窗的景觀。在這篇散文裡，有些驛站敘述多，有些敘述少，有些淡出去又轉了回來，車窗外的景觀就像人生的布景，轉換不同，驚喜不置。

◆延伸閱讀

1. 黃維樑編，《璀璨的五采筆——余光中作品評論集》，台北：九歌，一九九四年
2. 鍾玲編，《與永恆對壘——余光中七十壽慶詩文集》，台北：九歌，一九九八年
3. 蘇其康編，《結網與詩風——余光中七十壽慶論文集》，台北：九歌，一九九九年
4. 傅孟麗，《茱萸的孩子——余光中傳》，台北：天下文化，一九九九年一月
5. 陳幸蕙，《悅讀余光中》，台北：爾雅，二〇〇二年
6. 陳義芝主編，《余光中精選集》，台北：九歌，二〇〇二年十月
7. 鄭明娳，〈從余光中的散文理論看其作品〉，《現代散文欣賞》，台北：東大，一九七八年五月，頁五五—七二
8. 鍾怡雯，〈望鄉的牧神余光中〉，《亞洲華文散文的中國圖像（一九一四—一九九九）》，台北：萬卷樓，二〇〇一年，頁一一二—一二三

午後書房

林文月

照例的，我又睡了一個失眠的午覺。有些朋友知道我擅長失眠，但那是意味子夜的輾轉反側。夜間萬籟俱寂，不能順利入睡，尚值得同情；但午覺而失眠，則是多此一舉，胡思亂想，更屬咎由自取。無論如何，使身體平臥，四肢放鬆，總是一種休息，有益健康；何況，我又喝過一小杯濃郁的咖啡，所以此刻感覺神明清朗，完全不像一個方才失了眠的人。

我走進屬於自己的小小天地——這間比上不足比下有餘的微暗書房。為了節省能源，我給自己規定，日間只開檯燈，吊燈至少要到黃昏才能亮起。

桌面上，書籍筆記雜陳，只留小小一方空間。我猶豫了一下，不知該用什麼資料填滿這個留白。側頭看一看右壁上的月曆。那上面的各種記號顯示，這個月分內，有兩個學生的論文學位口試、一個學術會議的講評，以及一次校外的演講。那個校外演講的大綱已經擬妥，只須於前一天再溫習一次即可；兩個論文口試之中，有一個是自己指導，當無甚好掛念的，另一本學位論文，據說當事人尚在趕寫的最後階段，不知何時送來，又如何能於短時間內審閱完畢擬就試題？我在這兒緊張也無用。至於講評的部分，時間與地點都印製成表，早已收到，那上面甚至還排好了主講人及講題順序，只是論文也遲遲尚未到手，希望不至於像上回在南部開會時看到一位講評者在松山機場才收到文章，於飛往臺南的機艙內趕讀那樣匆遽才好。

看來，這個下午還是務正業要緊。

大學部的課，為著配合畢業班提前停課，康樂山水佳篇已大體講完。有一部分用講義取代授課，讓學生去自習。餘下二首臨終之作，除典故技巧的講解之外，最難處理的是詩人充滿矛盾的性格與心理。每次講到這個問題，都不免低徊感慨。其詩也，富豔精工，其人也，恃才傲物，而詩篇與行跡之間的距離，最是難以常情衡量理解。關於〈臨川被收〉詩，陳胤倩說：「累仕之後，忽發此憤，誠非情實。然吾謂康樂胸中未忘此意，於其哀盧陵信之。」這樣的辯解，本身就顯示矛盾，比較難以令人信服。黃晦聞則說：「康樂於性理之根本功夫，缺乏修養，故不免推遷，無終始靡他之志，昧窮達獨兼之義，於功名富貴，猶不能忘懷。是故山水不足以娛其情，名理不足以解其憂。學足以知之，才足以言之，而力終不足以行之也。」這個說法，或者可能從根本上來解析康樂一生悲劇癥結所在。

把這兩首康樂生命末期的作品講完，給詩人送終，這學年也將結束了。回顧一學年以來，這班專書的課，人數並不多，但正式選修的學生，加上一些零星出席的旁聽生，倒也始終維持一個局面；比起傳說中，日本已故漢學家青木正兒獨對一個學生，其餘皆蹺課，而那學生竟是自己兒子，要壯觀多了。只是，有時難免反省，未知學生們可曾從這個課堂上學得一些什麼沒有？幾回看到他們茫然的眼神，心底難免著急，唯恐自己的講解乏味，未足以引人入勝。何以這樣在乎學生的表情呢？也許他們只是偶然出神分心罷了，人人都有特殊的理由分心出神的，這一點，應予體諒才好。

我闔上謝康樂詩集和講義夾子，起身到飯廳去沖一杯熱茶。從前只喝冰水及咖啡，不懂得品茗，近年來逐漸喜歡喝茶，也許是年歲的緣故吧，稍微解得苦澀中帶甘芳的趣味。尤其午後書房靜坐，放置一杯熱茶於案頭，頗有些定心功用，而當閱讀略感疲憊之際，或寫作靈感困躓之時，更可藉細啜以為調劑。

再度回到書桌前。這次，我把《洛陽伽藍記》的各種版本及參考資料攤滿眼前。楊衒之寫這本書，頗具悲壯的使命感，其序文有語：「京城表裏，凡有一千餘寺，今日寮廓，鐘聲罕聞，恐後世無傳，故撰斯記。」然而，斯記內涵甚廣，豈止為留傳寺院遺跡而已，更兼及於歷史興衰、政治葛藤，乃至風俗習慣、傳說異聞，文筆則穠麗秀逸，敘事則宛轉有致，耐人尋味。我六年前在香港坊間購得周祖模的校釋本，細讀後即覺興味濃厚。其後又陸續蒐集到不同版本，愈覺其價值非凡。兩年來，遂用為課堂上開放討論之用。這個學期，本擬暫停，但由於去年暑假裏偶然先後輾轉買到英文譯本（W. F. J. Jenner *Memories of Loyang*）及日文譯註本（入矢義高譯註《洛陽伽藍記》），可供側面的參考，更湊巧的是，開學之前，適時得到香港中文大學楊勇教授以他多年心血的《洛陽伽藍記校箋》新書見贈，遂決定繼續與學生再讀一次此書。

《洛陽伽藍記》的正文與子注之分辨，為歷來治學者所最注意，然而各種版本均有其道理所在，亦有其自相矛盾之處，莫衷一是。在班上，我也引導學生注意及此，但我們更注重的是，楊衒之著述此書的心態與筆調等文學旨趣，以及歷史觀點方面的問題。書的內容分洛陽城內、城東、南、西、北，大體以一寺為一條。逐條討論下來，令學生仔細閱讀，慢慢摸索。由於可資參考的論著不多，所以我和學生一樣懷著誠惶誠恐的心理，必得戰戰兢兢準備充分，才敢踏入教室。至於有關古代的寺院建築與佛像藝術等專門的知識，僅憑文字想像，恐無法印象深刻，通常我會安排請專家放映幻燈片講解。

然而，一本記述有關北魏寺院的書，年輕人讀久了，也許會厭膩。前一陣子，上課的情形甚不熱烈，空氣窒凝，陷入低潮。那時，也是我自己家中多事之際，高齡的父親住入醫院，準備接受切除腦瘤與否？正徘徊猶豫著。為此，散居各地的兄弟姊妹都飛回臺北。我奔走於課堂與醫院之間，應對人與事，憂慮又疲憊。但面對環坐的學生，便像是一個粉墨登場的演員，不容表露一己的歡愁情緒，只是偽裝平靜的結果，終於使我也感染到課室裏瀰漫的低潮氣氛，深為挫折感所浸蝕。記得很清楚，那天於責備學生之餘，回家後，自己竟然像一個打敗仗的士兵，頓喪鬥志，甚且萌生辭去教職的念頭。

不過，經過那次責備以後，學生們的讀書情緒似稍提高，堂上的發言與討論又復蘇；而父親的白髮雖已剃去，所幸緊急會診之後，決定不予開刀，已返家靜養。我消沉的情緒，才又慢慢解散。

教書真是一個奇妙的行業。如果自覺準備得充分，教得有條理，甚至偶爾還有些許神來之筆，因而見到學生之間有振奮的眼神，下課之後，實在輕鬆愉快，覺得世界如此美麗，人生充滿信心！可是，有時候同樣用心準備，卻遇著學生沒精打采，絲毫不起共鳴溝通，便會越講越沒有興趣，為此，常會一整天都心灰意冷，消沉乏力。

環視周遭，自下而上，層層排列、圍繞著我的眾書，幾乎都與多年來教書的內容有直接或間接關聯。回憶當年選讀文學，本擬做一輩子快樂的讀書人，詎料教書的責任，以及對本業的敬重，卻逐漸把自己有限的時間與精力囿限於較小的讀書範圍裏，遂令「汎覽周王傳，流觀山海圖」的逍遙樂趣不復可得。經常也還是忍不住地買回一些閒雜書，然而明知還有太多的正經書待閱，便也只好將它們暫時擱置書櫥較遠的角落，做為寒暑假時的享受準備，然而，寒暑假則又往往不得不為某篇論文的寫作絞盡腦汁，致令時光空逝，好書塵封未動者頗不少。

至於坐在這個位置上，伸手可及處所擺列的、疊放的，盡是常用的工具書，或這個學期授課的相關書，或正著手寫作的論文的參考資料等等。這些書籍資料的堆放，看似雜亂，實則亂中有序，對我個人而言，即令停電，也不難摸索到一本所需要的書。

有時在書房裏獨坐良久，倒也未必是一直專心讀書寫作。譬如說，重讀遠方的來信，想像友朋的近況，也是很自然的事情；甚而什麼念頭都沒有，只是空白的發呆，也是人生的片刻。因為在這個寧謐的斗室內，我最是我自己，不必面對他人，無須偽裝，更無須武裝，自在而閒適。

自在而閒適的時光，可也最容易不知不覺地溜走。像現在，我已經從方才剛進書房時的專心一致，而逐漸變得分心出神起來。許是坐得太久，有點兒累了吧。

我站起來，看看紊亂疊放書籍和紙筆的桌面，並不想去整理；就讓它紊亂去吧。

天色已昏暗，我本想讓吊燈也亮起，可是並沒有走到門口去開那個開關，反而順手把檯燈關熄；於是，薄暮忽然就爬進我的書房裏。

——一九八三年五月

——《午後書房》，洪範出版社

◆作者簡介

林文月，台灣彰化人，一九三三年生於上海。台灣大學中國文學研究所碩士，一九六九年赴日本京都大學人文科學研究所研究比較文學。曾任台灣大學中文系教授，美國華盛頓大學、史丹佛大學、加州柏克萊大學、捷克查理斯大學客座教授。林文月專攻六朝文學及中日比較文學，曾翻譯《和泉式部日記》、《源氏物語》、《伊勢物語》等日本古典名著。榮獲中興文藝獎章、中國時報散文獎推薦獎、國家文藝獎散文獎等。作品含括散文、評論、翻譯、兒童文學等。重要散文作品有《京都一年》、《遙遠》、《午後書房》、《交談》、《擬古》、《飲膳札記》、《回首》、《人物速寫》等。

◆作品賞析

基本上，林文月人格與文章風格是統一的，外在的文字形式與內在的精神情操是諧和的，因而達到淡而有味的文學最高境界。生活體驗、散文風格，具現平易近人的清淡之美，可是其中顯現的體悟與智慧，卻在清淡中寓有高遠之思。唐宋八大家之後，散文有其正統、主流的沉穩個性，現代散文家中，林文月恐怕就是這種風格的承繼者。雖然她曾多次模擬各種不同的體式，嘗試古今特異的技巧，但是在不離其宗的萬變手法裡，仍然有著特殊的溫婉，屬於純正的傳統，林文月式的氛圍。

何寄澎教授在〈真幻之際，物我之間——論林文月散文中的生命觀照及胞與情懷〉文中，說：「林氏的生命觀照，在感懷上，類於陶淵明；在體悟上，同於蘇東坡。所以我們讀其抒發無常幻化之感的作品，如讀淵明〈形影神〉、〈歸園田居〉等詩；而她不斷強調人生如夢，由此轉出積極與珍惜，又全是東坡格調。由是可知，其生命觀照亦有得於學養者，這恐怕與她在大學講授陶謝詩不無密切關係。」這是「學者散文」的特質所在，林文月正可以承擔「學者散文」這樣的殊榮。

〈午後書房〉正好也可以承擔「學者散文」這樣的讚譽。學者的午後，午後的書房，大抵若是：一些昏沉的瑣事，一些精明的正事。學者專家也是人，是人就有人共通的屬性，有精進時的自我策勵，有懈志時的自我安慰。〈午後書房〉真實傳達了這種外在的疏懶，內在的省思；午後的疏懶，書房的省思。

學者的午後，所以不免要掉些書袋。說到謝康樂的臨終之作，當然要推測「累仕之後，忽發此憤」，到底是不是情實？最後借黃晦聞的話，點出謝康樂「無終始靡他之志，昧窮達獨兼之義，於功名富貴，猶不能忘懷。是故，山水不足以娛其情，名理不足以解其憂。」歸結為謝康樂一生悲劇癥結之所在。說到《洛陽伽藍記》的教學，當然不妨探索版本的異同，內容的旨趣。就一般美文而言，這些掉書袋的文字，可避即避，以免水流不順，文章之勢窒礙難行。但在學者散文中，引述文言，辯證學理，正所以豐富內容，增多讀者「停聽看」的思考機會，就像河床中的岩石，可以激起更多炫目的水花。

最後以天色昏暗，結束「午後」；關熄檯燈，結束「書房」。文章至此結束，但在淡而有味的敘述中，反而讓讀者陷入書房的薄暮中回味不已。

延伸閱讀

1. 陳義芝主編，《林文月精選集》，台北：九歌，二〇〇二年六月
2. 陳昌明，〈淡中藏美麗：讀林文月《午後書房》〉，《文訊》二三期，一九八六年四月，頁一七九－一八二
3. 安立，〈經營的散文——評介《午後的書房》〉，《自立晚報》一二版，一九八六年五月五日
4. 黃秋芳，〈午後書房——林文月的散文世界〉，《自由青年》，一九八七年六月，頁三六－四一四
5. 何寄澎，〈真幻之際，物我之間——論林文月散文中的生命觀照及胞與情懷〉，何寄澎編《當代台灣文學評論大系：散文卷》，台北：正中，一九九三年，頁二九一－三一四
6. 劉麟，〈林文月的人和散文〉，《中華日報》一一版，一九九四年一月二十九日
7. 郝譽翔，〈婉轉附物，怊悵切情〉，飲食文學研討會，一九九九年
8. 陳芳明，〈她自己的書房——林文月的散文書寫〉，《中國時報》三七版，二〇〇〇年三月二十－二十一日

植物之性

——「植物哲學」之三

陳冠學

就我個人而言，人類而外，跟我最親近最密切的生物，要首推植物；如就構成我的生存環境而言，植物對我關係之密切還遠超過人類。我目之所及全是植物，一天二十四小時，我跟人類交涉所佔的時間極少，多數時間，植物或近或遠地陪伴著我。綠葉間吐出的新鮮氧氣，不超出十秒鐘的時間便進入我的血液中，多數時間也許不超出兩秒鐘的時間。前人有成語云：「近水知魚性，近山識鳥音。」卻還沒有人說：「近青知木性，近綠識草心。」當然我對周遭草木的認識也許比一般人多得多，卻是對好友性情的認識，而不是利用厚生學的認識，如套用最時髦的講法，也許可算得是一種生態學的認識罷。提起我周遭好友們的心性，真可說得是瞭如指掌，如數家珍，談起來是滿心的愉快。

只要有水分子處便有植物。這地面上，甚至空氣中，有什麼地方是絕對沒有水分子的呢？這樣的地方怕很少有，因此大可以說，植物無所不在。這無所不在性，可列為植物的一個基本性。當然在大沙漠中，是看不到有植物的，這樣不毛之地佔著地球表面的不少面積，然而像這樣的地方，人跡也只能偶到，不可能常在，因之無害於人類心中植物遍在的觀想。水是構成植物體液的主要成分，是一切生物體液的主要成分，動物也不例外。一般動物需水性總有一個一定的幅度，植物則因種類的差別，幅度相去甚大，水稻喜浸，旱稻則否。我的植物朋友們在水需量這方面的心性，一般狀態下，有個共通性。且以小牽牛為例。小牽牛在乾渴的砂礫地上，不出一個月便開花，給移植到土壤肥沃、水分充足之地，半年未必肯開花，它只顧盡情擴張，分蔓再分蔓，直到它自己妨礙著自己的時候，纔迸出大量的花，結出大量的籽。

從植物富裕中的擴張性，我們看到一項感人的事實。植物絕對不奢侈，它得到好環境，並不用來驕恣放肆，卻全部用來盡其最大可能的繁殖責任，盡其最大可能多枝多蔓，而後開出最大限的花數，結出最大限的種子數。這一點跟人類大大不相同。人類一有好的條件，便驕恣放肆，窮奢極侈地揮霍，導致身家的敗亡。人類的德性，在這一方面，大不如植物。

植物對水的敏感與反應，呈現著一幅神奇的景象。一株常態下可長到五十公分高的草，在乾渴下，可能長不到十公分。個體體積的懸殊，甚至讓人誤認為異種。水對植物個體大小、體型及早晚熟造成巨幅度差，令人驚奇於植物適應生存的伸縮性，這種伸縮性人類是絕對沒有的，一般獸類也是沒有的，讓人類和一般獸類面臨這種困境，只有滅亡之一途（鳥類大概也不例外），這裏看出植物生命的堅韌性；這跟它的實事求是的盡責繁殖的性格，同樣足供人類驚歎與肅然起敬。

說是有水分子處便有植物，未免有語病，就是沙漠也不是絕對沒有水分的，這句話必得加上「在見光的條件下」這麼一句補充語。植物十足是賴光性的生物。深海裏的魚，土壤中的蚯蚓，不在乎沒有光，可以說整個動物界並不直接依賴光。說植物是光的公民，頗能表達出它的特殊性的身分。

因此依據人類的觀念，植物可以說是種光明磊落的生物，尤其值得尊敬，它們寧死不肯苟活於黑暗，一旦見不到一絲光明，便生趣索然❶。人類在這一點上也大不如植物。動物中有營夜間生活的，比照之下，尤覺得可鄙——當然牠們是為了避開天敵，或是為了執行生態平衡，原無可厚非。植物也有營夜生活的種類，如仙人掌，全在夜間營生，只為沙漠白天酷熱，這是不得不的權宜之計。曇花半夜開，它也是仙人掌科的植物。提到夜生活植物，令我想起早起的植物。人有早起的，植物也有。有一段時間，我頗為蔦蘿的早起所吸引。無論我起得怎樣早，提著手電筒出去看，它總是早已開了花；留連到半夜過後纔睡，臨睡前出去看，沒看見有花，可是特地起個大早，三點出去看，它花已開在那兒了。蔦蘿到底有多早起，至今我還沒得到確實的資料。

有陽性植物，有陰性植物。顧名思義，有一部分的植物不喜歡陽光直射。據此，前面說「植物是光明磊落的生物」，似乎立不住腳。的確，有許多植物一生都躲在陰影裏。其實這些陰性植物至少還獲得一五%的陽光，陰性植物的耐光量，最高可達到全光量的三〇%。陽光除了直射，還有由大氣、雲、煙、塵埃等物折射的漫射光。即使是萬里無雲的大晴日，也還有一〇%——一五%的漫射光，因此陰性植物通常都能獲得足量的陽光以營光合作用。酸醬草（酢醬草）是典型的陰性植物，在一〇%的光量下光合作用達到最高點。據說蘚苔植物甚至在〇・〇五%——〇・〇一%的低光量下，生機仍然十分旺盛。其所以有陰性植物，據進化論，當然可解釋為由適應環境而來，其實乃是造物主的有心設計。若所有植物都喜愛陽光直射，則北迴歸線以北山峯的北坡，南迴歸線以南山峯

❶ 肉眼所不見的生物，已劃入原生生物界。

的南坡，將不可能有植物。這樣的地球，陸地將減去一半的綠，亦即每座南北向的山將有一坡的光禿，這就嚴重了。因此，說植物是光明磊落的生物是沒有錯的。

植物跟向光性相連的另一個性，尤其讓人類崇敬，不論是木本植物、草本植物，甚至是藤本植物，乃至被風吹倒、被人畜踩倒的植物，無不極力向上挺起，這叫植物的背地性。植物的背地向上性，在漫漫的人類史上，不知激發了多少有志之士，在徹底失敗之後再度奮厲而起，終於竟志成功。由於向光性因而引發向上性，使得一切植物在本性上都賦有正直性。木本植物，因其有木質素形成堅硬的木材，尤能筆直向上生長，氣干青雲，志在摩天，成為人類所心儀的最高典範。澳洲巨人油加利樹可高到一百五十公尺，臺灣杉（又稱亞杉）和美洲紅杉都可高到一百一十公尺，現存美國加州北卡拉維斯林中的一棵美洲紅杉，號稱格蘭特將軍，高八十三公尺，直徑十二公尺，三千六百餘歲，代表著地球上最偉岸最正直的現生命，矗立在整個存有界的這一個角落，因此又號稱世界爺。植物這一偉岸的賦性，促成其至完至美的生理結構，在生物界遂進而達到不死的境地，而有個體的不朽性。在談到最高等植物的個體不朽性之前，先讓我們來一察植物至潔至高的另一賦性。

凡生物體都有新陳代謝，粗淺地說，凡生物都有滋養的吸收與廢料的排洩這一生理過程。我們對動物這方面的生理過程普遍頗為熟悉，自毛毛蟲、昆蟲以至飛禽走獸，乃至人類自身，滋養的吸收，一式都是殘酷的、殘忍的。動物將整個生物界構成一條食物鏈，將生命當食料，以殘殺另一條生命來維持另一條生命，越是高等的動物殘殺越是兇厲。一隻毛毛蟲（或青蟲）一生可能只吃掉半株草，便開始休眠蛹化，而後羽化為蛾蝶，即行回饋植物，傳播花粉，對植物本身而言，功過正參半。至於一尾魚、一隻鳥、一頭獸、一個人，終其一生，吃掉的生命何止千萬？一隻鳥一天便吃掉上千隻蟲，一生吃掉的蟲何啻億兆？固然鳥隻負有平衡生態的天職，似應另當別論。至於人類，如拙文〈我們欠植物多少恩〉所述，一碗飯至少吃掉兩千粒含有活胚芽的米，單就稻粱麥黍稷而言，一日所殘早已上萬，一生所殘何啻兆京，他無論矣。然而人類殘殺這無算的生命來存活一己的身命，卻做了些什麼？何況不少人還拿這活生生的生命來揮霍？吃，原本就是個窮兇相、極醜相。每與人對坐吃飯，見人齜牙咧嘴，輒為之不堪；若置一面明鏡自照，豈不羞煞！這一生每食自慚，自歎為萬物之靈，而維生行為遠出植物下。說來人身並非最完美的設計，可以說整個動物界在設計上反不及植物界。植物深根寧極，蘊藉爾雅而靜默，一副優美的生命相，莊嚴而典麗。毛細管作用是它分自自然的物理現象，以之輸送水分和礦物鹽類；光合作用是它分自自然的化學現象，以之合成有機養料。任由大化流行，全不由己。天資地給，它冶礦物質、已分解的有機物質、水、空氣和光熱為一爐，化腐朽為神奇，夭夭灼灼，營生於無事之間，無爪牙，無口齒，不殘不殺，不囓不嚼，不吞不嚥，你何曾看見它有吃相來？❷而且你又何曾看見它有排洩相來？動物的吃食是殘忍相，動物的排洩是污穢相，出入之間何曾有半點生命的優美與尊嚴？植物的排洩物是供動物活命的大量氧氣，供一定量溫室效應用的少量二氧化碳，調節大氣濕度和溫度的水氣，增進空氣可人氣味的揮發性芳香油，這是它全部的排洩，這叫排洩嗎？這乃是供獻，不是排洩，說排洩則是褻瀆了它。植物既無殘忍的吃相，也無污穢的排洩相。然而植物生理代謝過程中難道沒有有害其自身的廢料嗎？當然是

❷ 捕蟲植物如豬籠草，寄生植物如碁地花（屍臭蓮類），乃是植物的敗類，算是例外，但它們仍然沒有口齒。

有。但這些有害其自身的廢料處理起來卻又不可思議地神奇。植物的有害廢料一部分隨著落葉和脫落的樹皮來排除，大部分則向內聚積形成心材，成為人類大有用的木材，這由廢料積成的木材，在人類的嗅覺上聞起來還是芬芳撲鼻的呢！落葉和脫皮不能算是排洩，一如動物的蛻皮殼、換毛羽，人類的換衣服，這是屬於儀表襐飾的事。至於形成心材，成為植物的骨幹，仍然是屬於儀表的事：使巨樹上干雲霄，呈現出偉岸的生命相，所謂玉樹臨風，所謂花枝招展，所謂綠葉成陰子滿枝，不是有心材來支撐是不可能的。而這些心材，這些芬芳撲鼻的木材，卻全由植物大部分的有害廢料締造而成。不可思議嗎？神奇嗎？當然是不可思議，神奇之至！

我們從植物光明磊落的向光明性向上性數下來，直數到植物的無吃相無排洩相，至此，又看到了植物至高至潔的另一個性。

因為植物的生命本體的形成層（姑以樹木為例），向外形成韌皮，向內形成木質，由木質的邊材再向內形成心材（邊材和心材合稱木材），形成層隨著木材的擴大而向外擴張，只要心材的質地夠堅密夠持久（好的木材，心材中往往充斥著防細菌和真菌的特殊物質單寧等物質），足以永久支撐整體的植物個體，形成層是永遠不會死的，於是得天獨厚的巨樹，便儼然是宇宙間的不死者，不朽的個體。這個體的不朽性，為人類夢寐以求的至高成就，居然又是植物的一個本性。

今日，人類自致空氣污染、水污染，以至於難以維生，這在早年，乃是植物性分內所確保的事，只要人類不再貪求無厭，留給植物生存空間，植物仍能為人類挽救這一危象。人類除了空氣與水污染而外，也在極力自造噪音，令自己的神經瀕於崩潰。卻不見累千累萬累億累兆乃至累京的整個植物界，可曾發出一絲聲息來？「沉默是金」這句智慧的古訓，此時此地，我們面對著任一株植物時，豈不尤令人深深憬悟？植物這個靜默的本性，又是多麼值得人類讚美的風範啊！

植物是美的化身，動物界除了鳥類和蝴蝶，還有那一類這樣普遍地美過？鳥類和蝴蝶是營生在植物之間，方纔得以分受到一份美。美又是植物的一個賦性（詳見拙著〈植物之美〉一文）。

有生便有死，植物固然可達到不朽的境地，一般還是不免有死的。動物之死，尤其脊椎動物之死，有不堪想像的窳陋，這是盡人皆知的事。「死，澌也。」（見東漢劉熙《釋名》），「澌」就是滲出液質，我們最好是不要去想像這種下場。植物則適相反，它是因液體脫失，乾枯致死的。因之，它沒有滲液相，沒有腐臭相，沒有污穢相。乾枯了的草，葉片柔和的淺褐色、酥薄的質地、芬芳的氣味，如何地宜人；整株插植或倒掛在房裡，是最美好的裝飾。動物中惟有蜂蝶和甲蟲有它一半的遺美，而愈是高等的動物，便愈是惡劣，無法遺留。至於樹，樹之死是美麗的、莊嚴的，一棵紅花木棉樹被雷殛，成了一株白木，屹立在田野間，我在它底下，為了它那美到非言語所能形容的莊嚴相，低迴留連而不能去，也帶了訪客和朋友去瞻仰，那是真正的瞻仰啊！木棉質地鬆脆，就木材而言，算得是最劣材，尚且如此，更何況松柏杉類上上之姿？攝影家入山去，攝取了山上、山中、山間以及山本身無盡的美景，其中有一項美景，任何攝影家都不會遺漏，那就是山中的白木，那是這一切美中最高的美，因為它帶著無限的莊嚴，那是生活過的生命莊嚴的一個結集。人類只能結集在立功、立德、立言的上面，人類的遺體連影片都不好攝入。

植物的美性貫徹到死後，它是一切生命中最美的生命。

動物的出現，在於生命演化的後段，從生命本身的內涵來看，生物的演化似是反其道而行，更優秀的生命反而出現在先。所謂動物也者，就是能動的生物，亦即一身飽含著暴力的生物；而所謂高等動物也者，亦即具高等暴力的生物是也；人類為高等動物之最，因之人類是具最高暴力的生物，其暴力的蘊含量或則大到足以摧毀整個世界，甚至整個宇宙。植物則反是，植物是不動的生物，因之它是無暴力的生物。植物的這個植物性，這個植物的基本性，可以說乃是一切生命的最高典範。我們繞了一大圈來考察植物之性，轉回來回到植物的這個本性上，不能不說植物是演化的終極，而動物界乃是演化走過了頭。

——一九九〇年三月

《訪草（第一卷）》，三民書局

◆作者簡介

陳冠學（一九三四～二〇一一），台灣屏東人。師範大學國文系畢業。畢業後從事國文教學，教過初中、國中、高中、專科學校，一九八一年辭去教職，避居高雄澄清湖，專心從事文學創作。學術方面受教於牟宗三，曾出版過諸子、文字學等古典學術研究書籍。重要散文作品有《田園之秋》、《父女對話》、《訪草（第一卷）》、《藍色的斷想》、《訪草（第二卷）》等。其中《田園之秋》曾獲中國時報散文推薦獎、吳三連文藝獎，最為文壇重視。

◆作品賞析

葉石濤先生在《田園之秋》的序文裡說：「陳冠學具有中國傳統的舊文人氣質，同時又有台灣知識分子參與（committed）的入世思想，他辭掉教職，毅然脫離看不見的枷鎖，絕不能看做是退縮和逃避，毋寧是一種更積極的為求真理寧願殉道而死的強烈意願。中國的知識分子一向是依附權力謀生的。設若堅決不想妥協，那麼唯一的出路便是退隱，晴耕雨讀，過著清貧得道的生活。」陳冠學具有隱者的形跡，但在字裡行間隱隱透露的卻是一種知識分子的剛毅。

陳冠學精研中國古代哲學思想，著有《論語新注》、《莊子新傳》、《莊子新注》等書；又曾致力於台灣拓荒歷史和台語的研究，著有《老臺灣》、《臺語之古老與古典》。歸隱田園之後，專注於散文創作，或許是因為長久接觸莊子思想的關係，散文作品頗有道家情懷，總是落實於自然的生活、田園的生物中。有人稱他是經歷「見山是山，見水是水」、「見山不是山，見水不是水」，又回到「見山還是山，見水還是水」的哲學農夫。

〈植物之性〉不僅是客觀的田野觀察，還不時加入人文思考，讀過這篇散文，真有大聲呼喊「植物萬歲」的衝動，在陳冠學筆下，植物不僅是完美而已，因為它是無暴力的生物，應該是演化的終極，一切生命的最高典範。

我們對植物的認識極為有限，陳冠學卻將它們視為好友，對植物的認識是對好友「性情」的認識。因此，從這篇文章我們可以深入認識植物，但它不是植物學知識的報導，而是一篇有血肉、有靈魂的散文，我們從中得到的不只是知識，而是植物所啟發的智慧。譬如植物有擴張性，得到好環境會開出最大限的花數，但卻不會像人類一樣驕恣放肆，窮奢極侈地揮霍。植物與水的關係密切，但是因此產生的生命的堅韌性，卻是動物所無法相比。植物與陽光的關係密切，是光的公民，寧死不肯苟活於黑暗；動物中有營夜間生活的，卻讓人覺其可鄙。最精采的一段是描繪動物的吃食是殘忍相，動物的排泄是污穢相；但植物則深根寧極，蘊藉、爾雅、靜默，一副優美的生命相，甚至於，植物的排泄物是供動物活命的大量氧氣，植物的其他廢料，有一部分隨落葉、樹皮來排除，大部分則是向內聚積形成木材，芬芳撲鼻。此一對照，令人汗顏。一棵樹，生五百年，死也會挺立五百年，保持優美的姿勢；動物一死，即開始發出惡臭。此一對照，令人無奈。〈植物之性〉以豐富的知識，多情的心竅，藉植物啟發我們的智慧，也為知性散文做了最好的示範。

◆延伸閱讀

1. 鄭穗影，〈吾友陳冠學先生〉，《文學界》七卷，一九八三年八月，頁一〇八—一二三
2. 裘箸，〈參與的入世者——陳冠學〉，《自立晚報》一〇版，一九八六年十一月八日
3. 鄭明娳，〈愛傷的戀土情結：評陳冠學《訪草》〉，《聯合文學》五三期，一九八九年三月，頁二〇一—二〇二
4. 鹿憶鹿，〈現代梭羅——讀《訪草》〉，《走看臺灣九〇年代散文》，一九九八年四月，台北：學生，頁七五—七七
5. 阿盛，〈對土地的愛——陳冠學〉，《自由時報》四一版，一九九九年二月五日

人啊人

隱地

1

人的真正問題是：如何安靜的度過屬於自己的不安時刻。

2

一個時時反省的人，總是對別人無害。

3

外表永遠保持高貴的人，必有其低下之處；
外表永遠保持典雅的人，必有其野性之處。

4

每個人的面前都有一個坑，攀爬一輩子，有誰能超越自己命定的坑？

5

人世間那裏有乾淨。
乾淨的就不是人世間。

6

人生是一面鏡。
人生是一盞燈。
人生是一座鐘。
人生是一個結。

7

對現代人來說，放縱或約束自己，內心都是痛苦的；大概，只要是人，就會痛苦吧！人的真正麻煩，也就在此。

8

從前的人說：「一葉知秋。」
現代人即使看到樹葉禿光了，也不知冬天早已來臨！

——晨起讀報，整版的兇殺、貪污，以及青少年自殺等新聞，有感而寫。

9

人，對別人的隱私，永遠有著好奇。

10

人和人的悲劇是一代又一代的。

11

人類，能跑到那裏去呢？無非是逃家又回家的路，以及生與死之間的路。

12

沒有一個人，能夠一輩子安靜。

13

隔一張紙，你就看不見。
隔一道牆，你就聽不見。
人要辨別真理，是那麼容易的嗎？

14

世界變得這麼複雜，人要怎麼活下去，活得令自己安心，而又甘心，真的需要大智大慧。

15

人真能操縱自己的一生嗎？

16

動物的悲哀，在於不會思想。而人的悲哀，卻是因為會思想。

17

也有人說，會思想，才有快樂。
你看過會笑的動物嗎？
只有人會笑！

18

人生在世，無非行走一場！
有人在家鄉行走。有人在異鄉行走。有人在大城行走。有人在小鎮行走。有人在國內行走。有人到世界各地行走。天之涯，地之角，其實每個人都行走同樣多的路。所不同的，有人總行走在我們眼前四周，有人彷彿斷了線的風箏，行走得消失了蹤影。

19

人生還有幾種永遠的行走。無非是：
從飯廳走到廁所。
從廁所走到臥室。
從臥室走到客廳。

從客廳走到廚房；以及——
從生走到死。

20

人會覺得累，是因為每天要活，不能偶爾死一死。

21

我們常聽人說：「這個人怎麼這麼奇怪？」
你自己不奇怪嗎？
人們容易忘記自己的奇怪，才是一種真正的奇怪。

22

守在自己人生的方格裏，苦；逃出自己人生的方格，更苦！

23

人活著，就要活出意義來。為別人謀幸福是一種意義。自己活得快快樂樂，也是一種意義。可就不能只是宿命的活著，無可奈何的活著。

24

很多人一生追求的目標是：希望有一天大家都知道我，大家都喜歡我，大家都崇拜我！真正到了那一天，真實的情況卻是：大家都在議論你，大家都在批評你，甚至大家都在嘲諷你！

25

現代人說得太多，吃得太多，要得太多，卻很吝嗇於付出。

26

最後，我們只是大地的垃圾。

——一九八五年九月三十日〈自立副刊〉（鐘麗慧代編）

——《人啊人》，爾雅出版社

◆作者簡介

隱地，本名柯青華，浙江永嘉人，一九三七年生於上海市。政工幹校（今政治作戰學校）新聞系第九期畢業，曾任《純文學》月刊助理編輯，主編《青溪雜誌》、《新文藝》月刊、《書評書目》雜誌，現任爾雅出版社發行人，曾獲金石堂書店票選為一九九七年出版風雲人物。隱地早年從事小說創作、小說選評與編輯出版工作，近年來創作散文小品，對現代人的生活與處境有所省思，所觸及的包羅人生各階段，自呱呱墜地而童年、而少年，戀愛、擇偶、婚姻生活、城市游獵，以至於生病、老死等，呈現出一位知識分子對現實社會生存環境的嘲諷、建議和企盼。五十六歲那年隱地開始寫詩，現已出版《法式裸睡》、《生命曠野》等四本詩集，寫出現代都市人的歡樂與孤寂。他所創辦的爾雅出版社四十年來堅持純文學、高品質的出版，最為藝文界所樂道。著作隱地體哲理小品《心的掙扎》、《人啊人》、《眾生》三冊，其他重要散文集有《歐遊隨筆》、《翻轉的年代》、《漲潮日》等。其中，《漲潮日》「以亂針繡的筆法，在十餘篇散文中交錯織綴個人的前半生履痕，不避諱身世積鬱，不隱匿青春情慾，父母失和、少小流離、腹肚的餓與慾望的餓，坦露於筆下，以其逼視真相而撼動讀者。」（王盛弘語）

◆作品賞析

「純正無邪的寫作心態」、「率真鮮活的詩性情態」、「純淨平實的自然語態」，中國詩評家沈奇曾認為隱地以此「三態」，構成他詩作的基本質地：作為精神向度的歸真和作為語言向度的返璞。如果以這樣的三態來看隱地的雅痞生活與散文精神，其實更為恰當。

以《我的宗教我的廟》為書名，以「書」為孩子命名，以出版書為其專職，書與隱地結了不解之緣。他說：「將近五十年的寫作生涯，對於我，寫作已經成為我生活的一部分，而且是極為重要的一部分，當寫作成為生活中的習慣，它就會成為一種享受，就像喝咖啡一樣的享受，即使是寫作不順帶來的痛苦，也彷彿成了癮，戒不掉，繼續苦思，直到一篇作品完成，才能通體舒暢，繼續別的工作。」至於寫作的內容，在〈文學‧出版‧夢〉這篇文章中，他說：「只要有人在，文學就在。文學就是人生。人生當中的恩怨情仇、喜怒哀樂、甜酸苦辣……，希望和無奈，歡樂和悲傷，以及生老病死，慾望受挫，輪迴……種種人生的幽微曲折，困頓纏繞，文學概括承受，也是文學取之不盡的永恆題材。」

〈人啊人〉是潛入人生底層實際體驗，而又回頭沉澱自己的生命格言；是深入思考之後，淺淡敘說的智慧結晶。一般所謂的散「文」，強調鋪陳之功，隱地的這種語錄體寫作就像雨露那樣晶瑩剔透，就像火花那樣璀璨閃爍。鋪陳的散文，展現面的錦繡之美；語錄體的語言，凸顯點的聚焦之功。小說家隱地原來擅長以故事的敘說手段，傳達思想內涵，後來常用散文的敘述手法，表達生活體悟，到了《心的掙扎》、《人啊人》、《眾生》三書，卻改用更為精簡的語言，含不盡之意於其中。使用的文字越來越簡短，小說家隱地自此一變而為詩人，其間的脈絡有跡可尋。《心的掙扎》、《人啊人》、《眾生》三書，可以當作是隱地智慧濃縮、思想濃縮，而後舒展為「詩」的重要過程，〈人啊人〉是智慧的結晶，如「人生是一面鏡」、「人生是一盞燈」、「人生是一座鐘」、「人生是一個結」，言簡意賅，具有晶體的硬度，如果舒展為形象用語，那就是隱地的詩。〈人啊人〉的欣賞，是心靈的溝通，心智的啟迪。

◇延伸閱讀

1. 章亞昕，《時光中的舞者：隱地論》，台北：爾雅，二〇〇三年四月
2. 郭明福，〈唉！人這種動物：我讀《人啊人》〉，《爾雅人》，一九八七年七月三十日

3. 劉俊，〈人啊人〉，《文化貴族》一期，一九八八年二月一日，頁一〇七

4. 秦嶽，〈盡千千萬萬人——評介隱地的《人啊人》〉，《書香處處聞》，台中：台中市文化局，一九九九年六月，頁五九—六三

5. 王鼎鈞，〈隱地漲潮〉，《中央日報》二一版，二〇〇〇年十一月二十八日

昨日以前的星光

楊牧

一

「也許有一天我會寫的，只要那一夜，假如我突然夢迴，我便會擁被坐起……」

我便會推開窗，窗外是漸漸高大的尤加利，也許落雨，雨水答答滴在樹葉上，像琴聲，就像琴聲吧！自從琴聲第一次進入我的詩中，我的生命已經起了很大的變化了。我像突然撥開一片低垂的花樹，展現眼前的是無盡的草原，又是小橋，又是流水，橋邊一幢小屋，炊煙正嬝嬝升著，和平，安祥，恬靜……我想我已回到我的家。也許真是，我已流浪太久，思緒像腳步一樣零亂，到處劃著曲折的痕跡，浪子回家，柴門外駐足傾聽窗子流瀉出來的琴聲，他忘記了一切風險。

假如沒有雨，或者大雨初了，葉子上還殘留著點滴星光，窗簾輕輕招搖，我也將起身，那不是憑欄的時光，我將穿鞋出去，深夜山林，到處都是乍醒的精靈，我走過他們身邊，把影子留給他們。也許就在你窗外，我會看見你，你正伏在桌上，心中唱著神秘的Summer Time，你髮際低飛著夏夜的螢火。

二

我疑惑地抬起頭，右邊的窗外，滿天醬紅色的譎幻。暴風雨前的輝煌在西方沉重地附著，雲不飛，樹不搖。你也看過古典畫家們的畫嗎？這便是了，濃厚，沉鬱，卻給人一種風雨前的安定感。最外層是一列高低迤邐黑色的樹影，你必愛這列樹影，他們又像牆，隔著此岸與彼岸；他們又像女性的愛，擋開了已知和未知，我們生活在愛的這一面，卻奇怪地生活在全然的未知裏。在海邊，就像你住的那小鎮（也像我住的那小城），我們隨時可以看到波瀾，我們卻不能看到這些山嶺的奇蹟。

樹影過來，突然是幾棵苦苓，鳳凰木，輕掩著夕照下蒼邁古老的理學院大門，階上猶留著雨水，閃著紅紅的光彩，我不期然想起寫〈星河渡〉那天，那是一個悶熱的中午，我寫：

主啊，對你千年猶如昨日
但一片鐘聲
招我，招我，招我

那時我的眼睛瞪著窗格子外的石階。現在理學院像一座古廟，簷角沉重而又慵懶地伸出來，正好佔領了西天最紅的一角，突然兩隻麻雀自對面飛來，在簷邊上下掠過一陣，吱吱喳喳翻過牆裏去了。

是的，你只注意到右邊轉暗的天色，但我看到左邊窗子對面教室廊下落寞地坐著一個少年。他把兩腳屈起，雙手托著腮，正仰首看著那片天色發呆，他是就要畢業離校的K。他在那裏坐著，和我們看著同一片暮色，暴風雨前的華麗，但我們與他所想的卻完全兩樣。

三

「我在看那顆星，一眨一眨的，好美哦！」

我孩提的時光便是在數星光中溜過去的。母親說我常半夜喊醒她，吵著要去門檻上坐著數星星，看月亮。「月光光，秀才郎，騎白馬……」她說那時我又小又專橫，自管一個人坐在高過膝蓋的檻上仰首看天，小手比劃，常常使她又睏又累，有時還得叫醒父親換班照護我。他們說我數著數著，慢慢自己也睏了，就又依在他們膝頭上睡著了。

自從長大以後，世界越變越離奇，我慢慢發覺，星光太遠了，我眼前展現的正有一個更加確實，更可以親近的世界。那個數星光的小孩也隨著時間的長流悄悄沒去了。但這世界給我的又是甚麼呢？童年的溫馨突然變成了一種負荷，我常把眼前的萬事萬物拿來和孩提甜甜的記憶相比，滿腦子搜索著那紅漆的門檻，子夜墜落的梧桐葉，巷子裏閃閃發光的卵石……——終於有一天我發現，過去的真已經過去了，他們不再出現了，同時我被擊倒，從那時起我開始懷疑這世界的真實性，開始懷疑造物者被恭維，被歌頌的Omnipresence, Omnipotence, Omniscience。

從那時候起，我開始把自己視為宇宙的中心，我信仰自己，極端地崇拜自己，我常驕傲地對旁人說，「我的心中自有一個上帝，他才是無所不在，無所不能，無所不曉的主宰。」我甚至覺得別人都是螻蟻小蟲罷了，只有我是一個醒者。我曾經半年內盡量避免和別人說話，甚至對家人也如此，我把自己關在房間裏，幼稚地沉思，荒唐地痛苦著，用不成熟的憂鬱咬嚙自己稚嫩的靈魂。

這個荒唐的半年，是我生命的轉捩點，我失去了強壯的身體，但卻獲得了無比的力量，我讀遍搜羅得到的書籍，而且在文學浩瀚的大海上找到了我的國土，我真以萬千驚喜把生命投向了詩！然後我開門出來，晨光是另外一種意義的晨光，星夜是另外一種意義的星夜，我自另一個立足點在宇宙萬物間把握到了生命的價值。我不再消沉，也不再沉湎過去，我把孩提甜而淒清的記憶用幾句話埋葬過去——

說我流浪的往事，唉！
我從霧中歸來……
沒有晚雲悻悻然的離去，沒有叮嚀；
說星星湧現的日子，
霧更深，更重。
記取噴泉剎那的散落，而且泛起笑意，
不會有萎謝的戀情，不會有愁。
說我殘缺的星移，哎！

我從霧中歸來……

——一九六一年

——《葉珊散文集》，洪範出版社

◆作者簡介

楊牧，本名王靖獻，台灣花蓮人，一九四〇年九月六日生，早期曾用筆名葉珊寫詩與抒情散文。東海大學外文系畢業、美國愛荷華大學藝術碩士、柏克萊加州大學比較文學博士。三十二歲時啟用筆名「楊牧」，散文寫作轉向深沉，古今中外經典的鎔鑄，花蓮山風海雨的震盪與洗滌，造就學院散文的高峰。曾任教於麻薩諸塞大學、普林斯頓大學及華盛頓大學。一九八三年回國講學，任台灣大學比較文學研究所客座教授一年，並曾暫寓香港，為科技大學創校人之一，曾任國立東華大學文學院院長，中央研究院中國文哲研究所首任所長。榮獲第一屆詩宗社詩創作獎、吳三連文藝獎（散文類）、二〇〇〇年國家文藝獎。著有散文集《葉珊散文集》、《年輪》、《柏克萊精神》、《搜索者》、《山風海雨》、《疑神》、《星圖》、《亭午之鷹》等。

◆作品賞析

吳三連文藝獎（散文類）對楊牧散文的贊語是：「在主題意識方面，他關懷鄉土、關懷社會、關懷整個世界，他揭露問題，往往提出理想，他關懷的範圍由小而大，思考的層面由淺而深。在藝術技巧方面，致力突破形式上的窠臼，別創新格，嘗試從西方文學、中國古典文學、現代詩中汲取各種藝術技巧，融入散文之中。」

陳芳明在〈孤獨深邃的浪漫象徵——楊牧的詩與散文〉中，說楊牧「迷戀過希臘文化的榮光，傾慕過英國的唯美傳統，嚮往過愛爾蘭歷史的生與死，鑽研過晚明的斜陽美學，楊牧的文學生涯誠然有過多重的轉折，唯潛藏在他生命裡的浪漫主義精神，則始終如一。從早期《水之湄》啟航，到近期《時光命題》的生命探索，楊牧彷彿經歷了一場廣漠浩瀚的飄泊。或竟如他自己承認的，這是一個無政府主義的漫長旅途。但是，細察每一時期的作品，都可發現其靈魂深處都存在著終極關懷與理想彼岸。他抗拒所有的人為傷害與權力干涉，追求的是博大無私的情感世界，以及奮進不懈的生命情調。」點出楊牧迷人的那一種氛圍，浪漫與理想的邂逅。

〈昨日以前的星光〉，其實可以證實吳三連文藝獎對楊牧藝術技巧的贊語是正確的，楊牧的散文從葉珊時期就已瀰漫著詩的迷人語言、詩的迷人氣息。〈昨日以前的星光〉選自《葉珊散文集》，回憶自己如何從夢寐中貪看星光，在星光裡睡著，又從這樣美的星光中找到自己的國土，「星光」不僅是真正的星光，而且還是神祕與美的文學象徵，詩的幽光。在未進入懷疑期的童年星光自有一種純真之美，進入懷疑期的荒唐半年，卻是讀遍眾書的時候，然後再開門出來，「星光是另外一種意義的星光」。這樣的印證過程，經歷懷疑、否定，獲得真正的醒覺，都在星光下進行，幽光微芒，星輝閃映，這正是葉珊、楊牧散文的光輝。其中「我開始把自己視為宇宙的中心」的這一段，則是浪漫主義者常有的英雄觀，但在尚未觸及星光敘述時，這篇散文先以第一節窗外雨滴的光影，帶領讀者進入恍惚之境，再以第二節的古典畫境，落寞少年，逐漸帶入星光幽微。這就是陳芳明所說的「孤獨深邃的浪漫象徵」。楊牧的浪漫顯現在孤獨深邃之後，掩映在古典詩文與學院簷角的光影裡。

◆延伸閱讀

1. 溫瑞安，〈散文的意象：雄偉與秀美——略論余光中、葉珊的散文風格〉，《幼獅文藝》四四卷一期，一九七六年七月，頁一三—二〇

2. 何寄澎，〈永遠的搜索者——論楊牧散文的求變與求新〉，《臺大中文學報》四期，一九九一年六月，頁一四三—一七六

3. 沈冬青，〈進入源頭參與創造——內心風景的搜索者楊牧〉，《幼獅文藝》八二卷四期，一九九五年十月，頁四—一〇

4. 何寄澎，〈「詩人」散文的典範——論楊牧散文的特殊格調與地位〉，《第一屆花蓮文學研討會論文集》，花蓮：花蓮縣立文化中心，一九九八年，頁一五〇—一六三

5. 楊照採訪，王妙如記錄整理，〈人生採訪當代作家映象——專訪楊牧〉，《中國時報》三七版，一九九九年十二月十八—二十三日

6. 陳芳明，〈孤獨深邃的浪漫象徵——楊牧的詩與散文〉，〈讀楊牧〉，《聯合文學》，二〇〇一年三月，頁一七一—一七七，頁一八一—一八三

我在

張曉風

記得是小學三年級，偶然生病，不能去上學。於是抱膝坐在床上，望著窗外寂寂青山、遲遲春日，心裏竟有一份巨大幽沉至今猶不能忘的淒涼。當時因為小，無法對自己說清楚那番因由，但那份痛，卻是記得的。

為什麼痛呢？現在才懂，只因你知道，你的好朋友都在那裏，而你偏不在，於是你癡癡的想，他們此刻在升旗嗎？他們在操場上追追打打嗎？他們在教室裏挨罵嗎？他們到底在幹什麼啊？不管是好是歹，我想跟他們在一起啊！一起挨罵挨打都是好的啊！

於是，開始喜歡點名，大清早，大家都坐得好好的，小臉還沒有開始髒，小手還沒有汗濕，老師說：

「×××」

「在！」

正經而清脆，彷彿不是回答老師，而是回答宇宙乾坤，告訴天地，告訴歷史，說，有一個孩子「在」這裏。

回答「在」字，對我而言總是一種飽滿的幸福。

然後，長大了，不必被點名了，卻迷上旅行，每到山水勝處，總想舉起手來，像那個老是睜著好奇圓眼的孩子，回一聲：

「我在。」

我在，和「某某到此一遊」不同，後者張狂跋扈，目無餘子，而說「我在」的仍是個清晨去上學的孩子，高高興興的回答長者的問題。

其實人與人之間，或為親情或為友情或為愛情，那一種親密的情誼不是基於我在這裏，剛好，你也在這裏的前提？一切的愛，不就是「同在」的緣份嗎？就連神明，其所以為神明，也無非由於「昔在、今在、恆在」，以及「無所不在」的特質。而身為一個人，我對自己「只能出現於這個時間和空間的局限」感到另一種可貴，彷彿我是拼圖板上扭曲奇特的一塊小形狀，單獨看，毫無意義，及至恰恰嵌在適當的時空，卻也是不可少的一塊。天神的存在是無始無終浩浩莽莽的無限，而我是此時此際此山此水中的有情和有覺。

有一年，和丈夫帶著一團年輕人到美國和歐洲去表演，我堅持選崔顥的〈長干行〉作為開幕曲，在一站復一站的陌生城市裏，舞臺上碧色綢子抖出來粼粼水波，唐人樂府悠然導出：

君家何處住
妾住在橫塘
停船暫借問
或恐是同鄉

渺渺煙波裏，只因一錯肩而過，只因你在清風我在明月，只因彼此皆在這地球，而地球又在太虛，所以不免停舟問一句話，問一問彼此隸屬的籍貫，問一問昔日所生，他年所葬的故里，那年夏天，我們也是這樣一路去問海外中國人的隸屬所在啊！

一九八三年九月廿四日我到香港教書，翌日到超級市場去買些日用品，只見人潮湧動，米、油、罐頭、衛生紙都被搶購一空。當天港幣與美金的比例跌至最低潮，已到了十與一之比。朋友都替我惋惜，因為薪水貶值等於減了薪。當時我站在十四年後一九九七的陰影裏，望著快被搬空的超級市場，心裏竟像疼惜生病的孩子一般的愛上這塊土地。我不是港督，不是黃華，左右不了港人的命運。但此刻，我站在這裏，跟異域的中國人在一起。他們沒有國家，九十年來此處只是殖民地，但他們仍然締造了經濟上的奇蹟。而我，仍能應邀在中文系裏教古典詩，至少有半年的時間，我可以跟這些可敬的同胞併肩，不能做救星，只是「在一起」，只是跟年輕的孩子一起回歸於故國的文化。一九九七，香港的命運會如何？我不知道，只知道曾有一個秋天，我在那裏，不是觀光客，是「在」那裏。

《舊約聖經》裏記載了一則三千年前的故事，那時老先知以利因年邁而昏聵無能，坐視寵壞的兒子橫行。小先知撒母耳卻仍是幼童，懵懵懂懂的穿件小法袍在空曠的大聖殿裏走來走去。然而，事情發生了，有一夜他聽見輕聲呼喚：

「撒母耳！」

他雖渴睡卻是個機警的孩子，跳起來，便跑到老以利面前：

「你叫我，我在這裏！」

「我沒有叫你，」老態龍鍾的以利說：「你去睡吧！」

孩子去躺下，他又聽到相同的叫喚：

「撒母耳！」

「我在這裏，是你叫我嗎？」他又跑到以利跟前。

「不是，我沒叫你，你去睡吧。」

第三次他又聽見那召喚的聲音，小小的孩子實在給弄糊塗了，但他仍然盡快跑到以利面前。

老以利驀然一驚，原來孩子已經長大了，原來他不是小孩子夢裏聽錯了話，不，他已聽到第一次天音，他已面對神聖的召喚。雖然他只是一個稚弱的小孩，雖然他連什麼是「天之鍾命」也聽不懂，可是，舊時代畢竟已結束，少年英雄會受天承運挑起八方風雨。

「小撒母耳，回去吧！有些事，你以前不懂，如果你再聽到那聲音，你就說：『神啊！請說，我在這裏。』」

撒母耳果真第四度聽到聲音，夜空爍爍，廊柱聳立如歷史，聲音從風中來，聲音從星光中來，聲音從心底的潮聲中來，來召喚一個孩子。撒母耳自此至死，一直是個威儀赫赫的先知，只因多年前，當他還是稚童的時候，他答應了那聲呼喚，並且說：「我，在這裏。」

我當然不是先知，從來沒有想做「救星」的大志，卻喜歡讓自己是一個「緊急待命」的人，隨時能說「我在，我在這裏」。

這輩子從來沒喝得那麼多，大約是一瓶啤酒吧，那是端午節的晚上，在澎湖的小離島。為了紀念屈原，漁人那一天不出海，小學校長陪著我們和家長會的朋友吃飯，對於仰著脖子的敬酒者你很難說「不」。他們喝酒的樣子和我習見的學院人士大不相同，幾杯下肚，忽然紅上臉來，原來酒的力量竟是這麼大的。起先，那些寬闊黧黑的臉不免有一份不自覺的面對臺北人和讀書人的卑抑，但一喝了酒，竟人人爭著說起話來，說他們沒有淡水的日子怎麼苦，說淡水管如何修好了又壞了，說他們寧可傾家蕩產，也不要天天開船到別的島上去搬運淡水……

而他們嘴裏所說的淡水，從臺北人看來也不過是鹹澀難嚥的怪味水罷了——只是於他們卻是遙不可及的美夢。

我們原來只是想去捐書，只是想為孩子們設置閱覽室，沒有料到他們紅著臉粗著脖子叫嚷的卻是水！這個島有個好聽的名字，叫鳥嶼，岩岸是美麗的黑得發亮的玄武石組成的。浪大時，水珠會跳過教室直落到操場上來，澄瑩的藍波裏有珍貴的丁香魚，此刻餐桌上則是酥炸的海膽，鮮美的小管……然而這樣一個島，卻沒有淡水……。

我能為他們做什麼？在同盞共飲的黃昏，也許什麼都不能，但至少我在這裏，在傾聽，在思索我能做的事……

讀書，也是一種「在」。

有一年，到圖書館去，翻一本《春在堂筆記》，那是俞樾先生的集子，紅綢精裝的封面，打開封底一看，竟然從來也沒人借閱過，真是「古來聖賢皆寂寞」啊！心念一動，便把書借回家去，書在，春在，但也要讀者在才行啊，我的讀書生涯竟像某些人玩「碟仙」，彷彿面對作者的精魄。對我而言，李賀是隨召而至的，悲哀悼亡的時刻，我會說：「我在這裏，來給我唸那首〈苦晝短〉吧！唸『吾不識青天高，黃地厚，唯見月寒日暖，來煎人壽。』」讀那首韋應物的〈調笑令〉的時候，我會輕輕的唸「胡馬胡馬，遠放燕支山下，跑沙跑雪獨嘶，東望西望路迷，迷路迷路，邊草無窮日暮」一面覺得自己就是那從唐朝一直狂馳至今不停的戰馬，不，也許不是馬，只是一股激情，被美所迷，被莽莽黃沙和胭脂紅的落日所震懾，因而心緒萬千，不知所止的激情。

看書的時候，書上總有綽綽人影，其中有我，我總在那裏。

《舊約．創世記》裏，墮落後的亞當在涼風乍至的伊甸園把自己藏匿起來。

上帝說：
「亞當，你在那裏？」
他噤而不答。
如果是我，我會走出，說：
「上帝，我在，我在這裏，請你看著我，我在這裏。不比一個凡人好，也不比一個凡人壞，有我的遜順祥和，也有我的叛逆凶戾，我在我無限的求真求美的夢裏，也在我脆弱不堪一擊的人性裏，上帝啊，俯察我，我在這裏。」

我在，意思是說我出席了，在生命的大教室裏。
幾年前，我在山裏說過的一句話容許我再說一遍，作為終響：
「樹在。山在。大地在。歲月在。我在。你還要怎樣更好的世界？」

——《我在》，爾雅出版社

◇作者簡介

張曉風，筆名曉風、桑科、可叵，江蘇銅山人，一九四一年生於浙江金華。東吳大學中文系畢業，曾任教東吳大學、香港浸會學院，現任教於陽明大學。創作領域跨越散文、小說、戲劇、兒童文學四大區塊，著作共三十餘種。曾獲中山文藝獎、國家文藝獎、中國時報文學獎、聯合報文學獎、吳三連文藝獎、洪建全兒童文學獎等，十大傑出女青年。重要散文作品有《愁鄉石》、《步下紅毯之後》、《你還沒有愛過》、《再生緣》、《我在》、《這杯咖啡的溫度剛好》、《你的側影好美！》、《星星都到齊了》等。

◆作品賞析

張曉風創作以散文為主，散文天地廣闊如人生，淡時有淡味、濃時有濃情，懷舊時動人心肺，創新時則摧人肝膽，她認為「從前，有一個王子……」的故事所以好聽的關鍵，其實不在王子，而在「從前」，一切故事之所以好聽，其實都是因為包含了歲月走過的聲音。

曾昭旭認為「曉風之所以為曉風，毋寧在她內裡的愛。」這種愛應該是超越洋溢的宇宙情懷，才能具體落實在世上的一切眾生，這樣的愛，其實是所有作家都該擁具，特殊的是「曉風以其親身，印證了作一個赤誠的民族主義者與作一個虔摯的基督徒之兩不相妨且兩相成全，印證了落實具體的愛之表現與超越普遍的愛之根源的實為一體。」詩人席慕蓉在《星星都到齊了》散文集的序文中，說她羡慕張曉風的國學根柢，妒忌張曉風的才情，而更深深地觸動內心的，是張曉風的悲憫之心，十分近距離的觀察所得，具體而周全地傳達了張曉風散文的特質所在。

〈我在〉的主旨，幾乎用張曉風文中的佳句就可以豁然開朗，欣見天地：「樹在。山在。大地在。歲月在。我在。你還要怎樣更好的世界？」話語中充滿著自信。我在，有著「我出席」的一種榮譽感，有著「我承擔」的一種責任感。我在，就會有更好的世界。

「我思故我在」，這句西洋哲人的名言，其實也可以用來看待張曉風這篇散文，如果不是緊密的思考過，不會有〈我在〉這篇散文。〈我在〉這篇散文從小學生的出席談起，能出席，能與同學同甘共苦，就是絕大的幸福，這樣的說法，一開始就讓我們對自己的生命、自己的健康、自己的參與，知所珍惜。而且，將孩子的回答「在」，說成是「回答宇宙乾坤，告訴天地，告訴歷史，說，有一個孩子『在』這裏。」這是多麼尊嚴而又自信的話語！接著談到「愛」是你在、我剛好也在的緣分；「神」是「昔在、今在、恆在、無所不在」，無始無終浩浩莽莽的無限，而我是此時此際此山此水中的有情和有覺。將人的生存意義，與天地同論，將愛的神祕感，你我同享。由此開展出來的存在感，溫馨而有說服力，不論是神話的延伸、苦難的承當，還是讀書時與古人神交，那種生命的大教室裡「我出席」的豪興，其實也有「無所不在」的驕傲！

◆延伸閱讀

1. 陳義芝主編，《張曉風精選集》，台北：九歌，二〇〇四年五月
2. 王藍，〈張曉風的創作〉，《文學雙月刊》一五期，一九八三年九月，頁二三—三九
3. 齊邦媛，〈行至人生的中途・《我在》中的曉風〉，《中國時報》八版，一九八四年九月二十四日
4. 柳惠容，〈《我在》在我心〉，《文訊》一六期，一九八五年二月，頁二一二—二一三
5. 王文興，〈張曉風的藝術・評《我在》〉，《中國時報》八版，一九八五年三月十五日
6. 余光中，〈亦秀亦豪的健筆——我看張曉風的散文〉，《中華現代文學大系：評論卷》，台北：九歌出版社，一九八九年，頁七五二—七六一

7.林怡芳，〈有以與人的採蓮女子——張曉風的散文世界〉，《國文天地》一〇卷一一期，一九九五年四月一日，頁三七—四五

8.阿盛，〈簡潔閎約，婉轉深厚——張曉風〉，《自由時報》，一九九八年十二月十一日

9.鍾怡雯，〈我在／不在中國〉，《亞洲華文散文的中國圖像（一九一四—一九九九）》，台北：萬卷樓，二〇〇一年，頁三四—四七

詩名

吳晟

一

你看出歲月的滄桑，明顯刻劃在我臉上，是否也能理解我對人世的關注，反而更熱切。

你看到詩作的累積，襯托在我年老的資歷，是否也可以體會，我的心境，仍然如文學少年那般單純而狂熱。

你看見我在文學活動的場合，似乎有些熱絡，是否也能想像，我在小鄉鎮的日常生活，很少很少有機會記得自己是詩人身分。

我仍信奉，就像土壤中的種子，各自汲取水分，耐心等待生根發芽，只有在寂寞中浸過汗水或淚水、只有在孤獨中傾注心血的詩句，才可能貼近人們的心靈深處。

請你確實檢驗我的新作，是否仍鮮活豐沛，如果只是重複老調，我寧願從此沉默不語。

二

在某個聚會場合，都城來的年輕詩友，突然輕聲對我說：「詩人無需客氣。」我愣了一下，望向他自信滿滿的神情，不解其意。年輕詩友笑了笑，再次說了一遍：「詩人本來就無需客氣。」

在某個聚會場合，都城來的報社編輯，相互敬酒時，誠意表示：「以你的詩作成就，要有自信。」

在某篇詩人介紹文章中（我的好友所寫），讀到一小段關於我的句子：「水稻在微風吹拂時的農民卑屈形象與哀愁感……。」

想必是我長年在田間耕作，握鐮握鋤，習慣向大地彎腰向作物俯身，或是現實生活的連連挫敗，形塑了鄉間歐吉桑拘謹近乎謙卑的樣貌，成為我給人的既定印象。

詩家該有怎樣的姿態呢？

猶如水稻在微風吹拂，尤其是稻穗飽滿之時的低垂意象，謙虛與卑屈之間，有多重面向的解讀吧。

三

有位詩友如是形容我：他長久居住的地方，眼睛張開就是看到水稻，早晚聽的就是鄉親的語言，他一直都和母親住在保守的農村守著祖產。

這一小段描述連續使用「保守」和「守著」，言下之意似乎是在強調我的生活單一無變化，也在暗喻我的「視野」不夠開闊。

我的確是道地的農家子弟，田土和作物、鄉情和親情，自然而然成為我從事勞動之餘的詩作，最主要的內涵。我不諱言自己的侷限性。

其實生命情境浩瀚如大海，每個詩家拚盡一生心力完成的作品，只不過反映了一些小小浪花，描繪了一圈小小波紋，各有圓滿自足的天地，也各有不同領域的侷限。

而我仍堅信土地是生命根源；我也堅信從土地滋生而來的情感和體悟，自有生生不息的寬闊。

四

偶然參加一場詩學研討會，見識了許多學術名家、文學教授，侃侃而談各家詩社的起落、各種流派的興衰，以及詩社與詩社之間的恩怨情結。

私底下有人向我悄悄探問，那些風起雲湧的結社造勢，怎麼不見我的蹤影。

我約略知道，在我年輕時陣，曾有一群同輩，舞龍打鼓，意氣風發煽動右翼，颳起一陣一陣眩人風潮；也有一群同輩慷慨激昂煽動左翼，旋起一陣一陣熱烈讚賞。

右翼左翼右翼左翼，更有人不時搭配這個主義那個流派，順應時勢悄悄更換，迷惑了無數青春眼眸的仰視。

我坦然相告，長年居住村莊，揮灑沉默的汗水，乃至挑屎擔糞搬堆肥，我既無主義也無派別，只有靠雙腳踩踏田地，靠雙手握住農具。

在鄉間寂靜的孤燈下，鄉民的腳印、土地的氣味、作物抽長的枝葉……，便一一投射在我真實刻繪的詩作中。

如果必須探究我的詩作有什麼鮮明意識，我只知每一份詩情，都是連接台灣島嶼每一寸土地。

五

五、六〇年代，年少時期我曾在一本文學雜誌上讀到一小段話，大意是說：我們絕不寫今日刊出，隔天便被送去搗爛做紙漿的東西……。

這可以十分具體展現那個年代，不少文學同好的寫作信念。

我因個性使然，欠缺如此自負的豪情，然而這段話確實經常在我的思維中出現，是自我惕勵、自我期許的重要指標。

如今面對複雜多變泡沫般瞬即淘汰的聲光資訊，面對隨手丟棄變成垃圾，隔天便被送去搗爛做紙漿的文字產品，越大量製造，越快速消失，我仍堅持什麼呢？

就像某種手工技藝的老師傅，早年「刻鋼板」那般著力，我謄稿時仍一筆一劃鄭重其事，我是在抗拒文字的粗率，或者說抗拒自己的作品「年歲」太短促吧！

六

君子疾沒世而名不稱焉！（君子擔心死後名聲不流傳）。

我也因詩名不夠顯揚（如某本詩選未選入我的詩作、如某篇台灣詩學論述未提及我……等等）而鬱卒而憤憤不平嗎？

我的確常因這些俗惡之念耗去不少心神。如財富斂之不足、如權位爭之不休，有何差別？真是無比羞慚！

每一次聲名的計較，都是一種妄想，每種妄想都化身無數隻手指，隨時向自己指指點點，又化身無數針刺，不斷刺傷自己。

其實我真正在意的，該說是詩作能否流傳，而不是有無獲得任何形式的桂冠。

如果我創作的詩篇，經常有人歡喜吟誦，某些詩句可以貼近人們心靈深處，響起清澈的回聲，那才是我最殷切的心願。

然則這樣的心願，也是多餘的癡想妄念吧！

喜愛文學閱讀，進而養成書寫習慣，作為庸碌生命中的寄託，便是莫大福分。創作過程固然難免艱辛，創作成果卻是難得的安慰。

七

詩人需要某些身分增添光彩嗎？或者說某些身分可以提高詩人的聲名嗎？

詩名顯揚與否，主要是憑藉作品本身吧！不過，確實有許多微妙的複雜因素，牽連著詩名的起伏，至少，在現當代。

比如社會地位、結盟造勢、集團依附、獎項烘托、媒體流行、時代風潮、意識形態，乃至詩人本身的傳奇故事……。

這些固然都是無需諱言的事實，我卻寧可寂寞，不願多費心思去「經營」，只因每一份詩名的強求，總是徒增心神的疲累和不堪。

我一再警惕自己，創作者有生之年，最重要或者說唯一必須講求的，只有傾注心血創作更完善的作品。

至於詩名顯揚與否，終究還是回歸作品本身吧！

八

難得邀請你回到年少歲月的故鄉彰化，特別親切高興，本應多談些愉快的鄉情，竟然按捺不住積存在我內心的俗惡之念，向你傾吐「聲名」的「委屈」，包括近幾年的年度詩選，未選入我「重新出發」的作品……。

我會有這些抱怨，充分暴露了我自己既無寬闊的心胸淡然視之，也無足夠的自信冷然待之。承你好意一再肯定我的詩藝成就，並以「人之常情」寬慰我，令我既感激又羞愧。難得邀請你回彰化，本應多談些愉快的鄉情呀！

送你離去後，我確實懊惱不堪。我真是老不長進呀！像我這樣的年歲，早該歸真反璞，徹底擺脫聲名計較，全心全意擁抱生命、探求詩藝。

下次再請你回彰化，一定要帶你四處走走，回味回味年少歲月的鄉情，只談風土、不涉俗名。

九

詩作本身也是一種社會參與嗎？

正在就讀大學的兒子，聽我敘述對某些社會現象的憂慮，急於寫成文學作品，兒子發出疑問：「既然那麼關切，何不直接投身改革行動，不是更快更有效嗎？」

回顧三十多年來，我在農村教書、耕作，夜晚有限的休閒時間，則致力學習文學創作，不曾中斷，主要的動力來自生命的熱愛、社會的關懷，以及文學的理想。

其實我也曾花費不少時間和心力，直接參與社會改革運動。

然則社會參與和藝術完成如何取得平衡呢？其中時間和心力如何調配呢？

作品取材自社會關懷，是為了成就自己的文學志業呢？還是真正有助於發揮一些實際作用呢？

關切現實當然不是唯一的文學題材，但絕對是重要的題材；或者說，詩可以處理「超現實」的題材，當然也可以關切社會、介入現實。只是不但要顧及普遍性，更要通過「藝術性」的嚴苛檢驗。

這是社會寫實文學的創作者，必須面對，並一再反省自己的共同嚴肅課題吧！

十

「美國文學應該超越地域性」、「法國文學應該超越在地性」、「日本文學應該超越本土性」……。

我不知世界各國的「文學界」有無類似的理論指導，而「台灣文學應該超越地域性」的論述，卻甚為強勢流行，延伸而來的「配套」論述，便是「台灣文學不該狹隘自限、應該有世界宏觀、國際視野……。」

仿如，「地域性」便是等同於狹隘。

何謂「地域性」？如何「跳脫」如何「超越」？我未曾見過論者舉出「文本」實例作解說，不知有何所指，或隱含什麼「特殊意義」。

其實，將觸鬚伸向遼闊世界汲取養分，將枝葉開向國際天空吸取陽光，這本是起碼的學習精神和態度，誰會否定或拒絕？

然而如萬般植物根源於立足的土地，文學創作的主要根源，也是來自成長於斯、生命活動完成於斯的「在地」，這本是自然萌發的表現，何關乎什麼主義派別、意識形態。

我一直堅信文學創作根源於真實生活，才有動人的力量；同時文學回歸於生命本質，才有深遠的意義。

十一

偶爾應邀去演講，結束之後，掌聲、要求簽名、拍照，以及送花送精心製作的感謝卡片等等，熱情厚意，我確實無比欣喜感動，卻也很不自在。

我深知每一場演講，必須煞費時間心力作安排，若是講者內容不夠充實，真是愧對主辦人員，更辜負聽眾的寶貴時光。

而我雖然熱愛文學，並無高深的涵養和見解，只能講述一些閱讀經驗、創作心得供參考而已。其實文學風貌有如人生面向，各自發展獨特的格調。每位詩家的議論，大抵是替自己的詩風作詮釋乃至作辯護。

我一再接受邀請去演講，除了不堪寂寞，如果有什麼私心，那便是希望有更多讀者親近詩，有更多讀者喜歡我的詩作，並從中獲得共鳴。

不過，「寂寞無人問」、無人閱讀，難免很失望，有人誇獎則很惶恐。每有讀者表示喜愛我的作品，欣慰之餘總有些「歹勢」，只恐自己的作品還不夠「水準」，辜負了讀者。

我也很不喜歡這樣彆扭的心情。

十二

演講場上，經常有年輕學子，也有中年聽眾，向我探問如何寫詩以及和詩相關的疑問，面對渴望得到滿意回覆的眼神，總是令我十分惶恐。

我唯一能作答的只是建議直接親近詩作，從閱讀本身吸收經驗、體會詩藝。

我絕無矯情。只因詩學領域浩瀚無際；而我所知何其淺薄有限。我仍繼續在探索詩的語言、結構乃至詩的意義，仍有許多困惑。

我的年歲固然累積了些經驗和心得，然而年歲也許是蓬勃生長邁向成熟的表徵，也可能是逐漸僵化固執、趨向衰敗腐朽……。

我希望自己每個階段都是起始、都是新人，都彷如回歸年少時光單純而熱忱的創作心境。事實上，詩就是生命，對生命無止無盡的熱愛和探索，就是詩最大的原動力。

十三

年少學詩之初，嘗將詩人形象特別美化，幾近神聖化；逐漸有機會認識一些「名詩人」的真實「面目」，雖無所謂的「破滅」，總是懂得回歸到「文本」去看待。

詩人較有「修養」嗎？詩人較有「氣質」嗎？詩人較有「人格」嗎？詩人該有什麼風采呢？事實上，寫詩不必然與任何「修養」、「氣質」或「人格」有關連。我曾認識脾氣很大、待人很傲慢、甚至對親友很絕情的詩人作家……。人性上許許多多的惡，也都可能在某些詩人身上毫無保留的表現出來。

然而詩畢竟是無止無盡的美好追求，任何詩人都不足以代表詩。

因此，每當應邀向年輕學子談詩，我總會擔心聽眾因為對我的失望而累及對詩的排斥。我常以這段話作結束：「你們可以對任何詩人失望（當然包括我在內），但千萬勿對詩失望喲！因為詩是無止無盡的美好追求，任何詩人都不足以代表詩。」

十四

生命的本質，無疑是寂寞而荒蕪吧！

幸而生活之中，每個階段，總有些特別貼心的人、特別動聽的歌曲、特別著迷的畫作、特別愛戀的詩篇、特別悅目的景致……，深深感動著我們，陪伴我們度過悠悠歲月。

這些陪伴也許是長長的一生始終不渝，也許只是短暫的剎那，畢竟都曾充盈我們的心靈、撫慰我們的精神。

正是這些陪伴，我們的生命曠野才有免於枯乾的源泉，才有免於荒蕪的綠蔭。即使孤獨，也增添如許美麗的色彩。

那麼，詩文學的閱讀與創作，乃是在寂寞的旅途中，尋覓深受感動的陪伴吧！

——《一首詩一個故事》，聯合文學出版社

◇作者簡介

吳晟，本名吳勝雄，台灣彰化人，一九四四年生於溪州。屏東農專畜牧科畢業，長期擔任彰化縣溪州國中生物教師。二〇〇〇年退休後，專事耕讀；並兼任多所大學講師，教授文學課程，至二〇〇七年止。曾獲一九七〇年優秀青年詩人獎，一九七五年第二屆中國現代詩獎，一九八〇年應邀赴美國愛荷華大學「國際作家工作坊」訪問。吳晟的文學創作以詩為主，散文為輔。他的作品都是從實際的生活體驗中醞釀出來，有泥土的穩實、鄉村的樸實、生活的真實，不矯飾、不故作姿態，充滿捍衛意識。著有詩集《飄搖裡》、《吾鄉印象》、《向孩子說》、《吳晟詩選》，散文集《農婦》、《店仔頭》、《不如相忘》、《一首詩一個故事》、《筆記濁水溪》等。

◆作品賞析

二十世紀七〇年代以後，台灣的現實主義以吳晟為代表，五十多年來吳晟植根於台灣這塊土地上，不曾遠離，台灣農民、台灣農村、台灣農作，這三者形成吳晟憫農詩篇的主要活力。吳晟的田園詩、憫農詩以鄉土的語言、樸素的生活風貌為其主軸，以固守家園、對抗時代沖激，顯現農民憨直性格為其精神之所在。完全進入工商電子時代的台灣社會，吳晟的田園作品、憫農精神，有著碩果僅存、彌足珍貴的價值。

二〇〇二年，吳晟獲得彰化縣政府頒贈「磺溪文學獎」成就獎，讚辭如下，可以見證他作為土地寫實主義者「記鄉、憫農」的成就：

悲農人，憫農事，繫農物，傳農情，

領人道主義之大纛；堪稱新詩界的榮光，散文家的典範。

記鄉人，寫鄉事，歌鄉物，詠鄉情，

總鄉土文學之大成；正是彰化人的驕傲，台灣島的楷模。

吳晟的散文依然環繞著他的母親、他的家鄉、他的土地、他的詩作，即使是擔任南投縣駐縣作家，他仍然選擇筆記濁水溪作為回報，因為濁水溪源出南投，流域主要遍布的是彰化縣東南鄉鎮。此處選錄的是

〈詩名〉，屬於《一首詩一個故事》的範疇，可以見識不同於大家所熟悉的吳晟。

〈詩名〉，吳晟以詩而有名，以鄉土詩而有名，這篇散文所思索的是鄉土作品的地域性、現實風，與現代主義、超現實主義的藝術性、國際觀，兩者之間孰得孰失，當然，吳晟早有定見，這篇散文重點不在呈現思辨的過程，二者的利弊，而在堅定自己的信仰：「只有在寂寞中浸過汗水或淚水、只有在孤獨中傾注心血的詩句，才可能貼近人們的心靈深處。」他從十四個不同的面向去思考，環繞的是「詩」與「名」，寫什麼樣的詩、如何寫詩、如何成名、成名又如何，我們可以感受到作者的焦灼，焦灼於鄉土寫實的作品未能獲得廣大讀者、評論者的賞識，焦灼於資本主義消費者導向的閱讀經驗對台灣文化的挫傷。這樣的焦灼才是這篇散文的主旨所在。

◇延伸閱讀

1. 康原，〈農婦與泥土：小論吳晟的詩與散文〉，《文訊》一期，一九八三年七月一日，頁九八—一〇一
2. 宋澤萊，〈台灣農村社會記實文學的巔峰，論吳晟散文的重大價值〉，《台灣日報》二三版，一九九六年十一月十一—十三日
3. 謝昆恭，〈是誰在敲門——吳晟《一首詩一個故事》讀後〉，《台灣日報》二五版，二〇〇三年七月二十三日

玉山去來

陳列

I

崎嶇的碎石小徑在無邊的漆黑中循著陡坡面曲折上升。我臨時隨行的一支欲登玉山頂觀日出的隊伍，自從出了冷杉林，進入海拔約三五五〇公尺的森林界線以後，已因成員體力的不一而斷隔為好幾截；我看到他們的手電筒或頭燈的微光點綴在上下的數個路段上，在黑暗裡搖晃。那些不時閃現的人影、岩坡和低矮的圓柏叢，全如魅影般。

由於沒有了樹林的遮擋，風稍大了，夾著淩晨近四時的森冷寒氣，從難以辨認的方向綿綿襲滲而來。裹在厚重衣服裡的身軀，卻因吃力攀爬而是熱的。四周也仍相當安靜，只有偶爾從那寂寂黑色中響起的前後人員的傳呼應答，或是石片在暗中某處唰唰滑落滾動的聲音。我一邊聽那聲音在我身旁飄浮懸蕩，一邊聽著自己的心跳和踩在碎石上的蹬音，一步步地繼續往那黝黑的高處摸索，彷彿是史前地球上的一個跋涉者。

經過幾小段碎石坡以後，矮樹也漸少了，風，卻更強勁，陣陣拍打著身邊的裸岩，咻咻刮叫。

我斜靠在一處樹石間休息，腳下的急斜坡掩沒在黑暗裡，而很遠很遠的底下，是數公里外嘉南平原上和高雄地區依稀聚集的燈光。天空仍是濃濃墨藍，只有很少的幾顆很亮的星。

路愈往上愈坎坷，呈之字形一再轉折，沿鬆脆的石壁而上。我儘量調整呼吸，配合著放下每一個斟酌過的步伐。而就在這專注中，天終於開始轉亮，晨光漸漸，在我身旁和腳下開始幽微浮露出灰影幢幢的巉岩陡崖。驚懼的心反而加重了。

到達位於玉山山脈主脊上的所謂風口的大凹隙時，形勢大改。山野大地好像在我來不及察覺之際忽然在我腳下翻轉了半圈；上坡時一路被暗暝龐大的嶺脈遮住的東邊景觀，轉瞬間出現在我一下子舒放拉遠開來的眼底裡。大斜坡、深谷、北峯，以及從北峯傾斜東去的山嶺，都在薄薄的曙色風霧中時隱時現。寒風嚣叫，從那屬於荖濃溪源頭的谷地吹掃過來，沿著大碎石坡，直向這個風口猛衝。我緊緊倚扶著危巖，努力睜眼俯瞰錯落起伏的山河，心中也一陣陣的起伏。

然後，當我手腳並用地爬過最後一段顫巍巍破碎裸露的急升危稜，終於登頂後，我就看到那場我從未見識過的高山風雲激烈壯濶的展覽了。

2

這是四月初的時候，清晨近五點，我第一次登上玉山主峯頂。當我正是氣喘吁吁，驚疑的心神仍來不及落定時，山頂上那種宇宙洪荒般詭譎的氣象，剎那間就將我完全鎮懾住了。一片洪荒初始的景象。

大幅大幅成匹飛揚的雲，不斷地一邊絞扭著，糾纏著，蒸騰翻滾，噴湧般綿綿不絕從東方冥冥的天色間急速奔馳而至，灰褐乳白相間混，或淡或濃，瞬息萬變，襯著灰藍色的天，像颶風中翻飛的卷絲，像散髮，狂烈呼嘯，洶洶衝捲，聲勢赫赫，一直覆壓到我眼前和頭上，如山洪的暴濺吟吼，如宇宙本身以全部的能量激情演出的舞蹈，天與地以及我整個人，在這速度的揮灑奔放中似乎也一直在旋轉搖盪著，而奇妙的是，這些雲，這些放肆的亂雲，到了我勉強站立的稜線上方，因受到來自西邊的另一股強大氣流的阻擋，卻全部騰攪而止，逐漸消散於天空裏。

而在東方天際與中央山脈相接的一帶，在這些喧囂狂放的飛雲下，卻另有一些幾乎沉沉安靜的雲，呈水平狀橫臥，顏色分為好幾個層次，赭紅的、粉紅的、金黃的、銀灰的、暗紫的，彼此間的色澤則細微地不斷漫漶濡染著，毫無聲息，卻又莫之能禦的。

然後，就在那光與色的動晃中，忽然那太陽，像巨大的蛋黃，像橘紅淋漓的一團烙鐵漿，蹦跳而出，雲彩炫耀。世界彷彿一時間豁然開朗，山脈谷地於是有了較分明的光影。

這時，我也才發現到，大氣中原先的那一場壯烈的展覽，不知何時竟然停了。風雖不見轉弱，頭頂上的煙雲卻已淡散，好像天地在創世之初從猛暴的騷動混沌中漸顯出秩序，也好像交響樂在一段管弦齊鳴的昂揚章節後，轉為沉穩，進入了主題豐繁的開展部。

我找了一個較能避風處，將身體靠在岩石上，也讓震撼的心情慢慢平息下來。

3

啊，這就是台灣的最高處，東北亞的第一高峯，三九五二公尺的玉山之巔了，嶔奇孤絕，冷肅硬毅，睥睨著或遠或近地以絕壑陡崖或瘦稜亂石斷然阻隔或險奇連結著的神貌互異的四周群峯，氣派凜然。

名列台灣山岳十峻之首的玉山東峯就在我的眼前，隔著峭立的深淵，巍峨聳矗，三面都是泥灰色帶褐的硬砂岩斷崖，看不見任何草木，肌理嶙峋，磅礴的氣勢中透露著猙獰，十分嚇人。我想，在可預見的未來，我是絕對不敢去攀登的。

南峯則是另一番形勢：呈曲弧狀的裸岩稜脊上，數十座尖峯並列，岩角崢嶸，有如一排仰天的鋸齒或銳牙。白絮般的團團雲霧，則在那些墨藍色的齒牙間自如地浮沉游移，陽光和影子愉悅地在獰惡的裸岩凹溝上消長生滅。而二公里外的北峯，白雲也時而輕輕籠罩，三角狀的山頭此時看來，相形之下就可親近多了，在綠意中還露出了測候所屋舍的一點紅。

中央山脈的中段在似近又遠的東方，大致上，或粉藍或暗藍，從北到南一線綿亙，蜿蜒著起起伏伏，自成為一個更大的系統，兩端都溶入了清晨溶溶的天光雲色裡，中間的若干段落也仍被渾厚的雲層遮住了，但浮在雲上的一些赫赫有名的山頭，卻是可以讓我快樂地一邊對照著地圖一邊默默叫出它們的大名：馬博拉斯、秀姑巒、大水窟山、大關山、新康山……。它們一一來到我的心中。

我站起來，在瘦窄的脊頂上走動。落腳之處，黑褐色的板岩破裂累累，永在崩解似的。岩塊稜角尖銳，間雜著碎片與細屑，四下散置。我就在這些粗礪又濕滑的碎石堆中謹慎戒懼地走著，辛苦抵擋著從西面吹來的愈來愈強盛的冷風。我勉強張眼西望，看到千仞絕壁下那西峯一線的嶺脈和楠梓仙溪上游的一段深谷，都蒙在一片渺茫淡藍的水氣裡。阿里山山脈一帶，則遠遠地橫在盡頭，有如屏障一般，山與天也是同樣粉粉的淡藍，只是色度輕重不一而已。

實在非常冷。我恍悟到耳朵幾乎凍僵了，摸起來麻麻刺刺的。那支登山隊的幾位隊員在急勁酷寒的風中顫抖著身子。有人得了高山症，臉色一陣白似一陣，呼吸困難，身軀直要癱軟下來的樣子。我的溫度計上指著攝氏二度。

4

後來我才曉得，山有千百種容貌和姿色。

這一年來，我三次登上玉山主峯頂。一月中旬，有一次我在雪花紛飛中穿過冷杉林之際，曾被那深厚濕滑的冰雪地阻斷了最後的一段一公里多的登頂路程。繼四月底的初登經驗之後，六月底，我大白天二度登臨，只見濕霧迷離，遠近的景觀幾乎都模糊一片，只有偶爾在那霧紗急速地飄忽飛揚舞蹈的某個瞬間，才隱約露出局部的某個斷稜或山壁。

但隔一週後摸黑再上山時，遭遇竟又迥然不同。難得的風輕雲也淡。最迷人的則是日出前後東北方郡大溪一帶的景色。在那溪谷上，霧氣氤氳，濛濛寧謐的水藍。層層疊置著一起從兩旁緩緩斜入溪谷地的山嶺線，便全都浴染在那如煙的藍色裡，彷彿那顏色也一層疊著一層，漸遠漸輕，滿含著柔情。
這個早晨，似乎仍是地球上的一個早晨，永遠以不同的方式和樣貌出現的高山世界的早晨。當旭日昇起，在澄淨的蒼穹下，台灣五大山脈中，除了東部的海岸山脈之外，許多名山大嶽，此時都濃縮在我四顧近觀遠眺的眼底，所有的那些或伸展連綿或曲扭褶疊的嶺脈，或雄奇或秀麗的峯巒，深谷和草原，斷崖和崩塌坡，都在閃著寒氣，變動著光影，氣象萬千，整個的形象卻又碩大壯闊，神色則一般地寧靜無比。這個時候，光和風雲，以及其他什麼時候的雨雪雷電，都瞬息萬變地在這個山間世界裡作用嬉戲，讓山分分秒秒地改變著它的形色與氣質。然而就在那捉摸不定的特性裡，透露的卻又是巨大無朋，如如不動的永恆的東西，讓人得到鼓舞與啟示的東西，例如美或者氣勢，動與靜的對立與和諧，生機與神靈。
我一次又一次地在玉山頂來回走動，隱約體會著這一類的訊息，時而抬頭四顧巡逡，一邊再默默念起各個山峯的名字。一種對天地的戀慕情懷，一種台灣故鄉的驕傲感，自我心深處汩汩流出，一次深似一次。

5

台灣，其實，不就是一個高山島嶼嗎？或者更如陳冠學所謂的，「台灣以整個台灣，高插雲霄」。
兩億五千萬年以前，當時的亞洲大陸的東方有一個海洋，來自陸塊的砂、泥等沉積物經年累月在陸棚和陸坡上堆積。

七千萬年前，大陸板塊與海洋板塊開始碰撞，產生了巨大的熱與力的作用，原來的沉積岩廣泛變質。台灣以岩石的面貌初次露出水面。

此後的漫長歲月裡，這個區域漸回復平靜，台灣島與大陸之間的地槽再度累聚起厚厚的沉積物，冰河的融化則使台灣島又沒入海面。

四百多萬年前，一次對台灣影響最大的造山運動發生了。菲律賓海洋板塊由東方斜著撞上了台灣東部，使台灣島的基盤急速隆起，地殼抬升，使岩層再次褶皺斷裂，變形變質。這些斷裂，亦即近南北方向的斷層，是台灣一種出現頻繁的地質構造。本島南北平行的幾個大山脈，也正是這種來自東西方向的劇烈擠壓造成的，台灣因此高山遍佈。

因此，台灣以拔起擎天之姿，傲立海中。

在這個島上，海拔超過三千公尺的名山，達二百餘座。面積僅有三萬六千平方公里的一個海島，竟坐擁這麼多高山峻嶺，舉世罕見。

目前，這兩大板塊衝撞擠壓所產生的抬升起用，仍在進行。

我所站立的這座玉山，正就是地殼上升軸線經過之處。我置身的玉山山脈和眼前的這一段中央山脈，也正是台灣山系的心臟地帶，座落在台灣高山世界的最高處。

6

我一次又一次走入山區，在玉山頂碎裸的岩石間踱步，時而環顧那些既殊形詭狀又單純重複疊置著淡入遠天或浮露於閒雲間的峯巒，當世界遼闊清亮的時候；而當風生雲湧，冷氣颼颼刺痛著我寒凍的臉孔，所有的景物和生命跡象又都急急隱沒了，甚或細密的雨陣排列著從某個方位橫掃而來，夾著風與霧，消失了一座又一座的山谷和森林。清明中見瑰麗，晦暗動盪中更仍是大自然無可置疑的巨大與神奇。

我於是開始漸能體會學者所說的台灣這個高山島嶼的一些生界特質了。

真的，假使沒有這些攢簇競立的大山長嶺，台灣的幅員將顯得特別狹小，不見高深，風景則變得平板單調，沒了豪壯氣勢與豐富的姿采，而人與其他生物也勢必有著迴異於目前的生息風貌的吧。

對於生界的特色，氣候是關鍵性的決定因子，而對於台灣的氣候，我眼際裡的這些重重高山，正有著莫大的正面作用，像一道道相倚並峙的屏障般，在冬夏兩季期間，分別攔下了來自東北與西南的季風氣流，使得島上年年都有充沛的雨水，孕育出蒼翠的森林，並將全島滋潤得難見不毛之地。座落於島上中央地帶的整個玉山國家公園，也因而成為台灣最重要的集水區。濁水溪、高屏溪和東部的秀姑巒溪這三條台灣島上的大水系，都以這裡為主要的發源地。

台灣山勢的崇高，也使溫度、氣壓和風雨都受到極大的影響而呈垂直變化，在海拔不同的地區造成極其明顯的氣候差異，使原屬亞熱帶短距離緯度內的台灣，出現了寒溫暖熱的諸種氣候型。動植物的類型，當然也就隨海拔位置的不同而大有變異。

台灣垂直高度近四千公尺，從平原走上玉山頂，就氣候和草木的變化來說，微地形、微氣候和微生態系姑且不論，大略等於從此地向北行四千公里。一個蕞爾小島竟有如此紛歧的氣候型和生態系，這又是世界難有其匹的。

台灣就是一座山，一座從海面升起直逼雲天且蘊藏著豐富生命資源的巍巍大山。這是造化奇特的賜予。我們大部份人大部份時間就在它的腳下生聚行住。我在玉山地區三番兩次進出逗留，總覺得自己已走進它的源頭了。

7

這個源頭，基本上，卻相當荒寒。

設於海拔三八五〇公尺之玉山北峯的測候所，測得的玉山地區年均溫是攝氏三・八度。攝氏五度的等溫線大致與海拔三五〇〇公尺的等高線相合。而三千公尺以上的地區，在冬季乾旱不明顯時，積雪期可連續達四個月。

一般而言，由於氣候的因素，加上岩石裸露，風化劇烈，土壤化育不良，海拔超過三千六百公尺的地帶無法形成森林，三千八百公尺以上的地區，更可以說是台灣生育地帶的末端，只能存活著少數的某些草本植物。

我先前幾次走過這個高山草本植物帶時，只覺得滿眼盡是光禿的危崖峭壁，岩層破碎。勁厲的冷風，經常吹襲。這裡像是另外一個世界。間或出現在石屑裡的小草，看起來毫不起眼。我不曾為它們停留過疲累的腳步。

然而六月底再次經過時，我卻為它們展露的鮮艷色彩而大感驚訝。荒冷沉寂的高山上突然出現了一片蓬勃的生機。尤其是北峯周圍，可能因坡度較緩，土壤發育較好，花草甚茂，各種色彩紛紛將這個高山地域鑲飾得不再那麼冷硬：紫紅色的阿里山龍膽，晶瑩剔透如薄雪般的玉山薄雪草，藍色的高山沙參，黃色的是玉山佛甲草、玉山金梅和玉山金絲桃，以及在北峯頂上盛開成一大片的白瓣黃心的法國菊……。我開始帶著一本小圖鑑專程去進一步認識它們。

在長期冰封之後，這些高山草花，這時，正進入它們的生長季節。它們正趁著氣溫回升的短暫夏日努力成長，在一季裡匆忙地儘量完成從萌芽至開花、結果以至散播種子的一生歷程。

不過另一方面，我這時卻也開始了解到高山野花之所以多為多年生，原來是有其苦衷的。對許多高山植物而言，籽苗內的養份畢竟有限，無法同時供應成長與孕育種子之需，所以為了達成繁殖的目的，只得採取分年逐步完成生命循環的策略：第一年全心全意發展根系，次年發芽，然後年復一年的儲存能量，待準備充足後，再驕傲地綻放出美麗的花朵來。

但即使是這麼堅韌的高山岩原植物，在玉山主峯頂上，也已少見。我反而發現了兩棵玉山圓柏。四月底的時候，這一簇出現在峯頂稍南絕崖陡溝中的綠意旁，仍留著一小堆殘雪。它們是台灣最高的兩棵樹。

然而就植物生命而言，地衣則還高過了它們。顏色斑駁地貼生在山巔裸岩上的這些地衣雖屬低等植物，但因不畏高山上必然強烈的風寒和紫外線，且能將假根侵透入岩石內，逐漸使之崩解，使高山上高等植物的生長成為可能，因此一向是惡劣環境中最強悍的先鋒植物。

至於動物，據說在溫暖的季節，仍會有長鬃山羊、水鹿和高山鼠類在此出沒。但我三度登頂，卻只有在四月底的那一次看到一隻岩鷚。只有一隻。牠長得胖胖的，離我約僅一丈，在板岩碎屑上慢條斯理地走著，毫無怕人的樣子。灰色的小小的頭，時而啄點著地面，時而抬起來四下顧盼，背部灰栗相間的覆羽在刮掃的冷風中不斷地張揚起伏。

這就是台灣陸棲鳥中海拔分佈最高的鳥類，而且是世界上僅存於我們這個島嶼上的台灣特有亞種。

可是為什麼只有一隻呢？牠真的能在這麼高寒的裸岩間找到果腹的小蟲或植物種籽嗎？興奮之餘，這些都不免令我疑惑。

8

我一再地攀爬跋涉於玉山頂一帶，後來彷彿覺得幾乎要成為一種迷戀式的追尋甚或膜拜了。我逐漸察覺到，自己似乎愈來愈期待著要在每次的山野漫遊中，在某個時刻，通過高山世界那種亙絕千里的恢宏大氣勢，通過周遭或恆久或瞬息生滅的形色聲氣和律動，去和什麼東西連結起來，譬如土地，譬如時間，等等。我是已體會到了我可以為之歡欣的某些什麼，但我仍貪婪的希望能確切地把握得更多。

然而，經過了一長段時日之後，玉山頂所有的那些經歷，在記憶中其實有一部分卻已混淆起來；某些個別的興奮心情雖還在，但印象中所有的那些或美麗或偉大的色彩和聲音，形狀和氣質，所有的那些我曾有過的感動或震撼，領會或省悟，最終都混合成單純的某些繫念和啟示，留存在心底裡。

當夏天過去，秋天來到，高山的花季迅速銷聲匿跡，冷霜降臨，多刺的玉山小檗的葉子轉紅了，掉落了。然後是冬天，一片皚白的冰雪世界。那些裸岩、地衣、那兩株海拔最高的圓柏，以及全部的那些堅苦卓絕的高山草花們，都將一體覆蓋在厚厚的白雪下。而那隻孤獨的岩鷚，應該也會往低處移居的吧。

然後，也許四個月之後，春天回來了。然後夏天……。好長好長的一再輪迴的宇宙的歲月，大自然的歲月，我目睹過的那個玉山地區高山世界的歲月。

我懷念這樣悠悠嬗遞著的歲月，同時相信這其中必然存在著可以超越時間的義理和秩序，一些既令人敬畏卻又心生平安和自在，既令人引以為傲卻又願意去謙虛認知的屬於高山、屬於自然、屬於宇宙天地的義理和秩序。

——《永遠的山》，玉山社

◆作者簡介

陳列，本名陳瑞麟，台灣嘉義人，一九四六年生。淡江大學英文系畢業，曾任教於花蓮花崗國中。一九七二年因「叛亂犯」罪名被捕入獄，一九七六年出獄後以自耕農為生，並從事寫作。九〇年代投身政治，歷任民進黨花蓮縣黨部執行長、主任委員，曾膺選為國大代表。曾獲中國時報文學獎散文首獎及推薦獎。創作文類以散文為主，重要散文作品有《地土歲月》、《永遠的山》。

◆作品賞析

陳列的散文集出版不多，量少質精，寫作的觀點則是：「我儘量避免寫遠離社會現實的囈語謊言，但同時又深信文學應有它之所以是文學的藝術美質，是不該受到犧牲或迫害的。我在這塊土地上生活、走動，經歷見聞的某些人和事物曾令我感動、不安或憤懣。我的散文，大抵是這一類情思的紀錄。」《地土歲月》、《永遠的山》就是這種描繪台灣土地的紮實作品，寫實主義為其主精神，但卻以精細的觀察、藝術的手法，湧現令人感動的質素。

尤其是《永遠的山》，寫的是台灣的聖山——玉山，更為台灣這塊土地留下令人感動的篇章，「玉山國家公園廣達十萬餘公頃，座落在台灣中央稍南的地帶，境內全是峻嶺高山和大小無數的溪谷源頭，以及在雲霧經常繚繞幻化的這些山水間生息演替的豐繁的動植物；除了南北邊緣上各有一處布農族原住民的小聚落之外，概無常住的人跡。」在這樣一個大自然的世界，斷斷續續盤桓了一年，陳列覺得是「一連串的驚訝與摸索、學習與啟發的一年。」「生命裡的視野正重新開始，新奇和困惑之感則一直相伴著。」這些散文不僅是文學作品，也是遊記、動物誌、植物誌、森林生態誌、地理誌、部落誌。陳列據實傳真，有時又優美如詩，我們感受著大自然裡的山水、岩石、樹木、草葉、鳥獸的形貌、色澤、氣味，彷如親聞親見，我們也跟著驚訝、摸索、學習，獲得啟發，一方面沉澱自己，一方面沉思人與大自然的關係，重建人與天地的倫理。

〈玉山去來〉所記的是凌晨玉山攻頂的經驗，對於尚未登過玉山的人，可以散發出一股感性的誘引力量，也可以提供理性的登山準備；對於登過玉山的人，則是最精確的回憶，雲彩的幻化，岩層的不同質地、不同色澤，圓柏的蹲踞，空氣的冷冽，影片般在陳列的文章中呈現。登玉山而「曉」台灣，空間上「許多名山大嶽，此時都濃縮在我四顧近觀遠眺的眼底」，北至雪山，南至高屏，都可以一覽無遺；氣候和景觀上，因為台灣垂直高度近四千公尺，從平原走上玉山頂，等於是從台灣北行四千公里所能看到的變化，「一個蕞爾小島竟有如此紛歧的氣候型和生態系，這又是世界難有其匹的。」玉山是台灣的聖山，登玉山可以「曉」台灣，作為台灣人，怎能不應陳列文章的召喚，一親玉山！

延伸閱讀

1. 王威智，〈台灣本土人物傳——陳列其人、文學與政治的天平〉，《台灣時報》二二版，一九九四年十一月三日
2. 陳萬益，〈原住民的世界——楊牧、黃春明與陳列散文的觀點〉，《第一屆台灣本土文化學術研討會論文集》，台北：師大文學院，一九九五年，頁三三九—三四五
3. 沈乃慧，〈大地之歌，黎民之光——閱讀陳列〉，《更生日報・四方文學週刊》二三八期，一九九七年十一月三十日
4. 何雅雯，〈知識與心靈的雙重驚嘆——陳列《永遠的山》〉，《文訊》一六五期，一九九九年七月，頁四七—四八

爸爸帶你回朝興村

蕭　蕭

每一滴水都嚮往大海，大海是水的家鄉。

每一隻鳥都嚮往天空，天空是鳥的家鄉。

我們也有我們的家鄉。

有的人沒有家鄉，他沒有他的根土，像飄流的雲那樣。

有的人有家鄉卻回不去。回不去的家鄉是雨後的彩虹。

我們可以回去。

所以，爸爸常帶你回朝興村。

很遺憾，你不出生在朝興村，你出生在員林，而後在臺北長大，弟弟離朝興村更遠，他在臺北出生，也在臺北成長，說不定，將來也要在臺北求學、奮鬥，與兩百萬人共同視息，與六十萬輛車子共同呼吸。

不過，不要緊，爸爸的家鄉就是你的，你的家鄉就是朝興村。

你有一個可以回得去的家鄉。

所以，爸爸常帶你回朝興村。

朝興村裏跟爸爸一起長大的，我的兄弟，我的姊妹，都不住在朝興村裏了，他們有的住在社頭街上，有的住在桃園機場附近，有的也住在臺北，但我們還是要回去，要帶你回朝興村去！

那兒還住著爸爸最親近的人，爸爸的爸爸、爸爸的媽媽，我們曾經住了二十代吧！有朝興村，我們就像古書上說的：「日出而作，日入而息，鑿井而飲，帝力於我何有哉？」我們可以大聲吆喝、大聲呼叫——那不叫沒禮貌，我們可以大步跑、大步跳，不會發生所謂的車禍、流血、迷失了方向。

阿公、阿嬤還住在朝興村，他們捨不得那兒的山、那兒的水，捨不得那些五、六十年的老鄰居，捨不得那裏的空氣。

最記得有一次，我們回去，我騎著阿公的老鐵馬，你就坐在車子前面橫桿的椅座上，阿公坐在後面的貨架上，我費力地踩著車子，行駛在全社頭鄉最美的公路邊，我兩腳踏得痠痛，迎著落日，心中卻充滿喜樂，祖孫三代坐著一輛破舊的老鐵馬，年輕的我要負起奉養老父與幼子的責任，我是那樣心甘情願踩踏著老鐵馬，一個是吾父，一個是吾子，我擔負著蕭家薪火的傳承，那樣的使命感深深激動我自己。

那樣的心情，當時才中班的你或許還無所覺。

什麼時候你才會體悟那樣的心情呢？

還早著哪！

此刻，爸爸只願意帶你回朝興村，只要回到朝興村就可以深深體會土地與生命緊緊的繫連，體會生命與生命傳承的意義。

就在朝興村，涵容在朝興村的懷抱裏，什麼都不必說，一切的意義都在無言中傳遞、理會、頷首。

只要望一望那無際的稻浪，聽一聽雞鴨的叫聲，跟白髮的老人講幾句簡單的話。回去，就只為了這些。趕三個小時的路，就為了看看簡單的事物，聽聽簡單的聲音。

再簡單不過了。

即使，在朝興村我們已經沒有了田地，爸爸也要帶你回朝興村。

就在前兩個月，所有我們家的田地（也不過是三分地），阿公忍痛將它賣了，因為阿公年紀大了，無法耕作了，我知道阿公賣田的心情，多少代耕作的土地，一旦讓人，情何能捨？情何以堪？然而，又能如何呢？手中的鋤頭無法交下去啊！沒有一個孩子願意留在鄉下種田，士工商去了，就是不農，就是不農啊！

我們回去看看我們賣掉的田吧！是不是仍然一片葱蘢，一片可喜的景色？

所以，爸爸要帶你回朝興村。

爸爸知道你最喜歡吃西瓜，你知道西瓜的果肉為什麼那麼黃澄澄的甜？沒有別的原因哪，就為了要人吃它，好讓它灰黑的種子繼續落在土地裏，繼續綿衍下去，所以，它黃澄澄的甜、黃澄澄的多汁，引你喜歡哪！

了解了這個道理，我們就回朝興村去。

我們慶幸還有一個可以回去的天空，可以回去的土地。

——一九八六年八月
《與白雲同心》，九歌出版社

◇作者簡介

蕭蕭，本名蕭水順，台灣彰化人，一九四七年生，輔仁大學中文系畢業，台灣師範大學國文研究所碩士，曾參加龍族詩社，擔任《詩人季刊》主編、《台灣詩學》季刊主編，曾任教於中州工專、達德商工、再興中學、景美女中、北一女中、南山中學、輔仁大學、文化大學、東吳大學，現任明道大學中文系副教授。著有詩集《悲涼》、《雲邊書》、《凝神》；詩評論集《現代詩學》、《台灣新詩美學》；編有《現代詩導讀》、《新詩三百首》、《新詩讀本》等，是台灣新詩推廣運動中重要的加油手。重要散文作品有《來時路》、《太陽神的女兒》、《與白雲同心》、《忘憂草》、《禪與心的對話》、《心中升起一輪明月》、《詩話禪》等。

◇作品賞析

蕭蕭自小成長於八卦山腳、社頭廣袤的稻野之中，數星望雲的農村生活、童年記憶，油麻菜花迤邐天邊的美學經驗，農人不耕耘即無收穫的苦命哲學，沉穩了他的腳步，開闊了他的心胸，使他眼光高遠，生命境界更加提昇。因此，寫詩、寫散文、寫評論，無不以尊重生命為主軸；因而了解生命在不同的時代、不同的區域，會有生命本質之同；在相同的時代、相同的族群，也會有生命現象之異。所以他既能接納世界文學的洗禮，也能見證台灣文化的多元現象；可以欣賞傳統的古典氣質，也勇於嘗試現代的前衛風格。

〈爸爸帶你回朝興村〉是一篇鄉情與親情揉合的散文，期望孩子親近自己鄉土的呼喚。他以「每一滴水都嚮往大海，大海是水的家鄉。每一隻鳥都嚮往天空，天空是鳥的家鄉。」作為開始。將人類思念家鄉的情感，推廣為自然現象的必然歷程，宇宙萬物的共同宿命。這樣龐大的類比，肯定了思鄉是人類與生俱來的最自然的情感。

多少人為了生計離開家鄉，卻忽略教育下一代家鄉的意義。而且，言教不如身教，身教不如境教，跟孩子說自己家鄉的美好，不如親自帶領孩子回到家鄉，身教與境教並行：「只要回到朝興村就可以深深體會土地與生命緊緊的繫連，體會生命與生命傳承的意義。」這時，什麼都不必說，一切的意義都在無言中傳遞、理會、領首。文章最後，作者以十歲的孩子喜歡吃的西瓜作為譬喻，西瓜的果肉黃澄澄的甜，才能引人吃它，才能讓種子綿延下去，家鄉的美好類近於西瓜的甜熟，所以我們要親近它。這時，家鄉的美好，傳承的重要，都在黃澄澄的西瓜裡得到領會。

土地之愛，人倫之愛，可以大到以海洋、天空為喻，也可以溫潤、甜蜜，小如西瓜。這樣的譬喻，可愛可親，無比溫馨。

◆延伸閱讀

1. 王灝，〈提昇中國散文裡的農村感情——論蕭蕭的「朝興村」〉，《明道文藝》七三期，一九八二年四月，

頁四七—四九

2. 鄭雅云，〈美麗的鄉愁：〈朝與村雜記〉讀後〉，《文藝月刊》一五七期，一九八二年七月，頁二六—三〇

3. 向陽，〈在天藍與青草之間——蕭蕭的悲涼和激動〉，《文訊》一五期，一九八四年十二月，頁二八四—二九一

4. 何芸，〈堪得回首來時路——蕭蕭作品討論〉，《文訊》一五期，一九八四年十二月，頁二六三—二八三

5. 王灝，〈從「來時路」到「稻香路」——談蕭蕭的台灣農村經驗散文〉，《文藝月刊》二〇三期，一九八六年五月，頁二八—三三

6. 阿盛，〈感性的蕭蕭〉，《爾雅人》一一一—一一二期，一九九九年四月二十日

記一位迷路的藝術家

彭瑞金

有一位藝術界的朋友，擅長繪畫及雕塑，剛及耳順之年，最近因病去世了。朋友們莫不為他的早逝唏噓不已，特別是他最後的十年，無論繪畫、雕塑都達到他藝術技巧的顛峰，卻因故蹉跎，幾乎沒有留下多少作品，為他感到惋惜，我亦感喟然——悼念一位朋友，卻不便提到他的名字。

這位藝術家朋友的過去，我們所知不多，僅知道他出生在中國，少年時代來到台灣，但從他的作品看出來，他的藝術生命很晚才感受到實際存在的空間是台灣，他的生長過程中應該有很長的一段歲月，是把離地伸展等同唯美，並視為自己的創作理論依據。也是他從這樣的虛構中醒來，從離地伸展的空中掉回現實來的時候，我們邂逅了這位從事藝術的朋友。他表示他也在畫「很鄉土的東西」、「也雕塑很鄉土的作品」。坦白說，在七〇年代，我們真誠地相信：「鄉土」是一個自我反省的辭彙，尤其在文學、藝術界，我們肯定這樣的省思是當然而必要的。

我們並不純然是「聽其言而信其行」的粗率，在往後的日子裡，我們肯定他絕不是只走在鄉土流行的風潮裡，他的確以畫筆「寫實」了台灣、尤其是鄉村的景物，他的雕塑也同時回到人群和現實來，在在證明他是有實踐能力的藝術家，趕在鄉土的風潮裡發心向土地，也是誠實可信的。我們一度以他作為詮釋台灣文藝鄉土運動正當性的範例。

也許有一點是我們始終都無法了解的，就是他作為藝術家的傲氣和野心吧！這使得他安心浸淫「鄉土」的時間並不長，在他心底，一直有我們無法理解的、一飛沖天的大鵬鳥抱負，我們和他最大的心靈距離是，我們始終以為台灣的藝術家也應該和台灣的文學家一樣，以生養我們的台灣大地作為一切創作的原動力，鄉土就是一切藝術的母土，捨此，就只有漂泊和流浪。我們更堅定地相信，過去有過一段不短的歲月裡，我們的文學和藝術，被迫虛浮、漂泊，被迫從自己的土地上放逐，處於離地生長的悲哀裡，鄉土運動幫我們建立再也不想離開的信念，我們沒有理由再回到漂泊、流浪的舊日歲月裡去。這恐怕正是我們和這位剛逝去的朋友間，一直沒有辦法跨過的一條溝吧！

這位被我們懷念的朋友，的確是具有「偉大」的藝術家抱負。這也使得他和我們不同，不肯以「鄉土」自我設限。

遠在開放老兵返鄉探親之前，他便捷足先登，早已回去探訪過他所來自的中國。探親，對他應該不具什麼重量，他要探訪的是中國的藝術。隨著開放的腳步，他的「探親」腳步不僅越來越頻繁，每年去好幾趟，有時一去數月，每次去總是腰纏萬貫。友人形容他有一條特製的舶來品加寬皮帶，色澤豔麗耀眼，上面布滿口袋，每回上路前，袋子裡都裝滿美金，也幾乎沒有例外地，務必將那些美金散光才會回來。

中介我認識他的友人說，據他估算，數年來，他花在這趟旅程上的經費超過六百萬台幣，目的是構築一道偉大的藝術工程。他要把自己當橋樑結合台海兩岸的「中國藝術家」，他懷抱著這樣的熱忱，不但跑遍中國的各大都市，更不顧異地他邦的旅行風險，隻身深入窮鄉僻野。我們相信，他對自己的藝術信仰是認真、誠實的，也感佩他對藝術懷抱的熱忱，但聽了他每一趟回來的行程報告，聽到的都是和「盜匪」折衝的故事，都要為他捏把冷汗，慶幸他歷險歸來，卻聽不到任何美的、心靈的體驗。

他的藝術旅行故事，幾乎是千篇一律的被訛詐經驗，多數都來自計程車「師傅」。我們猜想，從他的穿著，尤其是他腰身上的大皮帶，就「啟發」了師傅們豐富的聯想，再加上他自負的藝術家言談舉止，開車前便被加了價，過了縣界要加價，過橋加價，進入土路加價，上山加價，等候加價，回程加價。「大而好用」的美金，怎麼也滿足不了貧窮者貪婪的口嗜，我們打自靈魂深處相信，在他豐富的「中國藝術旅行經驗」裡，帶著這麼濃重的台灣觀光客氣息，沒有在「千島湖」被幹掉，真是託天洪福。

然而，在他身故之後，我們仍然要很哀傷地宣布，他投注這麼多的藝術工程是完完全全落空了，因為它從基礎上便是空的，便是虛幻的，他的「中國癡迷」掩蓋了他曾經覺察過的藝術真實和現實。以將近十年的時間去追求一個實際並不存在的藝術家之夢，十年來，他錯誤投注的，不僅只是金錢和歲月，而且是他整個的藝術生命，十年來，他幾乎不再有什麼比較巨大、重要的創作，我們以一個真正藝術家合理的藝術生命成長歷程推算，這最後的十年，應是他走向自己顛峰的一刻，而他奉獻了虛幻的一個念頭，把它視為終極的藝術理念，真正是一念之差埋葬了藝術家的一生。

藝術家朋友從病發到死亡，只有短短幾個月，中間雖曾辦過一次畫展，有些還是拚了命趕出來的近作，但和他一生花了相當長歲月賣力塑造的蔣介石銅像、以及以國民黨政權「故事」圖寫的畫作比起來，無論是質和量都不成比例，我相信，憑證據說話的歷史很可能只能記住他為蔣介石塑像的「成就」。誰說過，藝術追求的是人間的美、善，其實，藝術也有殘酷的一面。這位藝術家朋友錯過了他最後的十年，終於錯過了他的一生，誰還說藝術的本質不是十分殘酷呢？迷路的藝術家，迷失了自己的一生。藝術家之死，使我想到，藝術家，甚至包括文學家，迷路的時候，與其盲目亂撞，何不原地坐下，就端坐在自己的土地上呢？

——一九九六年十二月二十二日

《霧散的時候》，聯合文學出版社

◇作者簡介

彭瑞金，台灣新竹人，一九四七年生。國立高雄師範學院國文系畢業，曾任高中教師、《文學臺灣》主編，曾獲巫永福評論獎、西子灣評論獎、賴和文學獎、行政院文耕獎等。現任靜宜大學台灣文學系教授兼系主任。彭瑞金對台灣文學的探索，重點放在關懷台灣文學的屬性及定位問題，他從本土的觀點詮釋臺灣文學的歷史發展，自有其清晰的脈流；面對台灣作家與作品，剖情析采，還原作家的書寫意識，頗能掌握台灣本土特質。主要作品均為台灣觀點的文學論述，如《台灣新文學運動四十年》、《瞄準台灣作家》、《台灣文學探索》、《台灣文學論文輯——驅除迷霧　找回祖靈》、《鍾理和傳》、《葉石濤評傳》等。編有《台灣作家全集》（戰後第一代）十一冊、《李榮春全集》十冊、

《李魁賢文集》十冊等。唯一的散文作品是《霧散的時候》。

彭瑞金有著深厚的為台灣文學守候、宣道的心情：「文學永遠是社會人心的指針，文學之道廢，政治、經濟有了再高的成就，都將是一個非浮即亂的社會。」

◆作品賞析

《霧散的時候》不是一般抒情散文集，而是一部台灣文學守衛者所堅持的理念體現。內容共分兩輯：「輯一為『文學與文化』，以個別人物、團體或作品為對象而發言，好比是在琢磨一塊塊的磚頭，讓它適切作為建構台灣文學殿堂的材料，雖難免有些敲敲打打，卻堆疊出一個人與文學對話的場域；輯二為『文學與願景』，文多描繪台灣文學未來的發展願景，企圖為孤高的文學開闢一條通往世界的康莊大道，使之實現文以載道的理想。」

〈記一位迷路的藝術家〉以柔和的語調，娓娓敘說一位一九四九年新移民台灣，在台灣成長的藝術家，曾經把「離地伸展」等同「唯美」，也曾經短暫的省思，趕在鄉土的風潮裡發心向台灣土地，結果卻因為趕搭返鄉列車，耗盡資財，十年間投注中國的藝術工程完全落空，他的「中國癡迷」掩蓋他曾經覺察過的藝術真實和現實，逝世之後，也不曾留下重要的藝術作品，因為人生的最後十年，都浪費在中國藝術旅行中，錢財被騙，心神耗損。

彭瑞金選擇這樣的一位藝術家作為他書寫的客體，自有他選材的目的，不過，也透露出某些值得省思的地方。譬如說，什麼是鄉土？這位迷路的藝術家哪裡迷路了？他不是回到自己所從來的地方嗎？一九四九才十多歲年紀就來到台灣的大陸人，哪裡才是他們的鄉土？如果他們選擇台灣作為落葉歸根的所在，他們心中真正的鄉土應該是何處？〈記一位迷路的藝術家〉提出了一個社會現象，我們所需要思考的鄉土本質，卻剛剛開始。

◇延伸閱讀

1. 馬漢茂，〈激進文學話語——本土評論家彭瑞金〉，《第二屆臺灣本土文化國際學術研討會論文集》，台北：師大人文教育研究中心，一九九六年，頁一一一三三
2. 鄭炯明，〈堅定的台灣文學論述——彭瑞金著《台灣文學探索》〉，《自立晚報》二三版，一九九六年二月二日
3. 彭瑞金，〈文學知我心〉，《台灣新聞報》B一〇版，二〇〇〇年七月二十五日
4. 潘弘輝訪問，〈台灣文學的宣教士——專訪彭瑞金〉，《自由時報》副刊，二〇〇四年五月十八日

無關歲月

蔣勳

時間其實是一條永不停止的長河，無法從其中分割出一個截然的段落。我們把時間劃分成日、月、年，是從自然借來某一種現象，以地球、月球、太陽或季節的循環來假設時間的段落；時間，也便儼然似乎有了起點和終點，有了行進和棲止，有了盛旺和凋零，可以供人感懷傷逝了。

「抽刀斷水水更流」，在歲月的關口，明知道這關口什麼也守不住，卻因為這虛設的關口，彷彿也可以駐足流連片刻，可以掩了門關，任他外面急景凋年，我自與歲月無關啊！

今日的過年是與我童年相差很大了。

在父母的觀念中，過年是一件了不得的大事。民國四十年許，我們從大陸遷臺，不僅保留了故鄉過年的儀節規矩，也同時增加了不少本地新的習俗；我孩童時代的過年便顯得異常熱鬧忙碌。母親對於北方過年的講究十分堅持。一進臘月，各種醃臘風乾的食物，便用炒過的花椒鹽細細抹過，浸泡了醬油，用紅繩穿掛了，一一吊曬在牆頭竹竿上。

用土罈封存發酵的豆腐乳、泡菜、糯米酒釀，一缸一甕靜靜置於屋簷角落。我時時要走近去，把耳朵俯貼在罈面上，彷彿可以聽到那平靜厚實的穩重大缸下醞釀著美麗動人的聲音。

母親也和鄰居本地婦人們學做了發粿和閩式年糕。碾磨糯米的石磨現在是不常見到了。那從石磨下汩汩流出的白色米漿，被盛放在洗淨的麵粉袋中，紮成飽滿厚實胖鼓鼓的樣子，每每逗引孩子們禁不住去戳弄它們。水分被擠壓以後凝結的白色的米糕，放在大蒸籠裏，底下加上徹夜不熄的熾旺的大火，那香甜的氣味，混雜著炭火的煙氣便日夜彌漫我們的巷弄。放假無事的孩童，在各處忙碌的大人腳邊鑽竄著，驅之不去，連那因為蒸年糕而時常引發的火警、消防車噹噹趕來的急迫和匆促，也變成心中不可解說的緊張與興奮。

早年臺灣普遍經濟狀況並不富裕的情況下，過年的確是一種興奮的刺激，給貧困單調的生活平添了一個高潮。

在忙碌與興奮中，也夾雜著許多不可解的禁忌。孩子們一再被提醒著不准說不吉祥的話。禁忌到了連同音字或一切可能的聯想也被禁止著，單方面的禁止孩子，便不生什麼實際的效果，母親就乾脆用紅紙寫了幾張「童言無忌」，四處張貼在我們所到之處。

母親也十分忌諱在臘月間打破器物，如果不慎失手打碎了盤碗，必要說一句：「歲歲（碎碎）平安。」

這些小時候不十分懂，大了以後有一點厭煩的瑣細的行為，現今回想起來是有不同滋味的。

遠離故土的父母親，在異地暫時安頓好簡陋的居處，稍稍歇息了久經戰亂的恐懼不安，稍稍減低了一點離散、饑餓、流亡的陰影，他們對於過年的慎重，他們許多看來迷信的禁忌，他們對食物刻意豐盛的儲備，今天看來，似乎都隱含著不可言說的辛酸與悲哀。

我孩童時的過年，便對我有著這樣深重的意義，而特別不能忘懷的自然是過年的高潮——除夕之夜了。

除夕當天，母親要蒸好幾百個饅頭。數量多到這樣，過年以後一兩個月，我們便重複吃著一再蒸過的除夕的饅頭。而據母親說，我們離開故鄉的時候，便是家鄉的鄰里們匯聚了上百個饅頭與白煮雞蛋，送我們一家上路的。

饅頭蒸好，打開籠蓋的一刻，母親特別緊張，她的慎重的表情也往往使頑皮的我們安靜下來，彷彿知道這一刻寄托著她的感謝、懷念，她對幸福圓滿簡單到不能再簡單的祝願。

我當時的工作便是拿一枝筷子，沾了調好的紅顏色，在每一個又胖又圓冒著熱氣的饅頭正中央點一個鮮麗的紅點。

在母親忙著準備年夜飯的時候，父親便裁了紅紙，研了墨，用十分工整的字體在上面寫一行小字：「歷代本門祖宗神位」。

父親把這字條高高貼在白牆上，下面用新買的腳踏縫衣機做桌案，鋪了紅布，置放了幾盤果點，兩枱蠟燭，因為連香爐也沒有，便用舊香煙罐裝了米，上面覆了紅紙，端端正正插了三炷香。

香煙繚繞，我們都曾經依序跪在小竹凳上，向這簡陋到不能再簡陋的宗族的祖先神祠叩了頭。

在人們的心中，如果還存在著對生命的慎重，對天地的感謝，對萬物的敬愛與珍惜，便一定存在著這香煙繚繞的桌案吧。雖然簡陋到不能再簡陋，在我的記憶中，卻如同華貴莊嚴的神麻俎豆，有我對生命的慎重，有我對此身所有一切的敬與愛，使我此後永遠懂得珍惜，也懂得感謝。

我喜歡中國人的除夕。年事增長，再到除夕，彷彿又回到了那領壓歲錢的歡欣。我至今仍喜歡「壓歲錢」這三個字，那樣粗鄙直接，卻說盡了對歲月的惶恐、珍重，和一點點的撒賴與賄賂。而這些，封存在簇新的紅紙袋中，遞傳到孩童子姪們的手上，那抽象無情的時間也彷彿有了可以寄托的身分，有許多期許，有許多願望。

——《大度・山》，爾雅出版社

◆作者簡介

蔣勳，福建長樂人，一九四七年生於西安。中國文化大學歷史學系畢業，藝術研究所碩士，法國巴黎大學藝術研究所研究，一九八一年受邀參加愛荷華大學「國際作家工作坊」訪問。曾主編雄獅美術叢刊、《雄獅美術》月刊、聯合文學雜誌社社長，任教於中國文化大學、輔仁大學、台灣大學，一九八三年擔任東海大學美術系系主任，一九九〇年卸任。曾獲教育廳全省小說比賽第一名、中興文藝獎章、中國時報散文推薦獎、文化教育節目主持人金鐘獎等。蔣勳寫作文類極廣，包括詩、散文、美學評論，詩和散文頗具個人風格，由於從事藝術工作，沉潛於美的領域、美學的探索，文學作品處處顯露豐富的視覺意象，文字與線條相互借代、滲透，因為特異的藝術角度、藝術重組而產生異樣的美感。著有藝術論述《美的沉思》、《徐悲鴻》、《齊白石》等；詩集《少年中國》、《母親》、《多情應笑我》、《祝福》、《眼前即是如畫的江山》等；小說《新傳說》、《情不自禁》、《寫給Ly's M》等。散文則有《島嶼獨白》、《歡喜讚嘆》、《蔣勳精選集》等。

◇作品賞析

蔣勳三歲時因戰亂而跟著母親及兄姐五人到基隆，父親任軍職，隨後才撤退到台灣，當時住在台北大龍峒附近，孔廟、圓山都是他的童年活動區，當地終年都有的酬神歌仔戲、布袋戲是最早餵養他的台灣本土民間文化。蔣勳的母親是滿清正白旗，母親的祖父是西安知府，於是母親是在終年有戲班唱戲、讀演義小說的環境中長大，母親成為蔣勳最佳的說書人，帶他走向文學、藝術的人生。蔣勳說：我的文學創作帶有荒謬，其實是受母親影響，她並不把幻想當幻想，而是當成實際的經驗講著，這是天生的文學能力，她才是最佳的文學創作者。蔣勳的父親則常要求他背唐詩、宋詞、古文觀止，還要練柳公權、顏真卿的書法，他的童年便在這些精神養分的滋養下豐富了創作的源頭。

陳義芝曾以「在灑金的絹帛上摹寫一篇篇紅塵眷戀」來讚譽蔣勳的散文。張曉風則說蔣勳的散文：「善於把低眉垂睫的美喚醒，讓我們看見精燦灼人的明眸。善於把沉啞瘖滅的美喚醒，讓我們聽到恍如鶯啼翠柳的華麗歌聲。」

蔣勳多年來在文學和美學上的耕耘，張曉風曾以時間的縱軸說他是「人類文化的孝友之子，恭謹謙遜的善述者」，以空間的橫軸說他是「這個地域的詩酒風流的產物，是從容、雍雅、慧黠、自適的人。」

〈無關歲月〉，真的無關歲月嗎？說的偏偏就是歲月，歲末年尾的感觸。

文章一開始，理性的說起歲月其實是一條河，無法分割，所謂年、月、日、時，人為的段落儼然讓時間有了起點和終點，有了盛旺和凋零，可以供人感懷傷逝了！這一段頗有「切題」之意，將歲月年華的分割說成是人類為了方便辨識，如此，其後急景凋年的感觸，當然可以說是「無關歲月」了！文章最後以「壓歲錢」結束，將紅包袋遞傳給子姪們，「那抽象無情的時間也彷彿有了可以寄托的身分，有許多期許，有許多願望。」如此又將歲月落實為可以遞傳、可以寄托的實物了。前後二段，將抽象的歲月具體化，有起點、有終點，有期許、有願望，這些都是人的設計、人的情意，真是無關乎歲月哩！

中間各段則是過年習俗的記述，中國北方食物的醃臘、風乾，閩式年糕的碾磨、炊蒸，點著紅點的好幾百個饅頭，簡陋到不能再簡陋的祖宗神位，父母那一代遠離故土、減低離散陰影的過年作為，其實都是關乎歲月的記憶。關乎？無關乎？本文未作任何一語的辯論。但是，似要疏離，卻更緊密的人與歲月的關係，卻也在未作任何一語辯論的空隙中，讓讀者感受到年與黏的不可分割。

◆延伸閱讀

1. 陳義芝主編，《蔣勳精選集》，台北：九歌，二〇〇二年五月
2. 廖玉蕙，〈永結無情遊：讀蔣勳《大度・山》〉，《文訊》二九期，一九八七年四月，頁二六二—二六五
3. 林燿德，〈蔣勳論〉，《期待的視野——林燿德文學短論集》，台北：幼獅文化，一九九三年，頁一九〇—一九五
4. 衛建民，〈漫談蔣勳的散文（上）（下）〉，《爾雅人》八六、八七期，一九九五年一月十日、三月二十日
5. 張春榮，〈每一個生命都是直墜深淵的——談蔣勳《人與地》〉，《文訊》一二九期，一九九六年，頁二一一—二一二

蝶夢

顏崑陽

昔者莊周夢為蝴蝶，栩栩然蝴蝶也，自喻適志與！不知周也。俄然覺，則蘧蘧然周也。不知周之夢為蝴蝶與？蝴蝶之夢為周與？周與蝴蝶，則必有分矣，此之謂「物化」。

——《莊子・齊物論》

栩栩然：飄飄飛舞的樣子。
俄然：片刻間。
蘧蘧然：蘧，讀為ㄑㄩˊ。蘧蘧然，很清醒的樣子。
物化：物象的變化。

近日，時常有一種很強烈的感覺，許多我所認識過的生命究竟去到那裡了？別說書中明明記載著那些曾經也是活生生的人，什麼孔子、孟子、老子、莊子、秦始皇、漢武帝……如今是再也摸不著他們哩！就說我曾經吃過他們做的飯、喝過他們燒的茶，與他們面對面說說笑笑的人吧！突然去了，而卻去到那裡呢？

C的妻，我親切地喚她為大嫂，很是美麗而溫煦。她燒的菜，我家常地吃過不知多少回，香味還在齒縫間沒被刷掉哩，而她卻就這樣去了。雖然食道癌讓她已纏綿病榻經年，但是就這樣去了，怎麼說都是叫人很難相信啊！

那日，我陪著家屬們上墳，C是默默地忍著悲慟，而她的母親可卻忍不住趴在墳頭嚎哭，非常悽慘。烈日下，工人正趕著替槨蓋上的「十」字塗上金漆，似乎證實著她確已「蒙主寵召」了。我站在一旁，除了努力忍著淚水之外，最強烈的感覺是，好端端的一個人，究竟去了那裡？就這麼消失在漫漫的天地之間嗎？

然而，在另一個場合裡，我卻有著不同的奇異感覺。好幾次，抱著溫溫輭輭的小軀體，我的女兒「默默」以及兒子「圈圈」，都曾經在我懷裡吃喝哭笑。只要日子忙些，他們便在冷不防間，又抽長了幾寸，彷彿朝陽下破土掙出的春筍。這時，我總有著一種很奇異的感覺，這溫溫輭輭的小軀體，究竟是從那兒出來的呢？是誰讓他長成這副模樣！

去的不斷地去，來的也不斷地來，沒有任何活生生的形象能真的永遠凝止不變，就如一幀保持完整的照片。有時，站在旁邊冷靜地看來，一切總是那樣地無常，也那樣地不真實，就像一場隨時都會消逝的夢境。然而，在夢境中的人們，卻又那樣地認真，什麼都在眼前呀！看得到，摸得著，也抓得住呀！C及其母親，不都是那般認真地為逝者而悲慟。而我啊！我抱著兒女的時候，何嘗不也那般認真地歡笑著，為了這不知所從來也不知所將去的小小生命。

人生從開始就是一場夢。問題之一，卻是「夢中者」完全不知是「夢」，還那樣認真地想要這個想要那個，得到就笑，得不到就哭。莊周有一天夢見自己化成蝴蝶，蝴蝶卻不知道自己是莊周所化，那樣認真地做起蝴蝶來，飄飄地飛舞著。等到夢醒了，才明白蝴蝶只是一場夢，此刻清清楚楚地是莊周呀！當然也認真地做起莊周來，想要這個也想要那個，有時哭也有時笑！但問題仍然存在，既然蝴蝶不知自己身在夢境，只是莊周之所化。莊周又怎麼知道自己不也是身在夢境，可能還是蝴蝶之所化哩！這麼說來，人生最大的迷惑，也就是身在虛幻的夢中卻又不自覺啊！

不管是蝴蝶也好，莊周也好，從個體的形象來說，雖然有所分別。莊周不是蝴蝶，蝴蝶也不是莊周。但是蝴蝶可以是莊周所化，莊周也可以是蝴蝶所化。那麼，蝴蝶並不就是蝴蝶，莊周也不就是莊周。一切有形有象的東西，其實都幻化無常，誰能永恆不變呢？

因此，人生只是一場夢，終歸幻滅。問題之二，便隨著產生了。當你從夢中跳脫出來，清醒地知道不管自己扮演的是什麼角色，畢竟只是短暫的幻夢。然則，你還肯不肯那樣認真地演出呢？你會不會突然覺得做什麼都沒有意義！吃飯沒意義、穿衣沒意義、娶妻生子沒意義、求田問舍沒意義、成功立業也沒意義……你只想抽身而退，枯槁於寂寥的天地之間！

這真有些兩難了。人生太痴迷也不是，太清醒卻也一樣不是。那要怎麼辦呢？半夢半醒之間，可以嗎？我想，那反而是另一種矛盾的苦楚，夢既夢得不痛快，就像蝴蝶想飛卻又不盡情地飛。醒也醒得不明白，就像莊周睜開眼睛，卻還沒有弄清自己並不是蝴蝶。那要怎麼辦呢？

老實說，我也不確知該要怎麼辦！以前，我很年輕的時候，總是做蝴蝶就永遠為蝴蝶，別說不許他是莊周，就是當他為蜻蜓、為鳳凰……也是不行的哩！如今，年歲大了，做蝴蝶的時候固然還是很認真，但是等到夢醒過來，發現自己並不是蝴蝶，而是莊周，那就做個莊周吧！也不必然固執地要做蝴蝶了。當然，做莊周也還得認真地做，只是那一天發現他仍然是個夢時，再做別的什麼也無妨。

蝴蝶既然可以是夢幻，那麼夢境所聚的一切當然也是夢幻了。你說，與蝴蝶相戀相守的花兒，何嘗不是夢幻？而春風呀！明月呀！暴雨呀！惡鳥呀！一切所愛與所憎者，都何嘗不是夢幻！

在現實的人生中，我們不可能離開這幻滅無常的夢境而孤寂地活著。然而，理性地想，我們卻也不應該一直陷溺在夢中而不肯清醒。假如，我們把二個問題放在一起推敲，或許可以試著給個並不確定的答案：「人生啊！當下都是真，緣去即成幻」。因為「當下都是真」，所以眼前的每個夢境，我們都要認真地去夢。因為「緣去即成幻」，所以當時過境遷，也就該清醒地知道那只是夢，就讓它去吧！

——《人生因夢而真實》，漢藝色研

◇作者簡介

顏崑陽，台灣嘉義人，一九四八年生。國立台灣師範大學國文研究所博士，曾任教於花蓮女中、台北華興中學、高雄師範學院、東華大學、中央大學、東華大學等，現為淡江大學中文系教授。曾獲第三屆中興文藝獎章，時報文學獎散文優等獎，聯合報短篇小說佳作獎。顏崑陽寫作文類，包括古典詩詞、散文、小說、中國古典美學、文學理論等。主要散文作品有《秋風之外》、《小飯桶與小飯囚》、《傳燈者》、《手拿奶瓶的男人》、《智慧就是太陽》、《人生因夢而真實》、《聖誕老人與虎姑婆》、《上帝也得打卡》等。

◆作品賞析

顏崑陽散文創作，早期「以詩的韻律，醇厚的感情，與哲理性的思辨鋪成一條深邃的心路歷程。在風格上浪漫而唯美，辭采也呈現年輕的豔麗」，如《秋風之外》；其後筆觸由內在抒情轉向外在探索，進而批判社會，現實的歷練、人生的蒼茫盡納其內，如《傳燈者》；更因為莊子寓言的反覆思辨，因而有再創性散文出現，如《人生因夢而真實》；甚而開拓夫妻、親子倫理關係的題材，如《手拿奶瓶的男人》，再進而與家人合著散文集《聖誕老人與虎姑婆》，樸實、醇厚之風，充溢於文詞之中。

向陽論述顏崑陽的散文：「每能於細微瑣碎日常經驗中剔點莊重深刻的生命意義；也能在擾攘困頓的社會現實中抓攫冷峻撼人的生活真相；加上他對莊子哲學的精研、思想體系的認識，更使他的散文世界自然散發著天道與人世相諧的思想，不為外物的絢麗繽紛所惑，不被內心的七情六慾所羈，而能超越現代散文的纖柔委靡，展現寬闊博大的景觀。」

〈蝶夢〉屬於顏崑陽自己說的「再創性散文」，利用他教學、研究所關注的《莊子》原文，有所觸發，有所延伸，是抽象哲理後的感性依偎，是經典思考後的日常驗證。這樣的「再創性散文」，其實還有極大的創作空間，譬如從古典詩或文所激引的情意，譬如從禪宗公案中所悟及的人生，譬如寓言的再衍生，社會新聞如何過渡為極短篇，都是可以發展的、一創再創而為文學作品。

文章從我們所認識的生命究竟會去哪裡?開始思考。這種生命哲理的思考,人生哲學或美學的追索,其實是人之所以活著,與其他動物有所不同的重要線索。但是,有多少人曾以清醒的腦筋作這樣的沉思?生命總是不斷地去(如朋友之妻),不斷地來(如小孩溫溫軟軟的小軀體),我們終究不知所從來,不知所將去,身在虛幻的夢中卻又不自覺,這樣無常的感覺,會導致生命毫無意義的結論,人生不能太癡迷,也不能太清醒,「那要怎麼辦呢?」讀《莊子》、諸子,讀經讀典,所要解決的、再創的,就是這個問題啊!

顏崑陽從《莊子・齊物論》莊周夢蝶這一段落所體悟的是「人生啊!當下都是真,緣去即成幻。」「因為『當下都是真』,所以眼前的每個夢境,我們都要認真地去夢。」「因為『緣去即成幻』,所以當時過境遷,也就該清醒地知道那只是夢,就讓它去吧!」如果回到《莊子》原文,〈齊物論〉莊周夢蝶這一段落,我們記憶深刻的是「栩栩然」與「蘧蘧然」這兩個美麗的意象,沒錯,「栩栩然」是快樂寫意的樣子,不論我們面對的是怎樣的夢;「蘧蘧然」是清醒覺悟的樣子,事過境遷,我們面對真實應有的態度。《莊子》與顏崑陽的〈蝶夢〉,都讓我們認知:該「栩栩然」時「栩栩然」,該「蘧蘧然」時「蘧蘧然」。

◆延伸閱讀

1. 陳義芝主編,《顏崑陽精選集》,台北:九歌,二〇〇三年九月
2. 阿盛,〈古典現代兩相宜——顏崑陽〉,《自由時報》四一版,一九九八年十月三十日
3. 向陽,〈體要與微辭偕通——論顏崑陽散文〉,《自由時報》副刊,二〇〇二年七月七日

火車與稻田

阿盛

火車來了，噹噹噹噹噹——。

父親正在拔草，右手抓住草梗最底下一截，噗一聲，草根與碎土隨著手勢離地而起；緊湊的噗噗，顯然父親心裏發急，播下已兩個月的稻秧，長不到他的膝蓋高，分明肥水流進了草肚子裏。

坐在田埂上，我聽到父親的喘息，縱使相隔一百棵秧子，我想像得到「噗」一聲之後父親鼻中會噓出一股氣，壠邊咬著母親奶頭長大的娃兒，近乎天生成的都有這般領悟力，不曾誰提示過，我吃的是土裏長出來的稻米，我知道在稻穀一粒粒成形之前，田中人是如何輕重緩急的呼吸。

火車到了，空嚨空嚨空嚨——。

我不完全曉得，這頭尾長過我家田界的大機器竟日的跑，究竟奔到何處去？它休不休息？那麼多的人在裏面，他們為什麼要跟著火車往往來來？我六歲多一點，經常坐上火車去遠方的大兄從來不太在意回答我的問題。

火車不見了。父親還在喘息，我越過田埂，跑步迎向拎著鐵皮水壺的母親，她跌坐在父親腳旁，遞過一碗麥茶，隨手撥攏離土猶然青翠的雜草，似乎故意放平了語調，她告訴父親，二兄又提到出門的事，父親的眉頭乍然陷成幾條凹紋，他喝著麥茶，看樣子有些慌迷，我聽不出父親是在聞吸茶氣還是在嘆息。二兄要到遠方去，他執意。

火車進站了，震耳的磨鐵聲混合長長一聲「汽——」。我抓著父親的手，母親兩手提著大綑的行李，三兄的臉上瞧不出別親的意緒，他早已說清楚，他恨極了車水抓泥，也不喜歡土角厝，不喜歡牛糞餅，不喜歡剝得下一層指甲厚的乾土的布衣，不喜歡母親說的話，母親說，小漢才九歲，幫阿爹還得靠你。三兄跳進火車的肚子，父親眼睜睜的像是瞧著水圳的水一直流入別人的田裏，而自己腳踏的土地仍然乾裂成龜背上的紋理。

火車來了，噹噹噹噹噹——。

我將鋤頭重重地砍進田外的草地，父親微彎著腰施肥，早就不除草了，並非為的除草劑便宜方便，他的腰教歲月給積壓得逐漸衹能伸屈到某個固定的角度。田裏是有些雜草，遠遠地我用肉眼都看得出來，同樣的綠，不同的感覺，站在一行秧苗前頭放眼望去，田裏打滾過十幾年的人都能一眼瞄出什麼地方有多少搶吃肥水的雜草。要想除盡雜草，一憑除草劑是不行的，須得趴下身子，膝頭沒入田水中，手用勁，「噗」的一聲聲，跪著一寸寸往前移，體狀全似爬行的龜，那是千年不變的最好的除草姿勢，也是半百年紀的人最覺苦痛的姿勢。

陣陣的糞水味飄到樹根處，我坐躺在虬結的浮根上，這條浮根我已坐了十五年，從度晬之後學走開始，母親從不給我斗笠戴，我學會了隨著日照挪動自己以免曬得鬢邊燒跳，度晬之後母親的奶頭再也吮不出乳汁，我抓著奶瓶吸米漿，就坐在這一條浮根上。十五年，算一算，大約有兩三年了罷，我已兩三年不曾聽得噗噗噗的急促聲音，但即使閉上雙眼，摀住雙耳，我也聽得到父親施肥時沉重的走步聲與重沉的氣喘聲。

火車到了，空嚨空嚨空嚨——。

一天裏有多少回？十節、十二節車廂中滿滿是人。大兄在年夜飯桌上曾經以很強烈的形容句子述說大都會有成群成群的人，多到什麼地步呢？——像是收割時節由四面八方飛來的麻雀，或者，像是八月大雨後流溢的溪水。二兄穿得一身都是明顯的直線，直線自上衣肩處延伸到腕處，直線自褲頭延伸到腳踝，花花的領帶，領袖雪白雪白。父親不怎麼多問問題，他不需皺眉頭，鼻上方恆常就會裂出凹紋。大兄二兄不喝鐵皮壺裏的開水，父親不時用眼尾掃瞄向我，母親永不在類如節慶的好日子生氣或喘息，我是從她肚子裏出來的，我肯定她猜知了父親的心事，我十六歲多一點，我是家中的小漢，她很慌迷。

火車不見了。我走向田畔的畸零地，包心菜已有兩個拳頭大。沒見過父親在這塊不方不圓的菜園裏噴灑除草劑，他只在意稻秧，他不理會菜蔬，菜蔬不用來填充那個一生一世塞不滿的飯袋，飯袋連通的是嘴口，嘴口缺得了米飯麼？祖先也種的是稻，吃的是米，父親說，菜蔬不過是騙騙腸胃的東西。三兄帶著漂漂亮亮的女孩子跨進門檻，神情透著得意也包藏些許心虛，他或是不願意讓城市女郎發現家中有不少他認為不體面的處所，他建議母親不要再使用土塊壘成的大灶，他暗示父親菜園該好好整理，瞧那菜蟲罷，咬得葉子大洞小洞，吃了要生病的。父親不喜歡他說的話，不喜歡城市女郎，不喜歡濃得嗆鼻的香水味。母親祇靜靜聽著笑一笑，偶爾戒慎地注視父親的顏色，我十分清楚她擔心父親忍耐不住也擔心兒子在城市女郎面前丟臉，她小心穩重的說些不關重要的閒話，直到三兄有意無意道出該讓我出家門去見識世面，母親這才搶在大雨來臨之前收拾乾蔗葉似的答了一句，小漢還在唸書，莫使得莫使得。三兄擦亮了皮鞋，挽著城市女郎走了。父親大早下田施肥，母親在三兄背起旅行袋時，即時示意我該到菜園去，說什麼也不要我代她送三兄去火車驛頭。

我剝開一粒包心菜，兩條菜蟲惶惶鑽了出來，落在腳邊。我想喊叫父親歇工喝碗茶，我懂得施肥，我也懂得父親不會叫我接替他，稻秧是他一手養高的，誰能像他那樣深切懂得施肥時的輕重緩急？我踱回老樹根，母親坐在褐亮褐亮的浮根上搖搧斗笠，父親遠遠的望向這邊，母親對他揮揮手，他空著手走過來。母親不知那兒來的勇氣，她居然能夠放平了語調告訴父親，田地賣掉其實也好，反正孩子們都不在乎稻子結不結穗，何不乾脆什麼都不掛心，就像放任那一塊畸零地裏的包心菜。父親久久不語，他是開不了口的，稻田，幾十年血汗澆肥的稻田是他的命根。

火車進站了，震耳的磨鐵聲混合長長一聲「汽——」。父親抓著我的手，母親兩腳邊置放大捆的行李，我是不得不走，我肩負著父親執意認定的讀書才有出息的期望，聯考放榜後，父親終於很艱難的承認，他心愛的土地上除了深扎的稻秧之外，不可能留住其他什麼，包括他自己的腳印。走罷，父親說，過些日子定準賣掉田地，六出祁山拖老命實在沒意義。母親眼濕濕的，她依舊與往常一般不多言語，戶限之外她極少訓教兒子們，叮嚀的話已在家裏扼要明簡的囑咐過，多吃點飯，她祇在我踏進火車肚子之前重複說了這一句。我看向窗外，大片大片的物體飛來飛去，我心中的歉意像是水圳的水汩汩流入田裏，而過往的阡陌歲月頓時點點滴滴浮現，一如雀羣突飛突落捉不定章理。

火車來了，噹噹噹噹噹——。

站在平交道前，前後左右響著噗噗噗的機器聲，我嘗試著將機器聲轉調意想成父親拔草時發出的單音。父親沒有寫信給我，他也未曾寫信給大兄二兄三兄，肯定他知道離鄉的孩子是豐羽放飛的鳥兒，不是手中拉扯的紙鳶。母親經常會託人帶吃食衣物到學校，她的廚中手藝不好，大把的鹽大把的糖，粗切的菜粗切的肉，有如她餵養幾個兒子，她無法細緻完整的哼一曲搖嬰仔歌，小我四歲的妹妹夭折之前，我聽過母親不成調的吟著愛睏謠。

火車到了，空嚨空嚨空嚨——。

計程車司機點燃一支菸，然後不停嘴的抱怨大城的交通，生活的緊迫，激烈的爭逐，要是很有錢很有錢，他說，不住城市了，到鄉間買塊地，種地瓜都可以……我嗯嗯哈哈應答他，我急著去接迎北來探望我的母親，隨後還得趕去上班。父親過世後，她賣掉田地，要不是大兄二兄三兄陸續將兒女送回故鄉，忙得她無暇他顧，很可能她不會狠下心割捨那塊牽連心肝的老田，她會說一些些氣話，我卻算定如果父親尚未離開人間，那麼母親終究寧願伴著老伴繼續耕耘，即使無得氣力種稻，種地瓜都可以。

火車進站了，震耳的磨鐵聲混合長長的一聲「汽——」。妻抓著兒子的手，我兩手提著大包的東西，兒子只比妻的膝蓋高不了多少，他急著要趕快讓祖母抱抱，咿咿唔唔地催促。故鄉的路我沒有一條不熟悉，順著鐵道走下去，兒子的眼中充滿了新奇，他興奮的喘息。愈往前走，我愈發慌迷，稻田呢？去年還眼見的稻田教誰給移了去？一方方的灰面水泥！怎麼一下子全換成一方方灰面的水泥？我搜索放眼，父親的田！父親的田！啊，父親的田？靠近鐵道邊不是麼？原本好記認得很，我在那兒打滾近二十年不是麼？原本衷心想再來看它幾眼；就是這一段鐵道，離欄柵七十大步遠，幾千百次我在田間癡迷想幻的望著火車直到它不見了，如今，我意緒紛雜的覓尋父親的田，父親的田確實不見了，我早知已賣掉，可是它怎會不見了！

兒子伸手要拔路邊的長草，妻喝止了他，髒髒，你看，弄髒髒了爸爸打你。猛抬頭，我近乎憤怒的瞪著妻，她惶惑地注視我，我腦中一團紊亂，一時之間不想對她解釋為什麼生氣，我拍拍兒子的頭，順手抓住一叢草，習慣性的捏著最底下一截草梗，噗一聲，草根與碎土同時離地而起。

——一九八四年十二月二十四日〈人間副刊〉

——《阿盛精選集》，九歌出版社（本文經阿盛親自修改過，與原版本略有不同）

◆作者簡介

阿盛，本名楊敏盛，台灣台南人，一九五〇年生。東吳大學中文系畢業，歷任《中國時報·人間副刊》編輯、生活版主編、綜藝版主編，《時報周刊》海外版編輯主任、撰述委員後，退休。自一九九四年開辦「寫作私淑班」至今，並任師大人文中心現代文學講師。著有《兩面鼓》、《行過急水溪》、《綠袖紅塵》、《十殿閻君》、《心情兩紀年》、《銀鋁少年兄》、《民權路回頭》等散文十九冊，長篇小說《秀才樓五更鼓》、《七情林鳳營》二冊，編書十九冊。

◆作品賞析

阿盛曾自云其寫作理念為「天地之間有文章，但凡人事皆可觀」，可知其創作觀強調文體順其自然，題材著重寫實，內容詮釋人性。阿盛信仰「自由」，認為散文之所以能吸引眾多讀者與寫作者，最大的原因應該是「自由」：形式體例的自由、題材選擇的自由、篇幅長短的自由。寫作者完全可決定採用自己喜歡的書寫方法，如：抒情、言志、敘事、議論等。現代散文其實繼承了古典散文的重要特質——天地人間盡皆文章。他的散文風格，早期懷舊為主，發抒一己對鄉土深厚的情感，其後轉而關懷社會，筆觸由懷舊的溫潤轉向黑色的幽默，嘲諷、挖苦，帶著一絲悲憫。

呂正惠教授直接以「鄉下讀冊人」為散文家阿盛定位，將他與小說家黃春明、詩人吳晟並列。陳義芝主編的《阿盛精選集》推薦阿盛是無可取代的「鄉土作家」：「滄海桑田牽引的生活細節，百味雜陳的生活體會，以及煙熏斑駁的信仰，在他筆下都栩栩如生地存活。」

〈火車與稻田〉寫的是農村社會的變貌，如何也抵擋不住的都市入侵。火車，正是都市文明入侵的象徵，稻田則是農村生活的依憑。火車，一再載走大兄、二兄、三兄，小漢的他；稻田，在文章最後，坐火車回家鄉的時候，卻已成為灰面的水泥。全篇充滿莊稼人的嘆息與唏噓。

「火車來了」，就在鐵道旁農田裡工作的阿盛，總是在這樣的句子後，安排了家族人倫的另一個變化：「離開稻田」。火車與稻田的無情而又無聲的對話，就在這篇散文中一再上演，當然也是在阿盛的少年、青年、中年裡一再上演。這篇散文的結構，就在重述「火車來了」，「親人走了」。直到文章最後，「火車來了」，阿盛帶著妻小親人回來了，然而，稻田不見了！推湧出最後的高潮，嘎然而止。

阿盛的文筆一向不慍不火，大兄走了、二兄走了、三兄走了，我們無法看見阿盛心中情緒的翻攪，不知道他到底是贊成或反對，甚至於自己北上求學，我們也無法得悉他是喜悅多些還是惆悵多些。這樣的情緒，要積累到最後的一段，才爆發而出。爆發而出的情緒，竟然只是「順手抓住一叢草，習慣性的捏著最底下一截草梗，噗一聲，草根與碎土同時離地而起。」但是，我們知道這是心中極大的痛與恨，無法言宣的苦與悲。

◇延伸閱讀

1. 陳義芝主編，《阿盛精選集》，台北：九歌，二〇〇四年十月
2. 方梓，〈阿盛・冷眼熱心寫人性〉，《中華日報》，一九八四年四月三十日
3. 李弦，〈變中天地——阿盛的散文風格〉，《文訊》二九期，一九八七年四月，頁二〇一—二〇七
4. 江明樹，〈綿裡針，刺痛讀者的心坎——眉批阿盛〉，《九歌雜誌》二期，一九九六年七月十日
5. 韓潔瑤，碩士論文《阿盛散文的本土意識》，一九九八年
6. 鄭元傑，碩士論文《阿盛散文研究》，二〇〇三年
7. 劉湘海，碩士論文《阿盛散文研究》，二〇〇三年

示愛

廖玉蕙

女兒常常對我灌迷湯，我文章寫好了，念給她聽，她總是再三讚歎：

「媽！你寫得真好！你真的好棒哦！」

聽完還不算，甚至再把稿子拿過去，自己再看一遍，一副愛不釋手模樣，使我的虛榮心得到最大的滿足。不像她哥哥，只要我寫完一篇文章，欠起身，他一定慌慌張張逃走，邊逃邊說：

「我不想聽，千萬別念給我聽，也別教我看，我受不了！」

偶爾買了新衣，在鏡子前顧影自憐，女兒總在一旁全程參與，並不厭其煩的給我打氣：

「這件衣服真好看，以後你不穿了，不要送別人，就送給我好嗎？」

「哇！媽！你的身材真不錯哪！我們同學的媽媽，很多都胖得變形了吔！」

而她的哥哥可就大不相同了。非但讚美的話絕不肯出口，還在一旁潑冷水：

「媽！你別信妹妹的甜言蜜語，你要真信了，就是自甘墮落。」

「妹，你真會諂媚欸！也不怕閃到舌頭！」

他形容妹妹對媽媽是「死忠」，他說：

「還不只是『愚忠』，根本是『死忠』，九死而無悔的那一種。」

然而，不管是否是死忠，女兒甜蜜的言語的確讓人頗為受用。我的抽屜裏，充滿了各式各樣的卡片，上面寫著：

「我好驕傲有一個好媽媽。」

「今天雖然不是什麼節日，但在我心中，每天都是母親節，雖然只是一張小小的卡片，卻代表我無限的謝意。」

「……」

家裏的白板上，不時地會出現一些道謝或道歉的話，甚至一些示愛的文字。有時，在學校上了一天課，筋疲力竭的回家，看到女兒上學前在白板上留了這樣的話：

「親愛的爸媽：您們辛苦了！我愛您們！女兒敬上。」

霎時間，疲累全消，覺得人生並不全然毫無意義。

那年，父親過世已有一段時日，母親心情抑鬱，寡言少語。為了解除她的寂寞，我們接她北上和我們同住。母親一向手腳伶俐，在那一段時日裏，她總是搶著幫我做飯，我當時除教書外，還得去上博士班的課程，有了母親的幫忙，的確讓我少操了不少的心，不論是工作上或精神上都受益良多。

一日，我在中正理工學院教完早上四節的課，又趕著下午兩點去東吳當學生。在驅車回家的途中，我想到這些日子來，每次急慌慌踏進家門，母親總會及時端出熱騰騰的新鮮飯菜，相較於以往的潦草的微波餐，有母親在的日子，實在是太幸福了。而我儘管早就有這樣的感覺，為什麼從來未曾向母親表達內心的感受呢？我不是常常因為女兒的甜言蜜語而覺得精神百倍嗎？難道我的母親就不想聽她女兒的感謝嗎？我是不是應該學學女兒，勇敢地向母親「示愛」呢？

車程滿長的，我有足夠的時間來培養勇氣。在我的生命歷程中，從來沒有向長輩示愛的紀錄，開口說這樣的話的確需要時間來培養。我決定一進門就啟齒，然而，當房門一打開，母親綻開笑靨，朝我說：

「回來啦！吃飯囉！……」

我突然一陣害羞，因之錯失了最好的時機。我教書十餘年，演講無數次，從來沒有一次像這次這般艱難。我覺得有些懊惱，決定再接再厲，我安慰自己：

「沒關係，第一次總是最難的，跨過了這一關，以後就簡單了。」

吃飯時，我一直在伺機行動，以至於顯得有些心不在焉，幾次答非所問，母親奇怪地問我：

「你今天是安怎？為什麼奇奇怪怪？」

我開始佩服女兒了，怎麼她能把感情表達得如此自然，一點也不疙瘩，而我卻這般費力！飯吃完了，我還是沒說，心裏好著急，再不把握機會，這句話恐怕就只好永遠藏在心裏了。碗一放，我低頭看著碗，勇敢地說：

「媽！我覺得自己好幸福！四十幾歲的人，中午還有媽媽做了熱騰騰的飯菜等我回來吃。」

我頭都不敢擡地很快地說完這話，也不敢去看母親的表情，便急急地奔進書房裏，取了下午要帶的書，倉卒奪門而去，心情比當年參加大專聯考還緊張。

那天傍晚從學校回來，母親已在廚房忙著，我悄悄打開門進屋時，發現自從父親過世後就不曾再開口唱歌的母親，居然又恢復了以前的習慣，在廚房裏邊打點著菜，邊唱著歌。

——一九九三年十二月《中央日報》副刊

——《不信溫柔喚不回》，九歌出版社

◇作者簡介

廖玉蕙，台灣台中人，一九五〇年生。東吳大學中國文學博士，曾擔任《幼獅》期刊編輯，任教中正理工學院、東吳大學、國立台北教育大學等校，現為大學講座教授。作品包括散文、小說、繪本、學術論著，但以散文為大宗。曾獲中國文藝協會文藝獎章、中山文藝獎散文創作獎、中興文藝獎散文獎章、吳魯芹散文獎等。重要散文作品有《閒情》、《今生緣會》、《不信溫柔喚不回》、《如果記憶像風》、《五十歲的公主》、《像我這樣的老師》、《對荒謬微笑》等。

◇作品賞析

廖玉蕙對人生、世相充滿興味，對人間風景有獨到的詮釋，相信「歡喜」源於「自在」，因此，自在行走，笑口常開。可以說她的散文集是有笑聲的書，因為她相信「大時代裡，即使是小人物，也有屬於他自己、卻又返照他人說不完的故事。」因此她的散文作品裡，隨處可以見到她的父母、她的丈夫、她的兒女和學生，精彩的演出，真的見證她所說的「人生行道上處處俱是驚詫與歡喜」，讓我們感受到無可救藥的快樂主義者的思想和行徑。但是，當她以社會萬象的觀察者、批判者出現時，或許就如陳義芝所說「她以憨、癡對抗人世的假面浮淺，不惜將尷尬的幕後景象搬到台前，讓人看翩翩彩翼起舞的歡愉，也看蝴蝶倉皇換裝之前的痛。」

因此，她的散文有時以深情之筆書寫兒女、摹繪眾生；有時以沉痛之文評述教育、敘說心情；文章中時現慧黠之心，解讀多角度的人生；常以圓融之理，針砭多變化的社會。風流調笑，而不失之尖酸刻薄；蘊藉包含，卻不流於軟弱空洞。

〈示愛〉是溫暖的親情散文，以兩組對照的方式完成學習、實踐的歷程，第一組是女兒的貼心示愛與兒子的直率批評，相互對照，雖然兒子的直言直語也是愛的一種表達，但就母親而言，女兒的甜言蜜語，隨時出現的卡片，更有窩心的感覺。第二組是女兒的貼心與自己的拙於示愛，寫自己要向女兒學習也向自己的母親示愛，卻覺得不易開口，好不容易開了口，卻又倉促奔離，結果發現「示愛」的力量依然巨大，「自從父親過世後就不曾再開口唱歌的母親，居然又恢復了以前的習慣，在廚房裡邊打點著菜，邊唱著歌。」

古人常說：「樹欲靜而風不止，子欲養而親不在」，消極地警告我們：愛，要及時。廖玉蕙這篇散文卻以積極的態度，告訴我們「示愛」的貼心、功效。我們以「樹欲靜而風不止」的心警惕自己，以〈示愛〉的方法鼓舞自己，人間親情，永遠溫馨。

◆延伸閱讀

1. 陳義芝主編，《廖玉蕙精選集》，台北：九歌，二〇〇二年十月
2. 廖素卿，〈《不信溫柔喚不回》導讀〉，《書評》一七期，一九九五年八月，頁四〇—四二
3. 龍應台，〈一個23歲的孩子〉，《中國時報》一九版，一九九六年六月二十四日
4. 賴祥雲，〈你爬過蕃茄樹了嗎？〉，《中國時報》三五版，一九九七年三月十九日
5. 張春榮，〈對荒謬微笑——讀廖玉蕙《嫵媚》〉，《文訊》一四三期，一九九七年，頁一八—一九
6. 王鼎鈞，〈廖玉蕙的文章像風〉，《青年日報》，二〇〇一年十月

二十年前龜山島

林文義

1

我終將告別這片夜暗的海岸，告別年少曾經仰看北斗七星的頭城，讓所有的遙遠記憶更遙遠，讓應該切割的無謂感傷全然切割，告別就要轉身，不再有任何意義。

四十歲，必須是生命的分水嶺。

路過頭城，真的是頭也不回，一路踩緊油門，到北關，才放緩速度，灰茫的太平洋，欲雨未雨的龜山島終究像是不渝的戀人，靜靜向我揮別。北關過去，宜蘭人就開始黯然思鄉，很多年流浪之後，小說家黃春明決定重返他的家園。

很多年以前，去黃春明的公司看他，知道我即將遠行，二話不說，拿了一雙公司出品的運動鞋給我，說這鞋很好走路，你就穿著去吧。

問他說，多久不曾回宜蘭了？他摸一摸頭，笑得很豪邁，江湖氣的答說：為生活奔波啊。再問他說，最近有沒有寫小說？他張大了嘴，一時語塞，竟然沉默了。

很多年以後，多次路過黃春明的宜蘭，有時從梨山經過武陵，穿越一個名叫「四季」的泰雅族部落，蘭陽溪上游，一直思索，怎麼有個如此美麗的地名，四季？四季如春嗎？泰雅族人怎麼去詮釋？壯麗挺秀的山巒與潺潺湍流的河谷，泰雅族人百年前不愉快與恥辱的記憶吧？關於吳沙拓墾古名噶瑪蘭的宜蘭、屠殺以及驅逐。

那麼，歷史的課題就還給歷史。

冬冷夜暗，四十歲以後，漸矇的視野所見，依然是不朽的北斗七星，依然是翻騰的浪潮拍岸。隱約的茫白，是海與陸地的接壤。不再是虛妄、驕縱的青春年少，而今我所面對的晚潮，卻也不再悸動，只有生命平靜的入定，又是如何？

紅燈籠綿延得很長很長，像一串紅熟的柿子，冬冷的夜暗，感心的一種溫慰，堤岸過去的廟埕，謝神戲賣力演出，一群已經兒孫繞膝的歌仔戲演員，演出前爭先告訴我，她們童年學戲，至今不悔的選擇，聽著，我的眼角也不禁微熱。

越過堤岸，就是沙灘，隱約之間，一排長長的腳印，是我年少時曾經遺留下來的嗎？沙灘上的腳印終會被潮水沖刷，被風吹散，而鐫刻在心中的，卻是永遠。

永遠又意味著什麼？……

日記裡歲月印證的褪色墨跡？告訴我，贏取又怎麼樣？失去又是怎麼樣？只是印證自己深怕失去，變得虛茫、無助並且那般寂寞嗎？

現在，我一個人站在這裡，站在這片冬冷夜暗的海岸，既不寂寞，也不孤獨，我明明白白確定自己存在這裡，生命真實而泰然。

仰首的星空，鼻息之間的微腥味，我所惦念的，此去五海里之外的龜山島，夜暗之中，我無以準確的尋找到它的定位，只知道它一直在那裡，我就能知悉，我是笑得很欣慰。

龜山島，入夜之後，靜靜沉睡。

而我卻必須趕路，走九彎十八拐的北宜路返回軟紅十丈的台北，我是很不甘願的，但是我仍須歸去，而後將島逐漸拉開距離。

至少，今晚，龜山島會伴我入夢。

2

夢中的龜山島依然彷如是夢。

那般遙遠，不真切，二十年前的花蓮輪，子夜航行，濛著詭譎、濕冷霧氣的白色船身，劃開黑色的晚潮，白而蒼茫的浪尾，一下子遠了。

所看見的，是龜山島的背面，夜暗中巨大的島影，彷如史前猙獰的海獸，靜止在潮浪湧漫、洄漩的海上，忽然一切都沉默無語。

我的沉默是來自於對島的未知。朦朧中的斑白，是島萬年來的滄桑嗎？水手淡然的說，是海軍艦炮演習留下的傷痕：他們把龜山島當成靶標，每年轟它幾回……

島上的羊群以及住民呢？

住民早被遷移到對岸的頭城，羊群還留在荒蕪、冷寂的島上嗎？低首咀嚼著丘陵上的草葉，偶爾抬頭，只有茫漫的海……羊群也會有鄉愁嗎？

無以返回的龜山島民，擁有最接近卻又最遙遠的鄉愁。

依然環繞著島的海域作業，依然視野穿過窗子，年邁的阿嬤幽幽然向孫兒提及昔日初嫁，從頭城搭著柴油木殼漁船到龜山島，逐漸接近，逐漸羞紅起來的容顏……孫兒們少人注意，凝神在跳躍、閃爍的電視畫面上，留下阿嬤逐漸緩慢、時續時斷的喃喃自語。

阿嬤遙遠的青春，已然在舊日的相本中朦朧、褪色，那雙手互握、侷促不安、微笑的纖緻少女，是阿嬤的五十年前，那時的阿公呢？壯碩，有著古銅膚色的少年打漁人，向晚時船靠頭城港岸，卸魚空閒之時匆匆去小街的雜貨店為初嫁、嬌羞的妻子買胭脂、水粉……

阿公的臉，還可以預知生命裡不被輕侮的固執與率性。放大後的黑白相片掛在廳堂中央，瞇著眼，深得像海上波瀾的皺紋，不自在的似笑非笑，粗礪的、寬闊的肩膀，承載歲月多少的苦楚、無奈，相信他一直堅執到生命終結的最後一刻。

他妥協了什麼？背叛了什麼？都已不再重要。彷彿看見窗外那一大片茫茫海域，忽然沸騰了起來，形成無邊無涯的白氣，一下子龜山島被掩蓋無蹤，一種時空裡的失憶、蒼茫，生命渺小如塵沙。

我妥協了什麼？背叛了什麼？試圖在生命的失憶中去尋求不想回首的二十年前，任性與自傷截斷了往後原可以擁有更大可能的旅路，捏碎了自我所一向期許的夢與希望。站在二十年前的花蓮輪後甲板上，黑夜與黎明最後的接壤，彼時還很年輕的心已沉甸一如老者，那樣如黑夜與黎明的相互撕扯，竟至無以面對自己。

老漁人的阿公應該不會有如我的問題，純然的心境，為生活在兇惡的海浪之間拚鬥，還是多少有為少女時代的阿嬤偷閒買胭脂水粉的浪漫？

3

曾經傾往胭脂水粉的浪漫。

曾經有著白膚、深眼、豐盈、長髮的妻子，曾經只想尋求一生平靜、溫美的生涯，一起好好把孩子養大，白髮的下半生，攜手相伴，共話昔日青春種種，終究，相異的認知與不可得的相惜撕裂了最初的盼望。

我還深切記得二十年前的花蓮輪一等臥艙，她正沉睡，長而黑亮的髮垂了下來，微翹的睫毛緊掩，嘴角微笑，她的眼夢很遠很美吧？睡在上舖位的我，一直清醒，睜著一雙眼，盯著圓形的船窗，黎明前最深的黑暗，船笛聲響，混濁沉悶，隱約的水藍閃光，趨前探首，幾艘在不安的波濤間起伏動盪的漁船正在奔忙作業。清晰地，走道急促的腳步聲。

推開通往後甲板沉重的艙門，冷慄的風撲打而至，濕濡的鹹意以及微微刺痛，水手回過頭來，他正抽煙，燒紅的煙頭一閃一滅，彷彿初夏野薑花間的流螢。

睡不著嗎……？離天亮還有兩個小時，很淒冷，再睡一下嘛。

水手說著，隨手遞過一支煙，並且替我點燃，兩個人默默的相對抽煙。

黑暗的太平洋，花蓮輪用力切割過凝重、強硬的海，碰撞、嘶吼的濺起銀亮水沫，左側竟然異常清晰的紅紅的燈號，時閃時滅——啊，龜山島燈塔……

水手輕呼著，臉色忽然靜肅起來，船笛又沉濁的叫了幾聲，船身明顯往右大弧度挪移，輪機運轉的聲音加大，微微傾斜，有些暈眩。

前面有一大片暗礁群，船的航道要和龜山島拉開距離，一方面要避開作業的漁船隊……那些打漁人，都是龜山島民，去年，全數遷移到對岸的頭城，現在島上只有軍隊，平民不能再登陸。你？來花蓮新婚旅行嗎？我看見你的妻子，髮上還插著紅花……

歸寧宴客，妻子的雙親在鳳林，就從台北到宜蘭，走蘇花公路到花蓮，再搭東線列車到鳳林。恭喜你們，白頭偕老。

我輕聲道謝，把手裡的煙抽完，而後用力往船身劃破的白浪間擲去，星光一閃，無影無蹤。很多年以後，在一等臥艙下舖沉睡的長髮女子，終成陌路，彼此離開彼此，另尋天涯。

花蓮輪擱淺，我生命所期盼的，平靜、溫美的婚姻也相對擱淺，人生的暗礁那般尖銳、殘忍，我是怎麼一回事？想要再搭一次花蓮輪，它擱淺後立即被解體，再也沒有任何機會，在黎明前最深的黑暗，航行過龜山島的背面，再也沒有任何機會……

我終將告別這片夜暗的海岸，告別年少曾經仰看北斗七星的頭城，讓所有的遙遠記憶更遙遠，讓應該切割的無謂感傷全然切割，告別就要轉身，不再有任何意義。

——一九九七年一月二十四日《聯合報》副刊

——《手記描寫一種情色》，聯合文學出版社

◇作者簡介

林文義，台北市人，一九五三年生。國立台灣藝術專科學校廣播電視科畢業，曾任《書評書目》、《文學家》雜誌社總編輯、自立報系政治經濟研究室研究員兼記者、《自立晚報》副刊組主編，新台灣研究文化基金會執行長，並主持綠色和平電台節目。曾獲第二屆中國時報文學獎散文獎。林文義的散文創作在《千手觀音》以前是浪漫而唯美的，暴露個人私密情感；其後則以現實人生為素材，關心土地、關心芸芸眾生、關心歷史、關心台灣地理，近期的台灣經驗寫作，餘有浪漫主義時期的滄桑感，又具有現實主義的批判性。著有散文集《三十五歲的情書》、《母親的河：淡水河記事》、《手記描寫一種情色》、《蕭索與華麗》、《多雨的海岸》、《茉麗葉的指環》、《時間歸零》。

◇作品賞析

基本上，林文義是屬於無可救藥的浪漫主義者，即使經過冷酷現實的沖刷，近期的散文內容依然「有回憶的繾綣，有旅行的遠眺，有對昔日理想轉變的疼惜，也有對無情歲月的唏噓，如詩一般簡鍊感性的文字，細細書寫中年生活看似淡泊下的濃郁情感，看似世故背後的執著不悔，看似樂天之下的涓涓愁緒，冷調抒情的筆觸，掩卷後猶有不絕餘韻。」這就是林文義的真貌，與電視談話節目中侃侃而談的林文義，有著更為細膩的心、幽雅的情。

「作家，是永遠的反對者。」這是林文義三十年來奉行不悖的信念。他自承是永遠的「台灣主義者」，他的心，永遠以台灣為念，從不改變。

〈二十年前龜山島〉即是對一個父母親留在鳳林的女子失約的回憶與感觸，從龜山島、花蓮輪的記憶悠悠寫起，因為新婚的航程就是從台北搭花蓮輪、經龜山島到花蓮，再搭車到鳳林。再次經過龜山島，湧現多少相關的記憶……

這些記憶包括龜山島與宜蘭的相繫，宜蘭與黃春明的緊密關係，因此，第一節是車經宜蘭的泛泛記憶，黃春明、四季、吳沙、歌仔戲，都是與宜蘭相關的人物、事蹟、回憶，而龜山島永遠在宜蘭的海上靜靜守候，在認識宜蘭的人的心中穩坐。這時，冬冷夜暗的海岸，視野漸曚的時候，四十歲的多情男子翻湧的情緒，瑣瑣碎碎，都在風中飄飛。

第二節，寫出作者印象中的龜山島，他以老漁夫恆久的愛襯托自己短暫的婚姻，妥協與背叛的衡量，任性與自傷的檢討，多少有些唏噓。而龜山島的永恆存在，與人類短暫的情愛，又成了諷刺性的對比。第三節，則實際回憶花蓮輪上新婚、歸寧的旅程，水手的祝福、龜山島的暗礁，而龜山島的暗礁又有隱喻的暗示作用。全篇看似淩亂的回憶，其實又有著由大而小的寫作秩序：泛泛宜蘭、龜山島、花蓮輪。而龜山島的暗礁、花蓮輪的沉沒，又是自己婚姻的象徵。浪漫的林文義，從這裡可以看出是散文寫作的高手。更不用提節與節之間頂真的聯繫（「今晚，龜山島會伴我入夢」、「夢中的龜山島依然彷如是夢」，「為少女時代的阿嬤偷閒買胭脂水粉的浪漫」、「曾經傾往胭脂水粉的浪漫」），首段與末段以重複的語句作為呼應的小技巧。

延伸閱讀

1. 董渝，〈從漫畫到散文——談林文義的自覺與轉變〉，《中華文藝》二一卷六期，一九八一年，頁一五二—一五五
2. 鐘麗慧，〈一隻揮灑散文與漫畫的手〉，《明道文藝》九三期，一九八三年，頁二四—二七
3. 王璇，〈尚有流泉悲悲夜語——記林文義和他的散文〉，《臺灣日報》八版，一九八八年
4. 宋冬陽，〈精神版圖的擴張與再擴張——論林文義的旅行文學〉，《當代台灣文學評論大系：散文評論》，台北：正中，一九九三年，頁三九五—四〇六
5. 宋澤萊，〈論林文義散文的成就（一—四）〉，《中華日報》一四版，一九九七年四月九—十二日
6. 陳芳明，〈逝水蒼茫——林文義《手記描寫的一種情色》讀後〉，《聯合文學》，二〇〇一年三月，頁六九—七一

送一輪明月給他

林清玄

一位住在山中茅屋修行的禪師，有一天趁夜色到林中散步，在皎潔的月光下，他突然開悟了自性的般若。

他喜悅地走回住處，眼見到自己的茅屋遭小偷光顧，找不到任何財物的小偷，要離開的時候才在門口遇見了禪師。原來，禪師怕驚動小偷，一直站在門口等待，他知道小偷一定找不到任何值錢的東西，早就把自己的外衣脫掉拿在手上。

小偷遇見禪師，正感到錯愕的時候，禪師說：「你走老遠的山路來探望我，總不能讓你空手而回呀！夜涼了，你帶著這件衣服走吧！」

說著，就把衣服披在小偷身上，小偷不知所措，低著頭溜走了。

禪師看著小偷的背影走過明亮的月光，消失在山林之中，不禁感慨的說：「可憐的人呀！但願我能送一輪明月給他。」

禪師不能送明月給那個小偷，使他感到遺憾，因為在黑暗的山林，明月是照亮世界最美麗的東西。不過，從禪師的口中說出：「但願我能送一輪明月給他。」這口裏的明月除了是月亮的實景，指的也是自我清淨的本體。從古以來，禪宗大德都用月亮來象徵一個人的自性，那是由於月亮光明、平等、遍照、溫柔的緣故。怎麼樣找到自己的一輪明月，向來就是禪者努力的目標。在禪師的眼中，小偷是被慾望蒙蔽的人，就如同被烏雲遮住的明月，一個人不能自見光明是多麼遺憾的事。

禪師目送小偷走了以後，回到茅房赤身打坐，他看著窗外的明月，進入定境。

第二天，他在陽光溫暖的撫觸下，從極深的禪定裏睜開眼睛，看到他披在小偷身上的外衣，被整齊的疊好，放在門口。禪師非常高興，喃喃的說：「我終於送了他一輪明月！」

明月是可送的嗎？這真是有趣的故事，在我們的人生經驗裏，無形的事物往往不能贈送給別人，例如我們不能對路邊的乞者說：「我送給你一點慈悲。」我們只能把錢放在盒子裏，因為他只能從錢的多寡來感受慈悲的程度。

我們不能對心愛的人說：「我送你一百個愛情。」只能送他一百朵玫瑰。他也只能從玫瑰的數量來推算情感的熱度，雖然這種推算往往不能畫上等號，因為送玫瑰的人或許比送鑽戒者的愛要真誠而熱烈。

同樣的，我們對於友誼、正義、幸福、平安、智慧……等等無價的東西，也不能用有形的事物做正確的衡量。我想，這正是人生的困局之一，我們必須時時注意如何以有形可見的事物來奧妙表達所要傳遞的心靈訊息。可悲的是，在傳遞的過程常常會有「落差」，這種落差常使骨肉至親反目，患難之交怨憤，恩愛夫妻仳離，有情人終於成為俗漢。

這些無形又可貴的情感，與禪的某些特質接近，是「只可意會，不可言傳」，是「不立文字，教外別傳」，是「當下即是，動念即乖」，是「雲在青天水在瓶」，是「平常心是道」！

這個世界幾乎沒有一種固定的方法可以訓練人表達無形的東西，於是，訓練表達無形情感的唯一方法就是回到自身，充實自己的人格，使自己具備真誠無偽、熱切無私的性格，這樣，情感就不是一種表達，而是一種流露。

在一個人能真誠流露的時候，連明月也可以送給別人，對方也真的收得到。

我們時時保有善良、寬容、明朗的心性，不要說送一輪明月，同時送出許多明月都是可能的，因為明月不是相送，而是一種相映，能映照出互相的光明。

此所以禪師說：「但願我能送一輪明月給他！」是真正人格的馨香，它使小偷感到慚愧，受到映照而走向光明的道路。

——《如意菩提》，九歌出版社

◇作者簡介

林清玄，台灣高雄人，一九五三年生。世界新聞專科學校電影技術科畢業，曾任《中國時報》系編輯及記者，海外版主編。曾創辦《電影學報》，擔任《新象藝訊》總編輯，《新聞人週報》總主筆。連獲中國時報散文獎及報導文學獎、聯合報散文首獎、中華日報文學獎首獎、中央日報文學獎首獎、金鼎獎、中山文藝獎、國家文藝獎、吳三連文藝獎等。三十五歲時林清玄寫成「身心安頓系列」，成為二十世紀九〇年代最暢銷的作品。四十歲完成「菩提系列」十部，暢銷數百萬冊；繼而創作「現代佛典系列」，帶動佛教文學，掀起學佛的熱潮。四十五歲錄製《打開心內的門窗》、《走向光明的所在》有聲書，被譽為有聲書的典範。重要散文作品有《鴛鴦香爐》、《白雪少年》、《迷路的雲》，佛學散文菩提系列，《在蒼茫中點燈》等，影響最為深遠。

◆作品賞析

林清玄的「文藝青年」階段，熱中於西方存在主義和現代主義文學，崇拜尼采、叔本華，喜歡高空走索的人、濃雲中的閃電。但影響他最深的是：紀伯倫、赫塞、泰戈爾，這時他體認到：優秀的作品不在於文學的艱深與華麗，寫作的形式無足輕重，要緊的是把思想傳達得優美準確、明白如話，讓所有的人都能了解。三十歲的林清玄，讀了印度的名著《奧義書》，被其中一句話深深震動：「一個人到了三十歲要把全部的時間用來覺悟，否則就是一步步走向死亡。」從此他開始接觸佛家經典、閉關、思索，重新定位人生。其後，林清玄寫作的主題設定在：「愛與美」，認為這是人生最值得追求的寶物；相信任何一個平常人都可以通過努力使靈性達到更高的境界。九歌版的菩提系列散文，正是這種「愛與美」散文的結晶。

以《在蒼茫中點燈》為首的「現代佛典系列」則是林清玄論禪說佛的演講結集，當時頗得聽眾共鳴，整理成文字後，再由林清玄精心爬梳，他認為禪是世紀末的智慧之燈，可以使我們得到心靈的歸屬。林清玄的散文跟林清玄的演講一樣，始終具有濃郁的悲憫情懷，從生活中提煉出智慧，打開眾生心扉，提示我們走出生命困境的路徑，在蒼茫中為讀者點起一盞明燈。

〈送一輪明月給他〉也有為他點起一盞明燈之意，這是菩提系列中的篇章，以禪師遇到小偷並未加以逮捕，反而贈以自己身上所穿的衣服，看著小偷遠去的身影，禪師感慨地說：「但願我能送一輪明月給他。」明月如何持贈人？這篇散文所要探討的就是友誼、正義、幸福、平安、智慧這些無價的東西，如何衡量？如何持贈？第二天，小偷畢恭畢敬送回外衣，因為他受到感化，不再偷竊，所以禪師說：「我終於送了他一輪明月！」

明月，在禪師的口中指的是「自我清淨的本體」。小偷是被慾望蒙蔽的人，就如同明月被烏雲遮住。一個小偷如果能夠去除慾望，恢復自我清淨的本體，就等於看見一輪明月，這是很好的禪宗故事，直指本性之善，人人可得。林清玄在這篇散文中指出：「回到自身，充實自己的人格，使自己具備真誠無偽、熱切無私的性格，這樣，情感就不是一種表達，而是一種流露。」情感的表達，是一種用心的結果，刻意對別人好；情感的流露，則是自自然然對別人好，毫無扭捏，毫無欺騙，誠心誠意，這是最高乘的流露。禪師自自然然脫去外衣送給小偷，這樣的真誠，像明月一樣無私，所以也除去了小偷心中的烏雲，小偷因而呈現了清淨的本體。這篇散文帶領我們思考：我們如何驅除烏雲，早日看見自己清淨的本體。

◆延伸閱讀

1. 張大春，〈「菩提」多辛苦〉，《中國時報》二〇版，一九八九年十月十六日
2. 張啟文，〈菩提心廣莫能量：林清玄「菩提系列」是人生的明燈〉，《中華日報》副刊，一九九二年二月二十四日
3. 張春榮、謝美玉，〈構築菩提以成蓮花——讀林清玄「菩提系列」十書〉，《書評》六期，一九九三年，

頁二一〇—二一三

4. 沈怡，〈林清玄訴說光明的所在〉，《聯合報》三五版，一九九六年七月十七日

5. 林本炫，〈打開林清玄的門窗〉，《中國時報》三七版，一九九六年九月十二日

6. 曾仕良，〈林清玄作品〉，《翰海觀潮》，台北：行政院文建會，一九九七年五月，頁三二一六

服裝的性別辯證

平　路

讓我告訴你，曾經有一年女裝流行的是男裝的款式，巴黎、倫敦、米蘭、紐約……，一場場發表會中，女性模特兒身著長褲、背心、西服上衣，銀行家的鴿灰與鐵灰、總經理的藏青直紋，注重質地感、線條簡單明瞭。有人說因為那是女性在政治上頗有斬獲的一年，女性「向權看」，所以，伸展台上的設計就從男裝的語彙中擷取靈感。同樣地，按照這解碼的原則：那年冬天女性也流行酷似軍裝的長大衣，銅釦肩章、寶藍的色調、一片到底的連身剪裁，看來與歐洲軍國主義的復甦有關——

你又問我，那麼，依照這解碼的原則，男裝的流行呢？如今男士們的服裝色澤繽紛、肩線柔軟、布料鬆垂、褲管尤其寬大，大衣與風衣不必硬挺，運動夾克的剪裁替代了西裝外套，甚至正式的西裝上身也可以加一個形狀凸顯的外袋。翻開英文版《君子雜誌》，男性模特兒經常在巧笑倩兮，身上一襲湖水綠的法藍絨上衣，再翻再翻，粉紫色水洗絲的夾克，黑底大顆白點的領帶，或者像《大亨小傳》裡蓋茲比一樣的全套乳白，論起來，這才是近年來服裝革命所發生的地方。

放眼如今的流行，男裝與女裝互相假借轉注，結果是豐富了彼此的服裝語言：男裝少去桎梏自己的僵硬，女裝多出肯定本身的直率。如果我們真如此樂觀，以為這服裝語言中富含著男女平權的契機，那麼，熟諳服裝沿革史的你必然會提醒我，早有人做過更激進的預卜，而那一天卻遲遲不肯來到。一九七〇年，當時前衛的設計家 Rudi Germreich 便宣稱，到了一九八〇，男性與女性就可以互換衣著了。事實上，他自己的設計圖裡，迷你裙與喇叭褲皆由男女共穿，再沒有性別的區別。

然而，不僅 Germreich 的預言未曾如期實現，令後世看起來尤其忍俊不住的是，就在他的設計圖中，穿裙子或穿長褲的男性都是正面站著，雙手扠腰，目注前方，佔去了大部分的篇幅；而穿同樣衣服的女性則彎曲身子一旁側立，依然一副臣服的姿勢。

所以，女性還是不要高興得太早吧，你語重心長地說，你記起了你曾涉獵過的弗洛伊德，女性採取男裝的造型，目的常在引起性別倒錯的聯想，因此傳遞某種格外詭異的性感，並非為了作平權的告示，而仍然在變個方式取悅男性。很符合男士這種性感想像的譬如：美豔女星瑪琳戴德麗（Marlene Dietrich）一九三〇年間繫領帶穿西裝偏戴著一頂小帽的帥氣樣子。

但那確實是本世紀西方女性穿長褲的濫觴啊，我出言道，提醒你瑪琳戴德麗於一九三二年穿男性的夾克與長褲在塞納河邊散步，一時輿論大譁，甚至勞駕巴黎的警長出面干涉。既然意義在首開風氣，又何必介意對男性而言，引起的是否為強烈的感官刺激？

你可不以為然，你主張更深一層剖析，你用電影「安妮・霍爾」裡的戲服來舉例：女主角黛安・基頓在片中常是男裝打扮，三件頭的西裝，背心、領帶、呢帽等等一應俱全，每件衣服都十分寬鬆，片子推出後，那類並不強調女性特徵的造型一時也蔚為風氣。但人們在文化分析的文章裡卻指出，女主角在電影中的男裝打扮，只在顯出她是個不會帶來傷害的友善女性，她強韌、不存小心眼、有幽默感、可以做男人的好朋友；但另一方面，正因為這些衣服的超級寬大，讓人覺得躲在衣服裡的是個徬徨無主的孩子，她的獨立只是做做樣子罷了。她仍然需要邀請男伴來替自己作主，儘管找來的男伴是那麼神經質的伍迪・亞倫。其實，就在聽你舉例的時候，我突然想起種種二律背反的矛盾，可能正代表導演伍迪・亞倫心目中的理想女性，而這類不切實際、難以在一人身上同時出現的形象，是否又與他跟米亞・法拉（以及她收養的女兒）後來鬧開的家庭糾紛扯上些關聯？可惜，那已經非關本文討論的範圍了。

對，我回過神來，大致同意地說，衣服裡確實藏著繁複的象徵意義，於性別角色上，甚至可以存在自相衝突的隱喻：就像女性在辦公室裡穿著套裝，既然塑造出效率的形象，但套裝中最常見到的窄裙卻嫋嫋娜娜地——限制了女性更俐落快速的移動。再以高跟鞋來說，儘管它的高度讓女性彷彿看見出頭天的往上攀升，但同時卻搖搖欲墜地——適以造成不良於行的危殆之感（同樣危險的是今年踩蹺一樣，將鞋前方也一齊墊高的流行）。

儘管如此，我們還是必須要樂觀，我揚起聲音說，譬如，令人樂觀的是男裝近年來向女裝一路靠攏的趨勢。與以往比較起來就知道，像那位為服裝沿革發表過專著的 James Laver 曾從歷史的角度闡述，過去，女裝的設計總是出自色慾上的誘引原則；但是男裝的設計一向不然，男裝的功能卻在表現人處於社會上的層序位置。他說，女裝強調的部位儘管年年不同，譬如有時候強調胸部、有時候強調腿部，從來脫不出旨在引起男人注意的色慾原則。

我繼續說道：我們亦可以由性別角色的界定來講這同樣的道理，眾所周知地，在過去，女人身體一向是男人觀看的對象，男人看女人，而女人也是從男性目光裡認知自己的身體。另一方面，男人從不注視自己，女人同樣也不看男性的身體，女人只是從社會地位與財勢功名中界定男人。因此，在過去，男士服裝只要發揮其社經地位中的區辨作用即可。到了目前，當男裝的流行發生變革，漸漸地色彩鮮艷、布料柔滑、重視細節，而且展現出男性身體的線條，至少表示男性正在注意自己的身體，或者不吝於顯示身體上的性感，未來有一天，當男女地位較合乎平等的互惠原則，那時候，男性身體也將是女性慾求的對象——

呃，你打斷我的一派樂觀，應該對資本主義圈套心生警惕吧，你潑我冷水地說，慾求不過是製造出來的，既然為異化下的產物，會選擇什麼樣的衣服，只是資本體系網絡下預設的陷阱。廣告裡櫥窗內完美的影像指導人們什麼是流行，再把流行悉數賣出：「今秋的感覺是浪漫的楓紅」、「直紋的選擇才帶給你成熟與自信」……而消費者對這一類權威語調的順從，只會深化社會上原有的各種壓迫。至於男女時裝的逐漸合拍，你說，更顯著的原因可能歸功於國際舞台上共通的設計師們：Calvin Klein、Griogio Armani、Donna Karen、Michael Kors……都是西方時裝設計行業中男女通吃的名字。

不能這麼斷言，我急於爭辯道，就算製造流行的商業系統常是體制的幫凶，反過來看，女性沒有慾求卻表現賢妻良母式的素樸，難道不也可能代表對父權的默默遵循嗎？像我們言者諄諄的父執輩，在我們青春期就批評我們：「多沒出息，愛趕時髦，讓幾個裁縫的怪點子牽著鼻子走。」但實情是，青少年曾經用對衣服時尚的堅持說出對父權體制的反叛，以少女來說，她所試圖反叛的也包括日後將束縛女性一生的封建道德觀！——在這樣反叛權威的架構下，數數看影響青少年的媒體英雄，藉著衣服顛覆體制最有成效的人物曾是歌星瑪丹娜。她當時每月換一套造型，將衣服當作佈景的同時，說出了人們所感知到的社會環境不過是可以更動的舞台。

譬如說，當瑪丹娜揭舉內衣外穿，她一面身著黑色束胸馬甲，一面高舉肌肉僨張的手臂，連最學院的女性主義者都不能不為她的顛覆功能而動容！從西方電影裡，我們都熟知「馬甲」原來所傳遞的意義：其原意是女性身體脆弱而不堪一折，因此需要支撐，需要用這樣的硬物把身體撐將起來，結果，造成的是骨折、缺氧、脊柱變形、動不動就昏厥的嬌弱女性。

從西方文化中殘害女性健康的馬甲，你又記起「亂世佳人」電影裡女主角產後抱著柱子束腰的一幕。為以往婦女的處境而不平，你又詬病起我們文化裡硬生生綑綁女人的纏足習俗，以及讓綑綁繼續存在到今天的傳統式旗袍。是啊，我說，每當我們的官場貴婦或外交官夫人盛讚起傳統式旗袍多麼代表中國的女性美，我總懷疑她們可曾反省到這襲衣衫的束縛意涵，除了表現凹凸有致的女性身體，旗袍令人難以跨步行走、難以彎腰伸臂，行動上帶來諸多不便。在傳統女性美的名目下，居然還作了航空公司空服員的制服，難怪長久以來人們誤會空中小姐是飛機上擺著好看的花瓶。

泛泛發抒了對未改良式（改良的則舒適自然多了！）旗袍的惡感，我問你，對傳統服飾裡男人穿的馬褂可有什麼看法？你說，那可是封建體系下伴隨男性角色的道具。而以現代的眼光來看，依我們前面的討論，一種衣服款式刻意地去模糊身體的線條，儘管可能有倜儻風流的抽象神韻，卻讓衣服脫離了男人身體，而與男人的身分地位象徵不可或分。至於民國以後的中山裝呢，我理解地說，我能夠想到當年儉樸克難的時代氣氛，從開始設計，事實上，中山裝完全是實用考慮下的產品！

一九二三年，國父根據在南洋華僑中流行的「企領文裝」為基樣，由一位越南河內裁縫黃隆生協助，設計成了中山裝。據史料記載，穿上第一套中山裝時，國父說的是：「這種衣服好看、實用、方便、省錢，不像西裝那樣，除上衣、襯衣外，還要硬領，這些東西又多是進口的，費事費錢。」所以，我們有了襯衫、領帶與西裝上身「三合一」的中山裝。國父所設計的褲子更包括前後左右五個口袋，適於隨身攜帶各種東西。但是顧到現實需要之後，似乎也過於工整，好像成年人上班穿的制服（為什麼要穿制服？那又是圍繞著權力建立訓育系統的問題了，你插嘴道），因此，缺少些在衣著中表現個人特色的餘裕。等到再蛻變成了「毛裝」，泯滅的不只是人的性別，更是人的個性，不分男女，人人一度被塑造為國家極權機器下的藍螞蟻。

閒話了這許多，我們（我的？是不是你的？）最後的結論是，不妨樂觀呀！儘管落在資本主義的消費網絡中，至少，人們可以隨時激賞呂芳智與溫慶珠等本土服裝設計家的創意，亦可以隨心選擇三宅一生與范倫鐵諾的作品，總是穿出了某種自信、穿出了某種自己。至於從服裝與性別角色的關係上預卜，由這一路行來的軌跡看，我們也有理由去期許——一個兩性間比較和諧、輕鬆、平等、適意的未來。

——《女人權力》，聯合文學出版社

◆作者簡介

平路，本名路平，山東諸城人，一九五三年生於高雄市。國立台灣大學心理系畢業，美國愛荷華大學統計碩士。曾任職美國郵政總署、美國經濟與工程研究公司資深統計師。近年在《中國時報．人間副刊》撰寫專欄、《美洲時報周刊》執筆一週評論，曾任《時報周刊》主筆、《中時晚報》主筆、國立藝術學院兼任講師。曾兩度獲聯合報小說首獎，表現出變局中人和時代背景的諸多糾葛現象，關心社會裡卑微小人物。散文則擅長知性散文，內容涵蓋政治、文化、社會、性別等議題，站在文化批判的角度，以議論方式書寫，指陳父權、霸權、君國等意識形態的可惡、可議之處，從而對語言、文字、思想、社會現象……有所反思，氣勢大開大闔，觀點桀驁不馴。重要散文作品有《女人權力》、《我凝視》、《讀心之書》、《平路精選集》。

◇作品賞析

二十世紀八〇年代之後，台灣文學思潮進入了後現代主義擅揚時期，開展多元化的形式實驗，政治小說、後設小說、都市文學、同志小說、國族論述、女性主義……競相呈現，對話頻頻，形成了眾聲喧嘩的榮景。平路就是這時期崛起的女性作家，以《玉米田之死》追索移民主題中的文化認同及原鄉情懷，獲得七十二年聯合報文學獎第一名，之後陸續發表了《五印封緘》、《紅塵五注》，到了《行道天涯》與《百齡箋》，首度結合女性與政治，擺盪在紀實與虛構之間，反覆質疑，重寫宋家姊妹隱沒於主流歷史背後的真實經驗，是平路小說最受關注的雙姝戀。

平路的散文則以警敏的態度、批判的精神，對社會文化提出辯證、質疑，挖掘並書寫現實生活中的矛盾掙扎，堅持以女性觀點尋訪張愛玲、賈桂琳、西蒙波娃、宋慶齡的身影。

〈服裝的性別辯證〉中，平路一人分飾二角，「你」「我」兩個意見不同的角色相互辯證，呈現出完整的西方服裝史，而兩性的差異與妥協觀念，就在這種辯證的過程得到釐清。

數字會說話，服裝也會說話。這篇文章有著極為豐富的服裝知識，以及因此呈現出來的文化意義、兩性差異。如女裝流行男裝款式，這是從男裝的語彙中擷取靈感，象徵女性「向權看」的一年；但是，男裝也曾色澤繽紛、肩線柔軟、布料鬆垂、褲管寬大，其實未必就是男女平權的契機。依照弗洛伊德的觀念，女性採男裝的造型，可能傳遞的是某種詭異的性感，仍然在變個方式取悅男性。但是，「男裝與女裝互相轉注假借，結果使豐富了彼此的服裝語言：男裝少去桎梏自己的僵硬，女裝多出肯定本身的直率。」全文的架構就在這樣的觀念中樹立起來，以後的持續論述，則是史實上更為細緻的舉證，包括經典電影裡的服飾文化，平路個人的詮釋。

男士的服裝在於顯示自己的社經地位，女性則是為了取悅異性，藉此肯定自己。這樣的服裝觀念，會不會有改變的一天？資本主義下的消費取向，又如何影響服裝文化？旗袍、中山裝存在的意義如何？這樣的辯論，其實不會有定論，但你來我往的思辨過程，豐富的服裝演進史料，不同的詮釋角度，啟發我們的就不僅是服裝、性別的辯證，而是文化層次的認知、文學視窗的開啟。

◆延伸閱讀

1. 陳義芝主編，《平路精選集》，台北：九歌，二〇〇五年二月
2. 楊語芸，〈邀你來玩平路的遊戲（上）（下）〉，《自由時報》四一版，一九九八年三月十六—十七日

3. 黃莉貞，〈女作家的孤寂之路〉，《自立晚報》三一版，一九九八年三月二十日

4. 梅家玲，〈平路小說裡的「她」〉，《中國時報》四三版，一九九八年四月三十日

5. 彭蕙仙，〈女人權力〉，《中時晚報》五版，一九九八年五月二十四日

6. 董青枚，〈歷史小說拓展新版圖〉，《民眾日報》二三版，一九九五年四月二十日

7. 蔡淑華採訪整理，〈以小說拼寫傳奇——平路專訪〉，《何日君再來》，台北：成陽，二〇〇二年七月

把愛還諸天地

陳幸蕙

一、叩問

做為一個筆耕者，究竟是幸，還是不幸？是聰明，還是癡傻？是付出，還是一種生命的獲得呢？常常，在白雲舒卷的晴日，或月明如素的夜晚，獨坐一窗綠紗之前，我這樣叩問自己。日復一日，年復一年，歲月周流，許多個日子在思索中過去，我依然不能給自己一個肯定的答案。

——其實，幸與不幸、聰明與癡傻、得與失之間，又該如何界定？

在許多時候，做為一位筆耕者，我常被心底一個神祕的聲音所召喚，身不由己提起筆來，朝此聲音奔赴；並且，義無反顧地為它奉獻我所有的時間與精力。

我一直不能明白，為什麼我樂於從事筆耕？為什麼我願意在孤獨的燈前，字斟句酌，反覆推敲，一次又一次地煎熬自己的情感，甚至逼出自己的眼淚，引發內心深深之處的微笑？我不知道為什麼我要這樣做，就像春蠶不知道為什麼要吐絲成繭，完成它生命的任務一樣。

而當創作的衝動，以一種淹沒人的洶湧，排山倒海而來；當我開始沉浸在有形的紙、筆，與無形的思想、情感所架構的世界中，我便超越在所有的快樂與不快樂之上。那是一種歸真返璞、天清地寧的感覺，一切都那麼自然而順理成章，彷彿滾滾紅塵、悠悠歲月，只有此刻此境，我和自己才如此貼近、親密。

而在那樣的寧靜與孤獨中，一方碧湖清澗往往自內心深處呈現，清晰地映照出生命中的雲影天光。所有騷動的影子都靜止下來，所有浮囂的意緒也逐漸沉澱；我為寫作而存在，無需酬酢應付、無需違心言笑；天地是如此寬闊，心靈是如此自由，藉著寫作，我終於傾注了對自己、對生命、對這整個世界最真誠無偽的熱愛。

而當一篇作品終於完成，當我從專注忘我的世界，重又落實到現實生活的層面中時，懷著疲倦，我只感到一種踏實的喜悅與滿足。

為此，我曾經感到好奇——為什麼世上會有一類人對於寫作，獨能產生如此九死無悔的熱情？我曾經千方百計向生命探尋，向內心深處推敲，直到有一天，當我發現，行人道上的木棉又開花了，柔軟的風又緩緩自樹梢吹拂而過，屬於早春三月的水藍天空，又無言地輕覆在頭頂上時，我終於停止了叩問，我知道我的叩問正還我以微笑。

是的，風，自有它吹綠新芽的理由；木棉花自有它明艷燦爛、綻放生命光華的理由；天空，也自有它清寧舒爽，啟示人拂去心頭陰霾的理由。每一件事物的發生，存在與進行，都自必有它所以如此的意義，我們無需苦苦追索，答案並不是最重要的，那不是我們生活的目的——而做為一個筆耕者，也許，努力耕耘，犁出一片青翠照眼的新妍，以不負手中這枝筆，不負這個世界，那才是我應該給自己的清晰回答吧？

長久的追索之後，終於，雲霧盡去，清光湧現，又是無數個白雲舒卷，明月去來的晴晝與夜晚；但是，在遼闊永恆的時空裏，望向無垠的兩極，我不再猶疑和躊躇，只深深感謝自己是個能想能寫的握筆之人——為了把愛還諸天地，我安於那沒有答案的莊嚴工作。

二、生活

寫作，是一條艱辛迢長的道路。

在每一個伏案提筆的日子裏，我踽踽獨行，心裏充滿溫柔的寂寞。休閒，已經從我的字典除名；繁華，被鎖在重重帘幕之外；浩浩宇宙，此刻陪伴我的，只是遙遠的星光，和桌前無言的燈盞而已。但我既然深愛筆耕，並且把它當成是生命中極重要的一部份，我也就願意為它忍受所有的孤寂。

生活，原不是件容易的事，而對於一個必須在瑣碎家務和沉重的工作壓力下，勻出大部分心力，以從事筆耕的人而言，生活，更是一道複雜難解的幾何——沒有例題，沒有參考書，沒有可資利用的定理公式。為了求解，他只有憑藉自己的努力、勇氣、經驗和嘗試錯誤的耐心，一步一步地摸索、奮鬥下去。

犧牲和割捨是絕對必需的。

因為，寫作事業是一株嬌貴而容易夭折的花，它需要全心全意的栽培和照顧，它需要專業從事的忠貞與熱情，它需要你念茲在茲，日有常課。

因此，一個熱愛筆耕，卻又必須養家活口的人，當他面臨專業寫作和「為稻粱謀」的衝突時，那真是最痛苦的時候了——一邊，是他所摯愛的生命事業，另一邊，卻是整個家庭的舒適與幸福，如何取捨呢？——而無論做怎樣的選擇，他的心情都是黯然無奈的，他的決定，都悲壯且值得同情。

難以兩全的情況下，一般人往往選擇後者。

但，只要他心中那一點對寫作的愛不死，只要他仍然虔誠認真地生活，只要他的心靈足夠深邃廣大，那麼，歲月中的種種紛雜，並不能銷磨他志在創作的豪情與銳氣；十年二十年的潛隱，也不足以斲傷他豐沛的文學生命。

因為在生活裏，他總是向上仰望、向前憧憬；他總在吸收、消化，總在豐富自己的人生體驗，也總在積聚寫作的素材。而有一天，當他已經從個人的悲喜、小我的掙扎中走出；當深埋在內心的那點火種，重又點燃；當靈感的風暴，如強颱過境，一次又一次地震撼著他、激盪著他時，他的筆必飽蘸血淚，直指現實人生的核心，去印證真理、描述萬象、刻劃人間種種；他的心也勢必沉浸在浩瀚無邊、關懷大我的悲憫與感動裏。

對於這樣大器晚成，以生命從事筆耕的作家，我永遠致以無上的敬意。因為即使他們並未提筆，他們生活的本身，也是無形的創作。

我堅信，文學必須紮根於生活，才有真實靈動的生命。生活比文學還更重要，我贊同為生活而文學，但不盡贊同為文學而生活；生活是文學的母親，文學從生活出發之後，必須重返生活、回饋母親，才有其輝煌的意義。

因此，盡心生活，懷著愛去生活，肯定生活的價值，那才是從事筆耕的起步。

一千七百多年以前，曹丕在《典論・論文》中，曾指出許多可以從事寫作的人，往往蹉跎歲月，不肯努力：「貧賤則懾於飢寒，富貴則流於逸樂，遂營目前之務，而遺千載之功。」他的話，對於荒疏懶惰的人而言，自是一種警惕，但對於那些在現實生活裏奮鬥掙扎、而終於從其中昇華的筆耕者而言，卻不盡是真理。因為，即使在最卑微平凡的生活中，筆耕者也在努力實現一種價值；而他們寫作，也不是為了求取千載不朽的功名——他們寫作，只是忠於自己，忠於人生，忠於內心的呼求，去選擇一條艱辛迢長、卻無所遺憾的道路而已。

三、困境

在筆耕的世界裏，踏實的筆耕者從不迷信天才；天下事以漸而成，寫作又何能例外？

當然，「下筆千言，倚馬可待」的順境，何等意氣風發？何等酣暢淋漓？但，每一個致力筆耕的人都能了解，那樣的高潮，只是一種可遇不可求的幸運，是偶然而不是必然。在絕大多數的時候，筆耕者都必須面對空白的稿紙，面對那一方方待爬的格子，去苦思冥想，去仔細推敲，並且小心將事，才能克服題材上、技巧上、文字風格上的困境。

「一揮而就」，並不是很可取法的筆耕態度，寫了又改、改了又寫，那卻是理所當然的創作歷程。因此，一件完美作品的完成，往往需耗盡作者無數心血與潤飾修正的功夫。王安石說：「看似尋常最奇崛，成如容易卻艱辛。」最能道盡一個嚴謹的筆耕者，在作品背後辛苦經營的認真態度。

然而，對所有筆耕者而言，這種紙上的困境，並不難於克服；真正難以突破的，卻是心靈上的困境。

畢竟，在海上鼓浪前行的船隻，並非永遠都是風帆飽滿的。長期的工作後，總有某些時刻，筆耕者會忽然對自己感到懷疑，他害怕不能超越以往的自己。在無以名之的鬱悶中，他渴望休息，渴望更深入地了解自己，甚至渴望一點外界的刺激，來肯定自我，重新建立對工作的信念。

那樣缺乏自信的低潮，是一種危險，但也是一種契機。超拔解放往往就在一念之間，但如果筆耕者以為已經達到能力的頂峰，如果他沒有勇氣迎向新的挑戰，如果他始終孤立在此荒原中，失望得無以自處，那麼，最後，他只有選擇死亡或放棄寫作，而終其一生，都無法走出最後的困境。

那真是令人惋惜的最終選擇。

為此，我常想起川端康成。他的作品，那樣纖細，那樣憂鬱，那樣美麗——美得令人心碎，令人顫抖，但是，在最美麗的焦點上，他走向毀滅。

也許，我們並不了解川端康成，我們沒有資格論斷他的死亡。但，若是做為一個才起步不久的筆耕者，我們是不應太早就對自己失望的。人生充滿無限的可能性，困境之後往往是一片大有可為的天地，只要繼續開闢，也許，就在山窮水盡的時刻，就在我們不抱希望的瞬間，另一個柳暗花明的世界，又呈現在眼前。

因此，困境固是一種創作活動的停滯，一種沉悶的擱淺狀態，但是，在邁向更璀燦的寫作生命之前，它是我們必須跋涉的過渡地帶，同時，也是我們能力、信心和耐心的一大考驗。如果堅持不放棄，並且謙謹地充實自我、埋首工作，困境其實並不能削弱什麼、束縛什麼。而當我們終於跨越現狀，走向新境的同時，我們也必能在紙上做最完美的呈現與突破，在精神上獲致最後的勝利，並且重整旗鼓，再度出發。

四、提昇

做為一個筆耕者，活著，是一件美好的事，因為他熱愛世界；但同時也是件痛苦的事，因為人無法只熱愛卻不受傷。

然而，即使懷著傷痕，筆耕者依然肯定人間的善與美，依然期待真正的和平與安寧——筆耕者的心，是不設防、不上鎖、沒有牆垣遮蔽保護的。

也許，這個世界所曾有過的黑暗、醜陋與罪惡，曾使筆耕者充滿深深的嘆息，但一個真正溫柔敦厚的作家，他不懂詛咒，也不會心存報復。

他愛這個世界，不求回報。他相信人性是尊貴的，雖然，人要是壞起來，比什麼都可怕，但他依然肯定人的價值。

他永遠以善意的觀點去看世界，以悲憫的愛去包容缺憾。他不怕受傷。

每一個日子的到來，於他都是全新生活的展開。他從不厭倦，從不頹廢，他只是認真生活、認真思索、認真肩負起做為一個人、一個筆耕者對這世界所應肩負的使命而已。

當他本著最赤裸的文學良心從事創作，他絕不說不真誠的話，他不去討好編者、讀者，以獲取他們的垂青（那樣對世界並沒有什麼益處）。他只是把這個世界捧在掌心，呵護它、關愛它、希冀改善它，希望它變得更好。

他相信，人不是為享受而生活，人生有更遠大的意義、更可貴的價值。而做為一個「完美的」筆耕者，他不但是作家，同時也必須是道德家、哲學家、教育家；他必須是人道主義者；他的所作所為、所言所行，都必是站在「為了人類，或人間好」的立場而出發的；他必須比別人想得深刻、比別人看得透澈；他必須具有「先天下之憂而憂後天下之樂而樂」的胸懷；他必須樸素虔誠地生活；他必須最後享受。

然而，如今這個世界，已經被我們自己弄得烏煙瘴氣、混亂不堪了。權力的爭奪、武器的競賽、道德的墮落，累世不斷、緜延不已的仇恨與謀殺……太多的重量，壓在我們身上，做為一個筆耕者，活在今天，是傷心的——「其感情愈深者，其哭泣愈痛。」——但是，出以那無可救藥的對人類的大愛，筆耕者仍願意抱持「知其不可而為之」的態度去努力，去改善一點什麼。

因此，當一個筆耕者提起筆來創作，他最大的祕密，不是靈感，不是天才，而是愛；一種不能自已的，對世界、對生命、對寫作的愛。

當然，筆耕者並不是一無弱點的人，但是，在真誠的工作中，他以愛提昇自己，同時也提昇這個世界；在廣宇悠宙之間，他永遠懷著不死的理想，他堅定地相信——

有一天，在那遙遠之處，所有的人類，終將以愛相遇。

後記：清代名臣沈葆楨題延平郡王祠曰：「開萬古得未曾有之奇，洪荒留此山川，做遺民世界。極一生無可如何之遇，缺憾還諸天地，是創格完人。」本文題目與「缺憾還諸天地」句法雖似，但用法完全不同，是「蒙天地之愛而獨鍾情於筆耕，便以愛還報世界」的意思。

——一九八一年十一月四日〈中央副刊〉

——《把愛還諸天地》，九歌出版社（本文經陳幸蕙親自修改過，與九歌版略有不同）

◆作者簡介

陳幸蕙，一九五三年生於台灣。台灣大學中文研究所碩士，曾任教於北一女、國防管理學院、清華大學中語系等，後專事寫作。曾獲《幼獅文藝》散文獎、中山文藝散文獎、中國時報文學獎散文評審獎、梁實秋文學獎散文獎等，並膺選台灣第十三屆十大傑出女青年。重要散文作品有《群樹之歌》、《把愛還諸天地》、《愛自己的方法》、《以一整座銀杏林相贈》等。

◆作品賞析

關於散文，陳幸蕙認為：「如品微帶澀馨的若茗，而非漫飲辛辣刺激的汽水可樂，散文的閱讀，也常需要一份閒靜的心情。」所以，「風簷、燈下、案頭、窗前、山巔、水湄，甚或行旅中途舟車搖搖之際，有一卷好的散文相陪，人生總彷彿顯得悠長起來。」

特別是在語言貶值、人際疏離的世間，陳幸蕙信賴散文，她認為：「散文，格外提供了一些智慧、一點雋永的情趣、一份從容的餘裕、一種屬於浮世的溫暖溝通給我們。而某些時候，當然，所謂散文，也可能竟是機鋒四出的一記棒喝，或文字保養經營與推廓創新的一項實驗歷程。」因為這種體認，她擅長以自鑄的清新意象，描繪人倫新關係，從生活小事物中，提煉出粲然的心得，陳幸蕙一直以這樣的散文家形象，贏得讚嘆。離開教職後，陳幸蕙曾投入極多的心力關注青少年的成長，諄諄叮嚀，以委婉之筆為青年尋找美夢，實踐理想的人生。不過，作為一位女性散文家，陳幸蕙的個性與文風，綿綿溫柔中帶有一股勁健之力，可以說是以抒情散文鼓吹女性獨立自主的女權主義者。

〈把愛還諸天地〉的題目，是陳幸蕙借用清人沈葆楨「題延平郡王祠」的名聯而來：

開萬古得未曾有之奇，洪荒留此山川，做移民世界。

極一生無可如何之遇，缺憾還諸天地，是創格完人。

不同的是，原聯是感慨鄭成功未能達成反清復明志業，陳幸蕙使用相同的句型，卻有更積極的意義，依其後記所言，本文題旨所在是「蒙天地之愛而獨鍾情於筆耕，便以愛還報世界」的意思。不僅吐露她選擇作為一個筆耕者的決志與心聲，也為所有文學工作者樹立積極精進的標竿，時時反思自己為何而寫，時時激勵自己奮力以進。首節以「叩問」為題，正是反省的開始，她認為「天地是如此寬闊，心靈是如此自由，藉著寫作，我終於傾注了對自己、對生命、對這整個世界最真誠無偽的熱愛。」心態既已正確，次節的結論是「生活是文學的母親，文學從生活出發之後，必須重返生活、回饋母親，才有其輝煌的意義。」題材的選擇也更掌握完善。其後，「困境」的解決，境界的「提昇」，更能促成世界上所有的人都能以文學、以愛相遇。

以此反觀陳幸蕙的散文成就，或許可以恍然：其來有自。

◇延伸閱讀

1. 朱星鶴，〈有筆在手・有情在心——我讀陳幸蕙的散文〉，《中華日報》一〇版，一九八三年
2. 莎雅，〈把愛還諸天地〉，《時報周刊》，一九八四年，頁七六
3. 郭明福，〈自在飛花輕似夢——我讀《把愛還諸天地》〉，《新生報》，一九八四年
4. 顏崑陽，〈古典美感的映現——論陳幸蕙散文的性相〉，《文學家》六期，一九八六年四月，頁一〇—一九
5. 余光中，〈光芒轉動的水晶球——悅讀陳幸蕙〉，《中國時報》三九版，二〇〇二年八月七日

閣樓上的女子

周芬伶

跟她真正認識，是在她的婚禮上。

那次婚禮很特別，就在東海大學的陽光草坪上，不過是簡單輕鬆的露天茶會，沒有請帖，也沒有主婚人，趙滋蕃老師暫充介紹人。聽說這個婚姻並沒有得到父母的同意。她的父母希望她嫁得更風光更體面，而她選擇的是，一個英俊卻一無所有的男人。

她的家人都沒有出席，朋友都算是她的家屬，為她化妝，為她奔走，學弟妹還組一個合唱團為她頌詩唱歌，趙老師慷慨地讓出宿舍，充當臨時新房，這個充滿反叛精神的婚禮，令大家興奮莫名，她的臉上卻鮮少笑容。

從外表上看不出她的叛逆性格，清湯掛麪的長髮，圓圓可愛的蘋果臉，看起來只有十七、八歲，一副稚嫩無辜的樣子。那一年，她二十五歲，研究所還沒念畢業。她的婚紗是用獎學金縫製的，便宜的布料，自己設計的款式，簡單脫俗。鞋子是地攤買來的廉價品，身上沒有一件首飾，她甚至沒有披頭紗，頭上只套了一圈玫瑰花圈。趙老師致詞時，她似乎哭了，分不清是喜悅的淚水還是悲傷的淚水？

她的自我介紹通常是這樣的：「我姓郎，不是狼來了的狼，是郎君的郎。」她的手腕上有幾道十字形的刀痕，當我注意它時，她若無其事的說：「用刀割的，每當戀愛時我總想死。」那一天，我在日記上寫著：「在一張天使般的臉孔背後，有著令人不安的熱情，她必然是十分任性的，不是真的想死，甚至是怕死，只為了事情違逆自己的心意，懲罰自己也懲罰別人。這樣的人又是善變的，她收集她的刀痕一如收集寵物，當刀畫下去時，必有些東西為她所拋棄，她必須靠這種懲罰來增加決心。一個外表纖弱而倔強的女孩。」

這已是八年前的往事。她的婚姻只維持了五年，據她說在結婚第二年時，就不斷幻想著再戀愛，就只是幻想也夠神魂顛倒了。在這五年中，她學畫學陶藝學皮雕，始終沒有學會作菜，也沒有生小孩，只得到一種怪病叫「類風濕性關節炎」，那是非常磨人的絕症，聽說最後關節退化變形，免疫系統破壞，患者常因服藥變成月亮臉，這對愛美的她，無疑是個可怕的錯誤。

她簽了一張很荒謬的離婚證書，證書上只有兩個條件：第一，我們還是好朋友；第二，我可以隨時回到屬於我們的家。她的前夫，很有良心地附加一個條件：「所有的財產均分」。在她的想像中，她只是需要流浪和談一次心靈上的戀愛，沒想到簽完離婚證書不久，前夫又再婚了。

這個跤摔得很重，那一陣子病情急速惡化，常常在夜裏打電話來哭著說：「二姊，我快死了，這次是真的，我快死了。」於是，所有的朋友為她擔心，提供偏方，尋找良醫，她有本事令她周圍的人團團轉。結果最後使病情好轉的卻是一場戀愛，一個毛頭小夥子，用幾首夢囈似的情詩，幾次顧盼，就把她從死亡的邊緣搶救回來，這算是那一種奇蹟呢？

她從以前的華屋搬出來，孤零零地住到我住的公寓頂樓上，病得死去活來，也愛得死去活來。在破舊的頂樓裏，只有一張牀，四面牆壁，唯一的裝飾是自己大大小小的照片，這是她從舊有的家唯一搶救到的東西。她似乎被世界遺棄，所擁有的只是殘破的身體，一面潔淨的天空，和幾張照片。我卻覺得她應該是快樂的，也許極端的快樂緊鄰著極端的痛苦，而有時，毀滅與解脫是不可分辨的。以前，她連燒壺開水都不會，跟她去買東西，習慣性地把手上的東西交給別人提，她已習慣被伺候。偶爾去看她，窩在牀上，吃養樂多餅乾度日，天氣一變冷，她的話題都是「痛」，聽得你也跟著痛起來。

現在，她得一跛一跛地去看醫生，購物，找房子，煎藥，學著打理自己。問她為什麼不讓男朋友代勞，她說不願意成為他的負擔，每次見他，仍然打扮得漂漂亮亮，不再喊痛。

她說：「我已經習慣痛，也不再怕痛，但是，除了痛，我總得做些什麼吧？」她一直想創作，卻一直交不出作品，後來她發現自己就是最好的作品，於是她選擇了劇場，在舞臺上盡情地展現自己。

老實說，她並不是頂好的演員，她常陷入自我的世界，那個世界與現實隔絕，在舞臺上，她扮演的仍是自己，一個永遠的茱麗葉，等待著她的羅蜜歐。內心奔放，外表矜持的她，在舞臺上，更顯出這種不諧調。

而她，畢竟是屬於舞臺的。看了她編導的戲「第一次當我看見你的臉」，敘述一個男人夾在兩個女人之間的糾葛，那男人在魚缸前看到另一個女人的臉，像夢影一般的出現，他說：「我好想永遠抓住那個影子。」這個衝動，令兩個女人陷入痛苦的掙扎中，這種掙扎不容易被男人理解。戲的發展越往後越深刻，越抽象，最後只看到女人扭曲的肢體與無言的抗議。在那些無言劇的背後，我彷彿看到她靈魂的顫動，一個以愛情為信仰的女子，一張如夢影般的臉，就能概括她生命的全部，這樣的專注和瘋狂，我不禁在劇場中戰慄——上天毀了她的身體，她又重新塑造一個。

當戲結束時，她戴著一頂墨綠色的法蘭絨帽，微跛地走向我，我說：「真想親你一下。」她投進我的懷抱，並送上她的臉，我們的眼睛都濕潤了。

同性的情誼也有極限麼？女人也可以彼此欣賞？甚至可以為知己者死？以前我懷疑，現在我相信。如果一個人曾經徹底孤獨，又如果一個人已漸漸地忘記自己，她必定可以將別人等同自己。我們的友誼，從陌生、猜疑、了解到相知，歷經了近十年。十年來，多少的好友離散，甚至死去；又有多少的新歡萍水相聚——樂莫樂兮新相知，悲莫悲兮生別離——一路的風雪，一路的顛簸，而我們居然還在一起，還在一起，不就應該互道珍重，感謝上蒼麼？

她還是不會作飯洗碗，成天吃養樂多糖果，而且是食不知味的那種，她會一面大吃大喝一面說：「其實我是不喜歡吃的人。」她真的忘記自己正在吃東西。她不太正常，不喜歡上班，只喜歡閒蕩，不喜歡結婚，只喜歡談戀愛，喜歡用腳丫子勾人，亂拋媚眼，大聲地唱情歌，喜歡開快車，跳熱舞，喜歡貓，不喜歡孩子，如果好長一段時間不見人影，一定是在談戀愛，只有在戀愛淡季時才會出現，嘻皮笑臉地訴說她的愛情悲劇，教人哭也不是笑也不是。

三十幾歲了，梳兩條小辮子，穿著輕飄飄的長裙，撐一把美濃油紙傘，哼著歌走在雨中，也許是走在夢裏——一個拒絕長大的女人。看多了成熟世故正常的成年人，玩股票，炒房地產，搞人際關係，而這個一無所有的女孩卻說：「我現在比較正常了，不太想戀愛的事了。」什麼是正常？什麼是不正常？我也被她弄迷糊了。

——一九九〇年十月二十五日〈華副〉

——《閣樓上的女子》，九歌出版社

◇作者簡介

周芬伶，台灣屏東人，一九五五年生。政治大學中文系、東海大學中文研究所碩士，現任東海大學中文系教授。創作形式除散文、小說外，尚有兒童文學、口述歷史之書，並成立「十三月戲劇場」，擔任舞台總監，編著劇本。曾獲中山文藝獎、吳魯芹散文獎等。重要散文作品有《絕美》、《熱夜》、《戀物人語》、《汝色》等。

◇作品賞析

李癸雲以〈寫作的女人最美麗〉為題，綜論周芬伶散文，她說：「周芬伶的作品，常是立體而繁複的盤旋於我的閱讀意識之中，評文慣有的風格評判，總有搔不著癢處之感。風格論，或者天真、柔美、婉約、機智、善於寫物狀人……等勾勒之詞，無法道盡我在閱讀周芬伶時，更深沉細膩的共鳴。」顯示周芬伶的散文另有令人著迷之處，值得探索。

周芬伶相信寫作的行動是「企圖在虛妄之中開出花朵」，因此，她利用散文形式，對情慾、情感等私密事件進行鑽探。早期的情愛、溫暖、幸福，近期的覺醒、獨立、追索，都可在她的散文中發現。陳芳明在評述《汝色》散文集時說：「自剖性的散文，在文學發展史上並非罕見。但是，像周芬伶這樣敢於把不堪的、禁忌的思維呈現出來，可能就是台灣女性散文值得注意的現象。背對著溫柔、婉約的傳統女性風格，她選擇了正視自己的欲望與感覺，採取挑戰與挑釁的態度，跨越男性設立的準則規範，而創造一個完全屬於女性私密的空間。她無需顧慮道德裁判，無需計較形象包裝，更無需在乎世俗眼光，極其自然地寫出她的生命經驗。」

〈閣樓上的女子〉或可印證陳芳明所說「敢於把不堪的、禁忌的思維呈現出來」，「無需顧慮道德裁判，無需計較形象包裝」，她筆下的「閣樓上的女子」：「常陷入自我的世界，那個世界與現實隔絕」，「內心奔放，外表矜持」，這樣的女子與現實中一般女性有異，是走在夢裡、拒絕長大的女人，周芬伶以不同的事蹟，呈現相同的特質，如二十五歲那年的自主婚姻，如幾首夢囈似的情詩、幾次顧盼，就可以把她從死亡的邊緣搶救回來，如在舞台上演出真正的自己。這幾項敘述已足以把一個有著「一張如夢影般的臉」、「以愛情為信仰的女子」，逼真呈現。這樣的女子，就是不在乎世俗眼光的女子，卻在周芬伶不同時期的散文中，如常出現，是特殊品味的女子選擇特殊品味的題材，周芬伶的人物寫作可以作如是觀。

◆延伸閱讀

1. 陳義芝主編，《周芬伶精選集》，台北：九歌，二〇〇二年六月

2. 張春榮，〈青鳥與烏鴉——讀周芬伶《閣樓上的女子》〉，《台灣新文報》一三版，一九九二年八月二十三日
3. 趙滋蕃，〈以天、清新與美挑戰〉，收於周芬伶著《絕美》，台北：九歌，一九九五年，頁七一一一六
4. 陳芳明，〈夜讀周芬伶〉，收於周芬伶著《熱夜》，台北：遠流，一九九六年，頁五一一二
5. 阿盛，〈周芬伶的散文特質〉，《聯合報》三六版，一九九八年十月二十日
6. 李癸雲，〈寫作的女人最美麗——周芬伶散文綜論〉，收於陳義芝主編《周芬伶精選集》，台北：九歌，二〇〇二年，頁一五一二八

擦肩而過

——給C，及她的情傷

石德華

更已深，夜露濕重。白芒芒水銀燈下的都市夜街冷峻森寒，像一把嗜血長劍，劍出鞘、稜芒閃滅，已筆直刺向無邊黑夜的幽祕深喉。

車泊在對街，跨越馬路就是別離。紅塵俗浪裏各有攀浮的浪頭，好友相聚，是不難也不易的事。於是我們索性就在街邊佇停，與離別不近不遠站出的距離，既是畏怯，也是挑釁。

Pub取夜氣而亮活，人躲伏Pub菸霧燈氣裏，享受一種奔放自現實中的我，很草履蟲的變形自在。屬於女性的瑪格麗特酒不帶絲毫後勁，我們踏出Pub大門，是給撲面一襲清涼夜風踋亂了腳步。在街邊，三人斜攲偎靠，微微身動卻沒有挪步，我正感到舌尖沾自杯沿的鹽粒，唾液含融下，化為鹹感，依舊有著細微且堅持的存在，就聽到雪莉低聲唱起一首旋律熟悉的歌。

「飄流已久，在每個港口只能稍作停留，喜樂和哀愁今生不能由我」；然後C，我聽到你的歌聲婉轉和入，歌曲陡然就翻出一身流浪過後的疲憊滄桑，在「我和我追逐的夢擦肩而過，永遠也不能重逢」的悠遠寂寥裏，我發現自己也在歌曲裏面，並且微微震驚於，自己一定也有悵然失落，不能重逢的人事，否則何至會將一首流行歌曲直驅逼進凝淚的前瞬？在這樣一個異鄉的無人夜街，讓情感恣肆大膽，一面藉由歌的旋律開花而出，一面暗由心田深處伸根挖入？就這樣三人一遍又一遍放歌，將結尾一句「我和我追逐的夢一再錯過，只留下我獨自寂寞，卻不敢回頭」頓挫拖曳，傾全力合唱得賁張高亢，像一座很寂寞的造極高峯，峯頂，我突然看見，我們不偏不倚，正貼靠膚觸寒鋒薄刃最犀利的劍身。

C，你在我心中的形象，隨歲月具象以喻，就是音樂課本上，開口漸窄的夾角符號，是由強而弱的漸遞過程。鮮明的自我風采、節奏迫促的行事作風，雙雙挑高架構成你女強人的耀目形象，但如此的形象鷹架，輕易就在我對你的深度了解中逐漸傾圮，終於在一場情感生滅事件中崩潰瓦解，徹底呈露你善感、多情、纖弱的性情本質。

華美背後有寂寥，鋒芒盡處是清冷，強，專用來掩藏極弱。C，我一向認為的真理，因你而更加果斷，凡七情六慾的，皆為弱，這爭強好勝的世間，從無真正贏家。而愛情，激發人內在最可貴的愛的潛能，也暴露性格中最隱晦幽暗的部分，情關，永遠是真實自我的試煉場所。人身處真愛空託的大痛，「無怨無悔」理想化得多麼造作，憎與愛、怨與恕、疑與悟之間掙扎翻騰，一如逆溯迂曲迴深的凶迅急流，漩轉閃切、耗盡全力了，也不能確知落點，因為，局勢全不在自己掌控之中。

那一段情傷的日子，你便是急流裏孤葉的船隻，隨時等待被外犯與自繭的雙重痛苦翻滅沒頂，卻在每一次最狂惡的浪濤之頂翻身落下化險為夷，用檣傾楫摧之勢，搖晃前行。不能沉淪你的，終必反過頭來造就你，但是C，你我那時都明白，急流裏的船不上岸，永遠都有險勢，你的狀似復原，只是將災心包裹得更深。

我想起一個男人的故事。

男人心中一直藏有一座觸碰不得的車站：紅扶桑開滿黑枕木柵欄、空氣中聞得到海水味道、和一個婉約女子月台上對他搗心裂腸道分手。在他以為失去活下去理由的時候，他並沒有真正死去，帶著整理過後的清醒，他毅然遠赴他國，一步步拓墾並收穫世俗的成功和幸福。二十年後，他首度回國，在斬斷或擁抱之間的迷離地帶游移一陣，他安排自己坐上海線火車。二十年幸福生活宛若朝暉夕霞的雍容海洋，但只他明白，大海深處，一艘沉船的記憶，從未隨歲月消過形體，靜靜的，只是海面。剛刺的深痛、細銳的酸楚、籠身的惆悵、若夢的悠忽……，列車上，他將到站的各種心情模擬千百次，又覺無論哪一種都不夠真切，他懸心哽氣，任情緒如奔馬，並在更迭的變幻裏虛累疲憊，當火車抵達那個紅扶桑開滿黑枕木柵欄、空氣中聞得到海水味道，一個翩躚紅顏轉身離去、他生命中唯美、至重、最深、極痛的永恆車站，C，他竟然正好沉沉睡去，重臨又離去，他用了自己機關算盡都沒料想到的輕鬆方式，卸下星轉斗換、山迢水遠的沉重記憶，他只用了吹灰之力。後來，他對人說起，沉船打撈出水面，進了拆船廠，有時，只不過是，一堆廢鐵。

於是，C，你才能了解為什麼我和雪莉要強逼你回到和那男子逢識又盟誓的，你駭聽又怕見的地方，再驅趕你下車，獨自重蹚你們耳鬢廝磨無數花月良夜的清淺湖畔，在我的一句「你為什麼不哭」之後，你終也淚流潸潸，這一次淚水負起的關鍵性使命叫滌清，然後，你才能真正上岸。

情緣生滅，皆似擦肩，前行，終究才是人生不容擅改的方向。近身、擦撞、疼痛或愛戀、錯身、背向、不回頭的走遠，生命中的深惜至愛與痛苦磨難，我均做如是觀，絕非孤意或深冷、不知何始與何終，總之，我是這樣觀照人生。

其實，Ｃ，我是羨慕你的，你的人生階段容許你愛情為天，生生死死只為此物，我和雪莉就不能，因為我們另一個名字叫中年。

中年，是持平天秤的年齡，在過去與未來之間居中、在擁有與失去之間均勢、在夢與現實之間制衡、在柔調浪漫與剛性堅毅之間勻擺，而我看見命運之神手執一疊法碼，正彎身要向過去的失去的現實的剛性的那一方漸次添加。咳，中年，一個人步近成熟的法則，就是不斷推翻上一個自己嗎？像不死去一個蛹就化不出一隻蝶那樣嗎？為什麼我曾經堅持的都已不那麼確定，而眼睜睜看一些不可能變作可能？

那一天，我開車經過都市重劃區，規劃過的街燈森銀錯落，連接山腰工業區的一城燈火，像撒手一把璀璨的鑽，顆顆釘綴在夜的墨絲織就而成的一襲軟網，天絲嬌柔無力，依起伏的地形，披勢婀娜。車由網邊無聲滑過的時候，我正藉由白日所讀的書中情節不斷在設問自己：願意在尖刀直刺戀人胸膛的剎那，以身軀撲赴，鮮血染在微笑的嘴邊如花吻嗎？能夠為一份理念，與人爭辯難休、情面盡毀嗎？膽敢為一樁正義，勇銳挺身，拚搏到底，從此竟無寧日嗎？還有天地裂、山陵崩都不惜一切奔赴目標的能力嗎？Ｃ，當時，我真的感受一波波來自心底深層鼓譟的慫恿，但是，燃火沸湯轉瞬就在丈夫的溫厚、女兒的嬌憨、家庭的閒裕，總之就是對歲月不驚、所愛俱在生活的無限繾綣而薪抽火熄。當車子大弧度彎轉，將那襲墨絲星鑽軟網大勢甩撒遺拋，車愈行愈遠，Ｃ，我知道我與生命中最璀璨的那段芳華也已擦肩而過，車窗前一片黑暗闃寂的夜，我坐直身、掌穩方向盤，直駛前行沒有回頭。所以，C，我是羨慕你的。

雖然我尚未丈量出柔軟包容和模糊怯懦，究竟是否只是視角的問題而已，但青春不再、烈士當不成，我在許多中年人深沉的眼底看到秋光泄泄的草原，C，我的春天畢竟是遠了。遺落血色青春、遙祭很多個自己、讓愛情棲身海市蜃樓，我都甘心領受，水窮雲起，失去的同時就在獲取，不死去部分自我就無法再造新生。然而，即便我已暖身演練每一種擦肩而過的可能身姿，我的悲辛慽愴隨歲月壓縮消磨，頂多只能如錐體螺旋愈盤愈低愈深細，卻久久無法消釋的，是面對天倫親情、生、住、異、滅現象的難抗難安，我天生放不下紅塵。

有一段日子，我上一刻在女兒呢噥軟語裏吻別她玫瑰顏色的雙頰，下一刻就在病榻緊握父親黑瘦乾枯的手而悽惶無助，痛苦的日子不長不短，適足讓我走到生與死的渡口。坐上繫岸的小舟，眼前一片死亡的大江，有我無力探知的幽暗深黑，埋葬希望、尊嚴、活力、熱情等有關生命的種種；回頭看岸上行人，栖惶往來，一如舞台戲演正熾烈，劇情操持造物者手中，賣力的戲中人對未知茫然，下一步或奇峰翻險、或連江煙雲，結局終得渡江而去。原來歡樂的本身就滲有幾分悲愁、圓滿的下一刻就是殘壞、凡存在都會成空，然後，我在岸上人潮裏瞿然看見著英挺戎裝微笑端矜的以及眼神渙散在街上狂亂走著的父親、年輕短捲髮的以及寂寞老去的母親，在黃昏球場躍身灌籃的以及滿臉滄桑的弟弟、著淡色襯衫騎單車向我的以及髮頂微禿溫厚護我的丈夫、我還看見搖擺著學小鴨鴨走路的以及亭亭玉立背書包的女兒，逝者如斯、過去在那裏？我甚至看見抱在父親懷裏的、穿白衣黑裙的、飛揚髮青春笑著的、人事浮沉疲憊困惑的我自己……，我獨自在岸上人今昔轉換的落差裏悽然欲絕，眼看他們陸續都要走下渡口航向死亡，我於是意急心亂縱聲呼喊勸止，號聲散飛隨風，他們卻渾然未覺，嘔心瀝血狂呼嘶喊也絲毫不能改變生命法則之必然。終於我蜷身，獨自在小舟掩面哭泣……。

父親渡江而去，與我擦肩不回的，是一樁完滿的天倫。

那麼，我與所愛，尚要再經幾次情緣擦肩，直至有一天我自己的縱大化而去？每一種我想要的留住，都只是擦肩時剎那的挫頓。C，我對幸福的企求，畢竟既簡單又困難，既天真又複雜。是這樣的嗎？還是不是這樣？愛情沒有永恆，傷痛自然也是；我惶恐於幸福的失落，有一天消失的是我自己。C，現象是荒謬的，同時也是公平的；是無可掌握的，同時也非絕然無望的。至少，甩甩頭、仰起下巴，讓我們與情緣人事擦肩而過的時候，在態勢上敉風支月、瀟灑壯闊些吧！

我們站在都市的夜街，也正站在鋒刃的邊緣，偏一步危、側一步安，一如智慧與痴愚。雪莉的歌未歇而穿越馬路後我們就要分離，你能預料友情的明天嗎？可以在異鄉夜街歪斜著放歌的朋友，一生能有幾人？因酒因歌，C，且讓我們步零亂、肩相倚，而今夜也終將與我們擦肩而過，永遠不回頭。

——《很溫柔的一些事》，圓神出版社

◇作者簡介

石德華，湖南新寧人，一九五五年生於台灣苗栗，長於彰化。輔仁大學中文系畢業，國立台灣師範大學中國文學研究所碩士學分班結業。曾任教於彰化高中、台中宜寧高中。曾獲梁實秋文學獎、中央日報文學獎、台灣省新聞處獎助。石德華的寫作文類以散文為主，題材多與莘莘學子相關，青春情懷，細膩心思，師生的互動與關懷，都是她特意探索的主題。抒情溫柔，筆調溫暖，兼具女性智慧與反省思維。著有散文集《校外有藍天》、《典藏青春與愛》、《很溫柔的一些事》、《青春捕手》、《懂得》。

◇作品賞析

石德華希望她的學生、她的讀者都能——「由歧亂中尋獲澄定，對多變世代裡的紛亂人事，恆有明月一般皎潔透澈的用心。」所以她對自己的寫作生命，有著這樣的期許：「讓自己並生命型態，都有淨藍柔綠的光明外貌，敢擔風雨、悠遠開闊的堅毅性格，對己待人皆多一些俠情與溫柔，終而青春無價、紅塵多愛。」

曹又方對石德華有星探發現明星的驚喜：「在寫作上，除了文字中西合璧，具有特殊的古典加現代韻味之外，便是具有多方面的才華，小說、散文、雜文無所不能，是個深具潛力的作家。」曹又方指出：「為了及時掌握年少青春，使成長的過程不再是痛苦和迷失，她以過來人的智慧和慈悲，提出了對生命、生活、工作、愛情、友情、和美各個方面的因應觀念，幫助年輕人來取捨、解決和面對，以期能以勇敢的態度迎向風雨的人生。」

石德華如是說：

——無論你得意、失意、處順、處逆，都必定要尋找一種使自己快樂的獨特理由……

——精緻與粗糙都是我，活得像自己，是我平凡又快樂的源頭……

——溫柔不是女人唯一的條件，不合理的事我有權憤怒，眼淚不足以解決問題，去與留是我主動的決定……

——談愛情之前必先了解自己，亦即了解自己的最需與所愛，然後才能勇敢的迎向，或靜心的守候。

——當然不要有狹窄的分數觀，但分數是實現你將來理想抱負的手段之一。目的達成，手段自然可拋卻，何需太醜化分數的意義？

〈擦肩而過〉這篇散文，期望以世事總是擦肩而過，去安慰情感受到傷害的朋友。「擦肩而過」，會讓我們想起「隨風而去」，有些機緣擦肩而過，有些悲愁隨風而去，擦肩而過的就讓他隨風而去，或許，這就是一種瀟灑。

陪朋友度過情傷，酒，好像是唯一的飲料，喝了一點酒，歌，也就容易出口，所以這篇散文就從酒與歌開始：「我和我追逐的夢擦肩而過，永遠也不能重逢。」「我和我追逐的夢一再錯過，只留下我獨自寂寞，卻不敢回頭。」這首歌，正是朋友內心的寫照，石德華陪著朋友恣肆放歌，宣洩悲憤，她自己也不清楚這是藉由歌的旋律開花而出？還是暗由心田深處伸根挖入？

作者清楚知道的是：「急流裡的船不上岸，永遠都有險勢。」但是，何時上岸？怎樣上岸？作者舉了一個有啟發性的故事，一個男人內心有著最大的悲痛，二十年後，慎重地循著原有的軌道，企圖回到與女友分手的車站憑弔，要斬斷情絲？還是擁抱情緣？他自己也不清楚，就在情緒起伏中，他睡著了，火車剛好通過讓他心痛的車站，再醒來，心境也平復了！就如廣欽和尚臨終偈語：「無啥大事」。或許這就是俗話說的「在哪裡跌倒，從哪裡爬起。」因此，她鼓勵朋友重回悲痛的現場，徹底痛哭宣洩。能不能因此痊癒痼疾，誰也無法得知，就像她與朋友這一夜的狂歌，在人生的旅程，終究也會擦肩而過，永不回頭。

至少，曾經愛過；至少，曾經哭過。

在許多艱澀、自鑄的文字中，我們艱辛閱讀這篇散文，好像必要經由這樣的洗禮，才得超脫！

◆延伸閱讀

1. 林清玄，〈石上栽華〉，收入石德華《校外有藍天》，台北：圓神，一九九三年七月
2. 曹又方，〈閃熠照亮的名字〉，收入石德華《校外有藍天》，台北：圓神，一九九三年七月
3. 林黛嫚，〈現代愛情傳奇〉，收入石德華《愛情角》，台北：大地，二〇〇一年四月

最後的黑面舞者

劉克襄

四年前，會館坐落於台北市復興南路一條幽靜小巷內的中華民國野鳥學會，意外地收到一封香港寄來的信。寄信者是香港觀鳥會負責人之一，彼得・甘乃利 (Peter R. Kennerley)。他誠摯地希望台灣的野鳥觀察者惠予協助，提供有關黑面琵鷺近來在台灣棲息的情況。

黑面琵鷺 (Black-faced Spoonbill)，是一種生存僅侷限於東部亞洲海岸的稀有大型涉禽。長嘴、長腳、長頸，類似鷺鷥，但屬於朱鷺科。如果用白居易〈琵琶行〉：「千呼萬喚始出來，猶抱琵琶半遮面。」一詩做比喻，也挺適巧地顯現其難得一見，以及臉部和嘴的特有形態。

過去，由於發現數量有限，鳥類圖鑑多半寫得模稜兩可，只約略提到，牠們繁殖於中國東北區與朝鮮半島一帶，冬季時移棲至華南、越南、台灣等地，在開闊的沼澤或潮間帶活動。

當時負責這方面台灣鳥類棲息資料的鳥友，是外號「鳥癡」的曹美華。這位病理醫師素來以博學的鳥類知識而聞名於鳥界。接獲信函後，他從電腦裡查詢近年來各地鳥友提供回來所建立的鳥種記錄檔案時，關於這種稀有鳥種，他只能獲得一些零星的記錄。

所幸，未幾他就獲得一個如獲至寶的消息。台南方面的鳥友提供了發現一群黑面琵鷺，約一百五十隻的記錄。他立即興奮地將這個天大的重要記錄轉告給香港的甘乃利。

同年，曹美華又收到一份甘乃利發表有關黑面琵鷺數量的調查報告。這份報告蒐集近兩年來全世界有關黑面琵鷺的記錄狀況、分佈布情形與面臨的危險。同時，把台灣發現這一群黑面琵鷺的情況列進去。

在台灣，從近年來的訊息或野外觀察的經驗，大家都以為這種大鳥分布十分廣泛，完全疏忽牠們的數量。最近，大陸方面做了重要溼地的水鳥大規模普查。結果，大家關心的鶴科與白鸛仍維持一定數量，反而是黑面琵鷺稀少得可憐。

目前，黑面琵鷺總共還有幾隻呢？甘乃利的報告統計令人觸目心驚：香港五十隻，越南六十二隻，南韓六隻，日本約五隻（屬迷鳥）；另外，整個中國（溼地與鄱陽湖）可能只有十五隻。這些總數，加上台灣曾文溪口的一百五十隻，全世界的黑面琵鷺就僅僅剩下這兩百八十八隻。縱使數目有所誤差，大概也脫離不出這個統計的範圍。而如果不是上述的數據，也絕沒有人會想到，台灣竟佔有這個世界稀有族群的一半！

更令人駭然的是下面的敘述。

截至目前，鳥類學者們只發現牠們的四個繁殖區。這四個繁殖區都位於北韓西海岸的四個小島（目前均已列為保護區），大約有三十隻在那裡築巢。其他黑面琵鷺北返後的下落，仍是個非常不清楚的謎。牠們面對的惡劣情況與著名的近親朱鷺相似。目前，全世界的朱鷺，僅知在山西的一處樹林繁殖。

最早發現這一百多隻黑面琵鷺的人，是一位常年住在台南熱中野外觀察的醫事檢驗師——郭忠誠。他早在一九八四年就來到偏僻的曾文溪口。那一年，台南縣正委託水利局設計，試圖在此造就大面積的海埔新生地，他就從那兒遠遠望見一大群黑面琵鷺。惟當時他的觀鳥經驗仍不足，所以始終未敢確認。二年後他偕同鳥類攝影家郭東輝前往，才確切的肯定這種每年都準時來到他家鄉的稀有大鳥就是黑面琵鷺。

同年，他們也看到，水利局完工後的溪口北岸，一塊面積高達六百五十公頃的海埔新生地，無中生有地從河口北岸冒出。這一塊新生地西邊，大約有一半是浮覆地。隨著潮水漲落，時而淹沒於海水中，時而裸露出來，整個沙灘非常適合膽怯的大型水鳥棲息。黑面琵鷺目前就棲息在這塊廣袤無垠的潮間帶，和其他高達兩千多隻的雁鴨科鳥類（主要是赤頸鳧）一起渡冬。賞鳥人在此平時可以觀察到數十種的水鳥，顯見這兒也是一個重要的候鳥驛站，並不亞於最近甫於淡水河設立的華江橋雁鴨保護區。

黑面琵鷺每年什麼時候來呢？

根據郭忠誠的觀察，堤防工程完工後，每年十月至次年四月，總有一群約一百餘隻飛到這兒過冬。去年八月，台南崑山工專兩位熱愛自然的老師，丁文輝和翁義聰也義務地帶領環工科的學生到此，展開為期半年的調查，希望對這個世界稀有的族群做更深入的了解。

他們和郭忠誠的記錄大致如下：

十月廿日：31隻
十月三十一日：83隻
十一月十日：143隻
十二月十四日：191隻
十二月三十一日：178隻

上述調查裡，十二月的數目似乎更明確地告訴我們，或許是先前鳥類學者的估計仍嫌保守。到了嚴冬時，很可能，目前已知的，全世界三分之二以上的黑面琵鷺都在曾文溪口過冬！

黑面琵鷺在曾文溪口如何過冬呢？

初來時，牠們的覓食行為很少。嚴冬時，牠們就以曾文溪口為中心，展翅遠飛到附近的馬沙溝、七股、四草等泥沼地尋找食物。三月接近北返時，為了攝食更多能源、補充體力，食量會更為增加；這也是牠們覓食最忙的季節。每回覓食時，牠們像一群芭蕾舞者，踩著曼妙地步伐，在潮間帶的泥沼地，半跳躍似地追趕著小魚或小蝦。扁長的嘴巴像摸蛤蜊人的手，戳入泥水裡，不斷地劃來劃去，篩檢著食物。一逮著獵物，毫不猶豫地立刻吞入肚腹。

有一回，郭忠誠還看到一隻黑面琵鷺咬到蛤貝。這隻黑面琵鷺大嘴前端像是附有開罐器一樣，動作俐落而迅速地將蛤貝剝開，吞肉時一併將貝殼摔得遠遠。

長久時日觀察下來，郭忠誠研判，這群黑面琵鷺或許有兩個集團，較早來的一群數量多比較親近。晚來的一群約四、五十隻，對個體或對環境都顯得十分生疏。初冬時，這兩個集團明顯地分開來，保持五、六十公尺遠的間隔。寒流來後，這兩個集團才合併一塊，一齊在潮間帶避寒。這個族群的成員成鳥與亞成鳥數量相當。三月初時，有一群先行飛離的可能是成鳥。現在，溪口僅剩百隻不到。通常到五月時，所有黑面琵鷺都會飛回北方。至於飛回哪裡，正如前述，還沒有人知道。

然而，過去的歷史記錄裡，黑面琵鷺真的如此少？台南曾發現嗎？我自己都相當訝異，竟有以下的兩則歷史資料可供佐證。

一八九三年十一月一日，專程來台蒐集鳥種的英國鳥類學者拉圖許 (La Touche)，在台南旅行。搭船遠眺安平附近海岸時，他描述到：「許多岸鳥在沼澤地，一群白鳥佇立更遠處，好像是琵鷺，但離太遠了，無法確定。」

琵鷺和黑面琵鷺遠看近似，若以現今的角度判斷，琵鷺在台的記錄十分稀少，拉圖許觀察到後者的機率較大。這個問題也暫且不表，當時，拉圖許在鳥類報告上曾發表，自己在福建海岸經年均可獲得黑面琵鷺的標本。他認為這種大鳥在中國東南沿海岸並不難發現。可是自從他的報告之後，有關黑面琵鷺的記錄，五十年間在大陸卻絕無僅有。難道嫻熟鳥類的拉圖許觀察有誤？

一百年前的事物實在難以查證，就當它是一樁軼聞也罷！我們姑且把時間拉回到一九二〇年代，因為當時也發生了一件與黑面琵鷺相關的大事。

當時，有一位日本鳥類學者風野鐵吉，任職台南博物館。風野是位熱心的鳥類標本蒐集與觀察者，經常四處旅行。他曾經寫過一封信給日本的鳥類學泰斗山階芳磨，描述自己在一九二五年至一九三八年間，每年都觀察到安平港附近有五十餘隻黑面琵鷺在沙灘棲息。

這位後來在太平洋戰爭中，隨台南博物館焚沒於美軍空襲的鳥類學者，留下了這個或許是他生前在野外最重要的觀察。

安平港離曾文溪口仍有十來公里，當年拉圖許或風野鐵吉佇立的海邊，如今都已變為陸地。對善於飛行的水鳥來說，隨著海岸地形的變化，有可能慢慢的轉移到曾文溪口。

這段自然志也告訴我們，縱使不談十九世紀的事，黑面琵鷺在台南附近海岸棲息顯非一朝一夕之事，而是至少有一甲子以上的歷經歲月。

但現在，這群世界上僅存的，最大一支的黑面琵鷺群，將要在台灣面臨什麼命運呢？台南縣政府似乎未重視這群韓國人視為國寶級的稀客，也未將牠們視為台南的重要資產。過去，政府已在附近的海岸放棄了台江沼澤、曾文海埔、竹滬鹽田；如今縣政府還準備在這塊牠們每年渡冬的河口，設置染整、電鍍、石化及拆船等十八項高污染工業。這項措施雖還未動工，卻無疑已宣告這群黑面琵鷺的死亡之日已近。

當然，有的人或許會提出，假如黑面琵鷺無法在這裡生存，牠們也可以前往別的地方啊？曹美華在研究後卻特別警告，大型的水鳥往往有固定的渡冬地。渡冬地的重要性一如繁殖地。這是黑面琵鷺每年所以固定飛來曾文溪口，不肯輕易轉移其他地點的主因。如果，冒然破壞渡冬地，牠們將永無棲身之地。

有鑑於此，最近當地關心自然環境的人士不斷奔走、呼籲，希望政府出面，規畫並設立「黑面琵鷺過冬保護區」，挽救這些來台渡冬的世界級稀有鳥種，進而保護其他水鳥的生存。不過，或許是過去爭取自然保護區失敗的例子太多。他們想替黑面琵鷺爭取的生存權，變得非常非常地小，小得讓人為之心酸。這一回卻不知為何，仍一直無法做到。

他們要為黑面琵鷺請命的內容是這樣：

牠們要的不是精緻的人工棲地，而是一片平坦開闊的潮間帶，以及足夠的警覺距離，增加心理上的安全感，因而留下來過冬。這樣的規畫所需經費不多，因為海水的漲退和澎湃，自然創造了豐盛的食物。牠們只要一片保護區，再也不必日夜擔心貪婪人類的無止境摧殘，進而失去在台灣僅有的一片落腳處。

一九九二年二月，不遠千里風聞而來的澳洲涉禽研究會會長馬克・巴特 (Mark Barter) 在目睹之後也感慨地說：「全世界任何稀有種鳥類，一個地區只要佔有2%的數量（即一百隻有兩隻）那兒就應該列為保護區，如果這裡不能列為保護區，實在……」

實在，是的，寫到這裡實在不知該如何提筆了……。最初，怕寫了又像其他地方一樣，反而讓獵人知道。不寫，眼看牠們卻即將滅絕。在野外觀察自然生物十多年，從沒有像現在的心情如此恐慌，矛盾。

各位讀者請想想看！全世界僅有二百八十八隻黑面琵鷺，其中最大的一支族群，一百多隻每年固定在台南海岸出現。我們竟然還要眼睜睜看著牠們從自己的土地消失。還有什麼事值得我們這樣迫切去關心呢？

——一九九二年四月十二日

《自然旅情——鯨魚、獼猴與鳥類的觀察記事》，晨星出版社

◆作者簡介

劉克襄，筆名劉資愧、李鹽冰，台灣台中人，一九五七年生。文化大學新聞系畢業，曾任《臺灣日報》副刊編輯、《中國時報》美洲版副刊主編、《中國時報．人間副刊》編輯、自立報系藝文組主任、《中國時報．人間副刊》撰述委員及執行副主任。早年他曾創作「政治詩」，為受欺壓迫的心靈提出申訴，對政治畸形現象加以無情嘲弄。後來則因熱愛自然、旅行，長期從事鳥類的觀察、拍攝與繪畫，研究古道、古籍、古地圖，掙脫人類有限的形體，親近自然界的生靈，是二十世紀八〇年代開始的台灣「自然寫作」最早的領航者，截至目前為止，仍然多方嘗試自然寫作的無限可能，踏勘一般自然探險家、心靈探索者所未曾一探的處女地，大至古籍文史、地理的考證，小至食用、藥用花草的釐清，無不細心嗅聞、辨識。曾獲中國時報文學獎敘事詩獎、第一屆台灣詩獎、吳三連獎、台灣自然保育獎。自然寫作的散文作品，計有《旅次札記》、《隨鳥走天涯》、《自然旅情——鯨魚、獼猴與鳥類的觀察記事》、《北台灣自然旅遊指南》、《迷路一天，在小鎮》。

◆作品賞析

劉克襄自述「自然寫作」的散文觀：「年輕時，以鳥類為書寫對象後，迄今二十多年，創作的類別和範圍不曾離開山川地理和自然風物的題材。由於接觸對象多半是野外的蟲魚草木，以及生態踏查人物，自己也養成了到處旅行，不斷地觀察紀錄的寫作習慣。而經由自然生態運動的洗禮，自己在台灣這塊土地的見聞，彷彿也多涉獵了一些過去文學所無法提供的養分。」他的散文常被視為知性散文，但他卻篤定認為：「感性的層面其實更濃烈而堅實。那詩之情懷，從不曾在我的自然觀察裡脫隊。它隨時回來，在散文敘述裡，扮演著調和的溶劑。」一種如實的、逼真的、近距離的觀察，再佐以感性的詩之情懷，劉克襄之所以成為生態觀察、自然寫作的佼佼者，這樣的剖析與認知，自然有其可信度。

陳義芝在推許劉克襄的環境史、生物學、生態理論的知識基礎之外，也特別提到劉克襄的「赤子的敏銳、詩人的情懷、苦行僧的毅力」，這正是知感交糅的另一種見證。

〈最後的黑面舞者〉是一篇為黑面琵鷺請命的報導文學，敘述黑面琵鷺在台灣被發現的經過，知性的報導過程裡，當然可以看到劉克襄赤子的敏銳、詩人的情懷，也見識到世界各地愛鳥的人為鳥類所付出的心血，所謂苦行僧的毅力。

正如為黑面琵鷺請命的文辭所說的：「牠們只要一片保護區，再也不必日夜擔心貪婪人類的無止境摧殘，進而失去在台灣僅有的一片落腳處。」愛鳥人士無私的付出，在台灣生態保護的奮鬥歷史中，創下了好成績，改變一般人許多錯誤的觀念，影響了決策。這是一九九二年的文章，這樣的呼籲，我們已看到成果，黑面琵鷺在台渡冬的數量與地點，已經趨於穩定；不過，這樣的呼籲，這樣的觀念，將會持續宣揚下去，直到地球上人與動物可以完全共生和解。

◆延伸閱讀

1. 陳義芝主編，《劉克襄精選集》，台北：九歌，二〇〇三年九月
2. 苦苓，〈孤獨疲憊的旅者：劉克襄和他的旅次札記〉，《明道文藝》八一期，一九八二年十二月，頁一二二－一二五
3. 千山林，〈美麗新世界——文學生態與生態環境的關係〉，《台灣文藝》九三期，一九八五年，頁四四－五八
4. 許碧純，〈為自然立傳的人〉，《講義》一一七期，一九九六年十二月一日
5. 簡義明，〈在山林與都市之間——論劉克襄的自然寫作〉，「台灣現代散文研討會」發表論文，台北：九歌文教基金會，一九九七年
6. 沈冬青，〈觀察、解說與創造：閱讀劉克襄〉，《幼獅文藝》八四卷六期，一九九七年，頁一五－二〇
7. 莫渝，〈嚴肅而專精的鳥人——劉克襄小論〉，《閱讀台灣散文詩》，苗栗：苗栗縣立文化中心，一九九七年，頁一二四－一二六
8. 簡義明，〈跨越詩與自然的疆界——劉克襄論〉，《台中縣作家與作品論文集》，台北：行政院文建會，二〇〇〇年十二月，頁四三五－四七六

海浪的記憶

夏曼・藍波安

因為有很多天空的眼睛的微光，讓我們明顯地辨識黑夜裡島嶼的黑影。我們繞過岬角的激流湧浪，避免頂流迎波。已故的小叔在船尾穩穩地掌舵，星羅棋布的星星，微光在他厚厚的肩背反光，清爽的夜色，柔軟的海面恰是飛魚季節正常的氣候。

划了一百多槳的光景，小蘭嶼在星空下成了凸出於海面的影子，祖靈休憩的島嶼。九人十槳，動作劃一是經驗豐富的槳手們的組合和默契，各個皆顯得精神抖擻，意志堅定。暗流湧浪讓航道曲折，約莫划了三百多槳時，海流流經的海面的吸氣與吐氣的間隔拉長了，海面吸氣時，船身便浮在浪頂，吐氣時便盪到浪谷。開始的當頭，也許是四、五十槳吧，我們十個人並未意識到海的吸氣、吐氣是正醞釀脾氣。已故的舵手——小叔，氣宇堅定地站立操舵，而坐在船首的我卻感覺到波峰與波谷拉長了距離之不祥預兆，涼涼的風吹拂我們熱熱的臉。

海在吸氣時，我們的船身被抬到最高點，發現高度竟然與船尾的小蘭嶼的影子同高；海吐氣時，船在深深的、黯黑的波谷，除了天空的眼睛在頂頭外，四周竟發出吵……吵……的浪影呼氣，似是惡靈的鼻息音。起初的情景在星光的照射下，並未令我們這些經驗豐富的槳手有一絲的恐懼。然而，海浪的吸氣、吐氣的間隔越來越長，在這段期間，迎頭趕上的浪頭煞似一座小島的黑影就要淹沒我們的船的感覺，也像惡靈伸出舌頭地令人毛骨悚然，陰魂不散。我們划著船，所有的人感覺海浪的呼吸，就著微弱的星光，我看清楚船慢慢地被浮在浪頭，十個船員動作一直地向前傾且握緊槳使力地划，爾後又慢慢地推往波谷，我們又往後仰，但停止划槳，波峰與波谷的落差高度大約有二、三十公尺，恐懼在心海孕育。我難以形容迎頭趕上的整座浪頭就要吞沒船隻的心境，一波又一波的，我們所有的航程就是在這個過程中進行。也許，已故的小叔心中也充滿恐懼吧！他突然地高喊，吟唱：

孩子們，划吧
我們越過了最艱險的激流
但海浪的脾氣緊緊尾隨在船身
願退潮的海神節省我們的體力
願漲潮的海神削弱你的怒氣
航行的過程　飄送婦人烘烤
豬肉的香味
願豬肉的油浮在海面
讓船靈早些在沙灘上休息

用不完的體力，流不完的汗，好像海神在試煉我們的鬥志，厚實的浪頭把我們抬到天神的門，也把我們拉到惡靈的隧道。船在波谷的深處，我不敢睜眼仰望接下來的如一座島嶼大的波浪，真希望當時上帝認識我們。忽然間，船隻再次地被海浪抬到波頂時，船身掩沒在雲層內，天空的眼睛突然消失。我感到冰冷，我們在黑色最深的波谷，雲層撒下如拇指般大的雨絲，打落在身上沒有些些的舒服，反之是疼痛。我們拚命地划，好像沒有了心臟。雨與風，還有不間斷的一波又一波很厚的浪頭，展現大自然徹底的無情。我們的恐懼，此時轉換成對祖靈誠懇的祈求。十個槳手唸唸有詞在口中、在心頭，大自然的怒氣掩蓋我們有情的祈禱，暴雨、大浪是增加我們的恐懼，也增添我們對生命的珍惜，就是不加強我們的力量，消耗我們的祈求。祈禱無效是因教堂、神父太晚來到我們的島嶼，當時，我想。

已故的小叔不斷地激勵我們，而我們也像傻蛋般拚命地划。雨下得好像天空破了大洞似的狂洩，雲層低得看不到四公尺後掌舵的已故的小叔。我害怕，害怕惡靈太靠近我，我用手摸摸比雨水溫暖的海，讓她記憶我們的勇敢。很久、很久地划，我們真的累了。突然，已故的叔父說，說得很大聲：「我們就要抵達我們的島嶼了。」

我們像沒有心臟，也像大傻蛋又拚命地划，七、八十槳後，已故的小叔命令我們停止搖槳，且說：「我們又回到原來返航的原點——小蘭嶼。」我猶如被捕上船的飛魚，瞬間喪失了對海洋的迷戀，彼時，只能用「死」來形容我的疲憊與對海洋的「恨」。

船懸宕在岬角的激流上，誰也沒有搖動櫓槳的勇氣。是淚、是汗、是雨、是沉默、是黑夜、是飛魚，是什麼東西吸引我們來到海上，夾擠在烏雲下與浪頭上折磨體力呢？

划了一整夜的船，最後又折返到原來出發的原點，是滂沱大雨抑或激流暗湧呢？也許是黑夜的惡靈。

叔父夏本‧賈夫卡傲叼著菸微笑地看著我們三個堂兄弟，故事說完了。大伯坐在門邊輕輕拉開雙唇，露出驕傲——屬於老人靦腆的笑靨，父親坐在大伯的右邊，拍拍弱化的胸肌說：「但願時光倒流，讓我們的勇敢，讓我們的氣宇，讓我們……能被晚輩欣賞和尊重。」

父親說完他的話，我和兩位堂哥，彼時用杯裡的米酒勇敢地吞下他們的勇敢。父親和他的兄弟三人，彼此用眼神交談，舉著杯裡的米酒跟我說：「我們的孩子，你，夏曼‧藍波安，謝謝你的浪人鰺的大魚。」

「海浪是有記憶的，有生命的，潛水射到大魚是囤積謙虛的鐵證，每一次的大魚就囤積第二回的謙恭。射到大魚不是了不起的事，但海能記得你的人，海神聞得出你的體味，才是重點。」大伯如平浪的語調的話深深地嵌入我的腦海。我的肉體如此貼近父親三兄弟的眼簾，他們的思想卻離我填滿複雜的方塊文字的頭那麼地遙遠，來到最接近自己祖靈的地方，也是最最遙遠的人生旅程。小叔丟下他的微笑，大伯在我心中刻下堅強的氣宇，而父親帶著他的沉默親吻酣睡的孫子說：「海，記得我，但願海也記得你，從我膝蓋出生的達悟。」

——《人本教育》札記二〇〇〇年五月號

——《海浪的記憶》，聯合文學出版社

◇作者簡介

夏曼・藍波安，達悟族人，漢名施努來，一九五七年出生於蘭嶼紅頭村，後至台灣求學，放棄保送師範大學的機會，考進淡江大學法文系。畢業後當過代課老師、開過計程車，在蘭嶼反核自救運動最熾時亦熱烈投入。一九八八年毅然返回蘭嶼，重新學習達悟人傳統的生活方式與技能，追尋文化血脈以及親族的認同。近幾年重返校園，以達悟文化為研究主題取得清華大學人類學研究所碩士，成為蘭嶼島上學歷最高的人。曾以《黑色的翅膀》獲吳濁流文學獎，《海浪的記憶》獲第二十五屆時報文學獎推薦獎。出版作品包括《八代灣的神話》、《冷海情深》、《黑色的翅膀》、《海浪的記憶》。

◇作品賞析

長居蘭嶼的夏曼・藍波安，決心在鄉學習並承繼傳統達悟文化，是少數能同時從事深度哲學思考與體力勞動的作家，他的文章中不僅描述海，同時也將達悟文化中對大自然獨特的觀念與語法融入其中，他追尋「原初」生活的執著與質樸令人嚮往。他說，自己比較傾向於傳統部落日出而作、日落而息，以山海為勞動、生產場域，寫文章是「在真實的生活中去建構真實的文字」。

陳其南曾以〈夏曼・藍波安，夠資格獲諾貝爾文學獎！〉為題，撰文推介他。陳其南說：「我並不是一個容易受文字閱讀感動的人，可是在看完夏曼・藍波安的《冷海情深》，那種久已忘卻的心靈震撼，不禁從字裡行間不斷地湧上來。那種感覺是深刻無比的，事實上我覺得作者的感染力比起海明威的《老人與海》有過之而無不及。」「夏曼・藍波安的體驗並不祇是在於海洋，如果仔細看他透過優越的筆調，描繪魚的種種，包括魚類、魚與女人、魚與老人、魚與祖靈、魚與海、魚與作者、魚與語言、魚與智慧、魚與信仰、魚與貧窮、魚與人性、魚與生活、魚與刳木舟等等，不得不對作者的這些創作打從心底裡讚嘆佩服。即使川端康成對於日本美的刻繪，三島由紀夫對人性尺度的探索，也不見得比得上夏曼・藍波安對自己族人生活內心世界與周遭事物的剖析。」夏曼・藍波安的作品是台灣真正親近海洋的海洋文學，是生命與海洋的永恆對話。

〈海浪的記憶〉，可以是人類記憶裡的海浪，如果是這種記憶裡的海浪，那夏曼・藍波安記憶裡的海浪，驚險、刺激，恐怕要勝過《老人與海》裡海明威的敘述，特別是幾處原住民特殊的敘述法，令人印象深刻，如浪起浪落，夏曼・藍波安的敘述卻是海在吸氣、吐氣；如浪影呼氣，夏曼・藍波安認為那是惡靈的鼻息音；迎頭趕上的浪頭，夏曼・藍波安說煞似一座小島的黑影；不由自主地拚命划船，夏曼・藍波安說是好像沒有了心臟。人與海的近身搏鬥，因為是真實的經驗，所以文字更加驚險、刺激。

〈海浪的記憶〉，在夏曼・藍波安的筆下，卻是海浪有著跟人類相同的記憶：「我用手摸摸比雨水溫暖的海，讓她記憶我們的勇敢。」「海浪是有記憶的，有生命的，……海能記得你的人，海神聞得出你的體味。」這樣的說詞是漢人腦海中難以想像的，因而形成夏曼・藍波安文學的特殊魅力。

◆延伸閱讀

1. 賴素鈴，〈夏曼・藍波安——以書寫敬拜海洋〉，《民生報》新新文化四，一九九九年五月三十一日

2. 向陽，〈在記憶和想像的海洋〉，《中國時報》三三版，二〇〇二年十月一日
3. 張瑞芬，〈筆與槳的方向——夏日讀夏曼・藍波安《海浪的記憶》〉，《未竟的探訪：瞭望文學新版圖》，台北：麥田，二〇〇二年十二月，頁二五〇—二六〇
4. 蘇偉貞，〈夏曼・藍波安，海底獨夫〉，《私閱讀》，台北：三民，二〇〇三年二月，頁六七—七六

討海人

廖鴻基

討海人通常把出海打魚叫「下來」，把上岸回航稱做「上去」。每次海湧伯在船上對我說：「起來去啊——」我就知道可以收拾收拾準備回航了。

海洋是個沒有門的領域，她開敞著任討海人來來去去。

阿溪

去年秋末，有一次我和海湧伯開船回港，船隻剛轉進船渠，我們看到阿溪在他船上。阿溪的船在碼頭綁了四個多月，船底長滿青苔和藤壺，船板乾燥成枯白的顏色。海湧伯隔著一艘船距離高喊著和阿溪打招呼：「阿溪仔，真久沒看到，那有閒下來。」

四個多月前，阿溪在飯店任職的朋友介紹他到一家新開張的觀光飯店洗衣房工作。當時，阿溪可能是討海厭倦了，他說：「四十多年了，沒想到還有機會上去工作。」他把船隻牢牢綁在碼頭，上班去了。

在海上，阿溪很擅長用船上話機講些風花雪月的往事。自從他上岸工作後，海上話機單調沉靜多了。

「幹——」沒想到阿溪用忿忿不平的聲調回應海湧伯的招呼。我和海湧伯把船繫好後攀到阿溪船舷邊，想聽聽他到底什麼事不平。

「幹——不合啦，那有中午吃一下飯嘛要打卡；」阿溪一邊整理釣絲一邊說：「稍稍坐下來休喘一下，領班目睭就晶晶看，干吶欠他幾百萬咧；」他解開船纜繼續說：「喫一下檳榔嘛要管小管鼻，什麼驚檳榔汁啐到床巾，什麼觀光飯店喫檳榔嘸好看，我幹你娘咧，干吶咱這款人無配在大飯店做工。」

阿溪發動引擎，大股黑煙從排氣管憤憤噴出，像是把四個月累積的鬱卒暢快嘔吐出來，船隻擺脫港堤束縛輕快的滑行出去，隔一艘船距離，他回頭嚷著：「辭辭掉，辭辭掉，下來討海卡自由啦！」

那年年底，阿溪三流水討了十幾條旗魚，三趟出海賺了將近二十萬。海上話機傳來阿溪活轉過來的聲音：「有錢賺、有面子又免人管，四個月干吶被網子網死在岸埔頂，下來討海卡贏啦！」

明財

明財船上話機老是故障，和他通話時聲音斷斷續續雜音很多，也常常叫他叫了半天都不回應。有人嘲諷著說：「明財仔，話機拿到水裡潰潰洗洗咧看會卡清嘸。」也有人說：「魚仔掠嚇多，換一台話機嘛嘸過分。」明財笑著笑著說：「這趟上去就要修理。」

明財說要修理話機不曉得說了幾次，從沒一次認真修好過。他在海上不愛講話，才四十出頭，就一副老討海人深沉模樣。在海上，他的船很容易辨認，船頂沒有遮篷，船身漆成和別艘船不同的淡青色，他又老愛穿一件青色衣衫，像保護色一樣他隱身在他的船隻裡，我老是覺得他和他的船已經融成一體。

明財不愛和船群一起抓魚。常常我和海湧伯在破曉時刻趕到漁場，他孤伶伶一艘在漁場裡不知道已待了多久。等船隻漸漸多起來，他扭擺船身，船尾拖一條白色水波，一不留神，一下子就失去了蹤影。有時候，整天都看不到他的船影，叫也叫不應，好像在海上失踪了。當某艘船碰到魚群，在話機裡通報其他船隻時，他比任何一艘船都快，彷彿從海面那個縫隙裡鑽出來。當我們趕到時，他已經泊在魚群裡拉魚。海湧伯最愛講他：「夭壽，明財仔，叫也叫不應，一聽到吃餌干吶在飛咧。」

有一次，我遠遠看到他停泊在海上等候潮水，要很注意才看得到，他盤腳坐在塔台欄杆上，動也不動，像一尊雕像。我發現海湧伯很注意他，可能是在他身上海湧伯看到了自己年輕時的影子，也可能是海湧伯將他當作是個討海對手。他常常抓到別艘船抓不到的魚，他的魚獲量也往往讓別艘船驚訝羨慕。

有一次在碼頭卸魚，我才發現他講話有點結巴，臉孔曬成很好看的紅棕色，眼神明亮帶點海水的青藍。第一次看到他，我就感覺到，他會是個永遠而且出色的討海人。

阿山

阿山更年輕，不到三十。他什麼魚都抓，放網、放釣、潛水……他用大部分時間待在海上，好像他擁有可以揮霍的無窮青春和體力。

很少看他穿衣服，不管在海上或是岸上，整個夏天他就只穿一條黑色短褲。他的頭髮像雄獅的鬃鬣，好像泡了太多海水，老是蓬鬆鬆張舉著。

有一陣子，阿山發現魚販攤子擺著他捕抓的一條魚，魚的售價是他在魚市場拍賣所得的一倍多。阿山他說：「幹——自己來賣。」他去整理了一輛小貨車，學魚販在貨車上糊造一個纖維魚箱，他抓到的魚不再拿去魚市場拍賣，都和碎冰一起裝進這個大箱子裡。車子開到市場路邊，幾個保利龍盒子地上一擺，學著吆喝叫賣起來：「吆——自己抓的，無青免錢——」他打赤膊賣魚，曬成赤褐色的皮膚和海水泡太久的頭髮總讓我感覺，他不像個魚販。

生意聽說不錯，但只那麼一陣子後，再看到他時，他貨車上的大魚箱已經拆走。不知道為什麼，他收攤不再賣魚。

有一次在碼頭卸魚碰到他，他忙著把一簍簍齒鰹從船上搬上碼頭。那天，齒鰹豐收，魚價摔跌到二十元一斤，漁船排隊在碼頭邊搖晃，猶豫著該如何處理滿艙的漁獲。海湧伯叫住阿山：「阿山仔，擺下去自己賣，又不是沒賣過魚。」

「啊——那要拜託人來買，拜託人的代誌咱不合啦。」阿山搔著後腦，還是把一簍簍魚籃拖進拍賣場，「二十元就二十元嘛！」他回頭對海湧伯苦笑著。

我常看到他潛水幫別艘船割除攪纏在槳葉上的繩纜，港口的討海人都知道，他只要被拜託從來都是俐落爽快的答應，但是，他硬是不肯低聲下氣拜託岸上的人來買他親手捕抓的魚。聽說他曾經和買魚的人吵了一架，只因為買魚的人嫌他的魚不好。

阿華

阿華死去兩年多了，因為肝癌死在岸上。

那天我去看他，他掀開上衣要我摸摸他鼓漲堅硬的肚皮，他說：「醫生叫我回來——等。」他躺在床上，臉孔白皙皙體力很差，太陽累積曬在他臉上的顏色都已退去，像魚隻上鉤後拚命掙扎似的體力也已經離開他的身體。他現在改喝草藥，醫生已經放棄他了，只好吃偏方等奇蹟。他把一碗黑稠稠的藥汁推到我眼前，堅持要我喝一口：「幫我喝一口，真苦，真艱苦。」

和他談起海上捕魚的過去，他坐起來，聲音中漸漸有了氣力，好像忘記了他是個將要被生命遺棄的人。他越講越有精神彷彿把病床當做是一艘船；我越講越難過，到如今，海洋只能在他的腦海裡模擬，而他的船，他真正的船還綁在港邊孤伶伶等著。

離去前，他掙著起來送我到門口，夕陽的亮光讓他瞇著眼。靠在門框上他說：「真想再下去一趟——海上空氣真好。」

添旺

添旺十八歲開始討海，一直到五年前一個颱風打沉了他的船，他才決心上岸離開。五年來，他在岸上換了幾個工作，每樣工作他都像討海那樣拚命。添旺娶了太太，生了兩個小孩，房子買在海湧伯厝邊，生活總算穩定平靜下來。

海湧伯家裡時常有幾個討海人一起喝酒聊天，你講一段我接一段把討海的遭遇配著燒酒誇張的講出來——「天壽，有夠大尾，撇咧撇咧就在船仔邊……」；「鐵鏢捧起來，對頭殼就蹔下去……」；「繩仔直直去啦，擋也擋不住……」，那講話的手勢動作和聲調都像在撩撥水面掀起波濤。

添旺老是接不上話，他的海上故事都在他的記憶裡長了霉斑。

有一個晚上，添旺沒有過來。添旺他太太抱著三個月大的嬰兒走進來：「添旺昨暝和我講到兩點多，說要辭掉工作下來討海。」添旺他太太沒有說好或是不好，只顧低頭搖著懷抱裡的嬰孩。海湧伯和其他討海人還是喝著酒沒有人表示贊成或反對。我只聽到海湧伯用低得不能再低的語尾說：「早晚的代誌。」

我下來討海那年，海湧伯一臉嚴肅的說：「走不識路啊，走討海這途。」

有整整半年時間，我無數次趴在船舷嘔吐把膽汁都嘔了出來；無數次起網拉繩我耗盡了所有氣力虛脫得癱軟顫抖；好幾次半夜醒來手掌蜷縮如握緊一顆雞蛋如何也伸不開來；好幾次我看著驚濤駭浪如滾滾洪流沖擊著船隻而驚惶害怕；多少次我猶豫著海湧伯說過的話——討海要有討海人的命。

這段期間，海湧伯始終擺出「大門開開不要勉強」的態度。回想這段折磨和試煉，我漸漸能夠體會到被討海這個世界認同、接受的艱苦和喜悅，彷彿獲得重生，海洋像黎明曙光般開始向我展露她的魅力，我清楚感受到藍色潮水正點點滴滴替換我體內猩紅的血液。

出港，變成是種歸來；進港上岸反而是種離開。討海人在「上去、下來」的語意中，是否已經透露出——海洋是討海人真正的家園。

——《討海人》，晨星出版社

作者簡介

廖鴻基，台灣花蓮人，一九五七年生。高中畢業後，原為一般職場上班人，三十五歲那年決定轉行，成為職業討海人。後來，他主持「台灣尋鯨小組」，出海調查鯨類，其他成員包括漁民、影像工作者和文字工作者。又成立「黑潮海洋文教基金會」，為關懷台灣海洋生態而奮鬥。曾獲中國時報文學獎散文評審獎、吳濁流文學獎小說正獎、聯合報讀書人最佳書獎。著有散文集《討海人》、《漂流監獄》、《來自深海》，報導文學《鯨生鯨世》。

作品賞析

廖鴻基希望自己就是一座橋，連接台灣人與海，縮短彼此的距離，他試圖讓台灣人看到海洋的美麗與多樣，也試圖讓台灣人了解海洋與漁業的問題。三十五歲以後才走入文壇，廖鴻基要以長年與大海為伴的歷練，以漁人的眼光、獨特的海上經驗，創作出真正屬於海島台灣的海洋文學。一般散文家從陸塊欣賞海洋，廖鴻基則深入海上，從海洋觀察台灣，異於常人的視野，為大家開啟新的視窗。試想：那種洶湧幽邃的海洋場景是否有著另一種世故人情，海面上瑰麗的天光雲影又隱藏著什麼樣的無常？永無止境的搖盪生活透露著什麼樣的悲辛？廖鴻基的出航就像是農夫下田，為我們挖掘出生命之所需。

從散文中可以看出，廖鴻基對於台灣海洋生態環境，所承受的嚴重的污染和破壞，有著極深的罪惡感，因而衍生極深的責任感，所以他認為：海洋環境保護意識及海洋生態觀念的推動及落實，是一件刻不容緩的工作。因此「黑潮基金會」的成立，海洋文學的書寫，無非是為了持續發現、調查、記錄與利用海洋資源，保護海洋環境，守護海島台灣。

〈討海人〉以列傳的方式，書寫阿溪、明財、阿山、阿華、添旺等討海人與海的親密關係，以討海人把出海打魚叫「下來」，把上岸回航稱作「上去」，作為文章的始末，證明「出海、出港」對討海人而言正是一種「歸來」，海是他們永遠的歸宿。文中提到阿溪四十多年的捕魚工作，轉換到陸地觀光飯店工作，四個多月又回到海上；阿山想要自己捕魚、自己賣魚，結果還是選擇捕魚的工作最為單純；病危的阿華，念念不忘的是「再下去一趟」。海，就是討海人的根，討海人的本，討海人永遠的歸宿。作為海島國家的台灣人，海不也是台灣人永遠的根本嗎？廖鴻基的散文再度喚醒台灣人對海的記憶，從海的驚悸中發現海的經濟利益，從海的開闊裡發現心的開闊，真正的台灣文學應該是以海為主題的文學，真正的海洋文學，應該是從廖鴻基深入海這個場域所書寫的、有血有淚的文學才算開始。

◇延伸閱讀

1. 徐淑卿，〈廖鴻基——抒寫漁人與海〉，《中國時報》三九版，一九九六年七月四日

2. 陳克華，〈海洋文學的典範〉，《中國時報》三九版，一九九六年七月四日

3. 東年，〈海洋台灣與海洋文學〉，《聯合文學》一五四期，一九九七年八月，頁一六六—一六八

4. 蔣勳，〈鏗鏘撞擊的「鐵魚」〉，收入廖鴻基《討海人》，台中：晨星出版社，一九九九年，頁二四七—二四九

5. 彭瑞金，〈翻版的「老人與海」——期待海洋文學〉，收入廖鴻基《討海人》，台中：晨星出版社，一九九九年，頁二三九—二四六

6. 蘇偉貞，〈廖鴻基，洄瀾尋蹤〉，《私閱讀》，台北：三民，二〇〇三年二月，頁五七—六六

男人之愛

蔡詩萍

我去接他的時候，心裡頭的感覺竟是茫茫然，說不出頂特別的感受，完全出乎我前些日子接獲他電話時複雜的預期。

那的確該是特別特別的情緒，足以勾起我心底隱隱若現的潛在悸動。差不多十年了。從我們都還閃著憧憬眼眸的大學時代，到如今彼此皆過三十，隔著整整一大幅太平洋澄澈的波瀾，越洋電話中，他靜靜而簡短的告訴我：想回台北了。十年的歲月，早把我們想翻動世界的遊逸好奇，在風風雨雨中磨得沉穩而內斂。

沉穩而內斂。我突然覺得這些字眼經由他的再現而透視出來的意義，顯得十足反諷意味。我越來越沉穩，是不是因為再沒有多少喜怒哀怨容易打動我的心情？我收放自如的內斂情緒，難道不是為了不讓身邊的人察覺任何足以欺近的輭弱切口？那些逐漸令我自滿的成熟形象，與矜持做態差別幾許呢？

接到電話的那天下午，我反反覆覆的回過身，望著從玻璃帷幕牆上折射回來的自己，端詳了許久。

我是有一些老了，比起十年前，那個才出校門套著一襲白襯衫西裝褲，忐忐忑忑走進大樓求職的自己，我還不僅是一些些的老。帷幕鏡中現在的我，修得薄薄短短的頭髮，習慣性的穿襯衫、打領帶，尤其迷上吊帶褲的白領階級形象，每天在報社的幾座大樓間穿梭往返。日子在一篇篇文稿，一件件送來簽字後再送走的公文卷宗間流逝。我不自覺的改變了不少年輕時代自信堅持到底的美學標準，我熟稔了人際遊戲的基本規則，我不在乎起男人與女人間模糊了的道德界線，我開始失去耐性聆聽年輕孩子羞澀的表白理想。甚至，有時候，我已經在一些青春的臉龐上，看到了他們對三十男人如我者的不信任眼神。那眉宇間閃動的清純，我依稀記得。

我原本是視若無睹的。這個城市給了我遠離青春後，猶可安身的成就感。我逐漸的「沉穩」且「內歛」，逐漸的吻合了長輩們讚賞不已的有為圖象。我懶得去質疑這一切自自然然的成長歷程。

妳就是在這個階段走進我的生活的。自第一次見面起，全部過程像極了所有都市男女熟悉的情節：朋友介紹→吃頓晚餐→談笑間議論時髦話題→打電話聊天→約出來走走、看電影、喝咖啡→接著是輕觸戀愛的心情騷動→最後進入風雨晴晦總平淡視之的「穩定」階段。儘管迭有怨言，久了，妳似乎也看透我們之間「雖不滿意，卻可以接受」的愛戀方式。只有當妳偶爾不經意的感嘆：要是早點認識你就好了！我才會問問自己，多早以前呢？但是這樣的啟扣記憶，大多都不了了之。我可以有太多現實中的理由支持自己，不回頭看年輕的「我」，活得會快樂些。

然而，當他說要回來台北時，我徹底潰決了拒絕回顧的堤防。掛下電話，等待接機的日子裡，十年的光陰很快透過記憶符碼的重新拼圖，一段段幻燈片般跳躍過我的眼瞼，那個頭髮留得老長，笑起來總像不帶心事的大男孩，拎著舞鞋，凌空旋個轉，落地後彎腰鞠躬側臉瞪著黑白分明的大眼睛，我看到十年前的他，彷彿也看到十年前的自己。

那時候，風雨晴晦擋不住我們自己要發熱發光。亂得豬窩一般的宿舍裡，常常見到他手長腳長卻靈活勤快的收拾這收拾那。白天寢室內的室友們各自上自己的課，晚上一夥人便圍著長桌閒扯淡。在工科當令的那一整棟宿舍裡，就屬我和他是法學院、文學院碩果僅存的二個「樣版」，我們常相互調笑彼此是一片甲組學生中最明亮的「文化孤島」，理當相濡以沫。

我們確實也相濡以沫。除了留在寢室大夥插科打諢外，更多時間我們是在校園內的湖邊四處閒盪，有話說便天南地北，爭個不休；沒話可扯，便沿著湖邊小徑，蹭蹬著青春的腳步。

他是一個舞者。在我們那個年代，舞者才剛剛取得社會的認可，但多數仍舞得十分艱辛。他立志要做個舞者，在我們那所自視高人一等的學府，更是必然多一分艱辛。

學校的活動中心有一間舞蹈練習室，在那兒我陪他度過許多練舞的午後，我靜靜坐在場邊，看他從整面鏡牆的一端跳過另一端。我不懂舞，可是他拚命伸展肢體的努力，很使我感動，我常有的念頭是：在舞者奮力一搏的肢體張力中，什麼是他最大的支撐呢？這種庸俗念頭不是沒有來由的。我出身眷村，自小生活就是一種掙扎，掙扎在貧賤卻又想不失尊嚴的搏鬥中。我實在沒有機會去接觸與自己生活空間相距過遠的「舞台」，看著身邊同學練小提琴、練鋼琴、學繪畫，甚至於他的執著舞者理想，都曾帶給我在豔羨之餘，些微的不解。我瞭解的生活布滿艱險，停止了自食其力，也就等於停止了現實生命的一切可能。執著於生活之外的舞者期待，於我，是顯得超脫得很。

尤其他出身世家，兄弟姊妹都陸續在同樣的學習流程中走得挺順，獨獨他，進了這所人人羨慕的最高學府裡文學院最好的科系後，固執的選擇了一條出人意表的偏執之路。白天，除了必要的課，其餘是練舞。我陪他時，他肯練；我沒空，他仍然繼續練。晚上我出門家教，他則輪流走進台北幾家夜總會，伴著濃妝豔抹的歌手，在通俗流行音樂和喧囂的笑話聲裡，賺取支持白天辛勤練舞的學費。偶爾我陪他走進後台，在梳妝鏡前看他一筆一畫的在自己眉上臉上均勻塗抹油彩；看他換上誇張的舞台裝，等待於舞台布幔間的平靜表情。我彷彿領略了一些生命在生活的部分以外還有的更大空間，那裡面有浪漫的遐想、高遠的意義和誠懇的自我期待。我仍然不懂舞，然而他冷毅的堅持，拉近了我們相互疼惜的信任，那真是一種相濡以沫啊！我們常在午夜後的林森北路上，拖著疲憊的軀體，在燈影逐漸渙散的歌舞樓台石階旁，說著屬於未來，不可知卻彷彿極有把握的計畫細節。

談到舞者期待，他一霎間湧上了興致，我最熟悉的動作（至今回想起來猶可清新感動）就在那些日子裡一再的重複過：他拎著舞鞋，凌空躍起旋個大轉身，伸腿落地後彎腰鞠躬側臉望我瞪著黑白分明的大眼睛。我看到十年前的他，在偌長因為凌晨而顯出寂寥的林森北路上，走著自信滿滿的舞者之路。他的旁邊，走著我，十年前清癯削瘦的大男孩，相信生命也可以有等待……

（妳問我為什麼停頓下來，不再說了？）

我突然感到哽咽。也許是塵封了的記憶機組一時間裝填不了太多往事吧！更何況塞進去的都還是略顯矯情的年少資料！換個話題吧，如果那時候認識我，妳真的會認為比現在快樂嚒？我沒有把握。但至少在我的敘述中，妳會發現我原來也有那段情緒不穩，性格幼稚的晴晦不定面。快樂的內涵如果包括：隨興所至、愛吐心事、相信生活與生命之間有著不可救藥的樂觀聯繫，那麼十年前的我，說不定是比較能讓妳依戀的？雖然在那時候我們真的相遇，結果未必會比現在實際些。

我不想再多談了。我去接他的時候，十年歲月極迅速的在我的眼瞼前浮現。他繞過大半個地球，用艱困的朝聖心情追尋舞者的畢生期待；我留在台北，日夜交迭著城市的懸浮心情。

我是有點老了，老得再無離家出走的勇氣。只是當他再次走進我的生活時，我依稀能感到溫柔壓迫的昏眩。那個舞在街頭，凌空向我飛來的年輕男孩，年輕歲月。

——《三十男人手記》，聯合文學出版社

◆作者簡介

蔡詩萍，台灣桃園人，一九五八年生。國立台灣大學政治系學士，政治研究所碩士，台大國家發展研究所博士班肄業。曾任《中國論壇》月刊總編輯、《聯合晚報》總主筆、綜藝新聞中心主任，並任教於世新大學新聞系、輔仁大學中文系，同時主持有線電視的談話節目。蔡詩萍寫作散文，擅長社會之觀察，城市之記錄，時勢之評論，文化之針砭，管理之論述，近來作品中抒情性逐漸增強，深夜在書房時，感情世界說不定才是他最想捉摸的事情。因為長期服務於報社，對應著日愈複雜的現實，因此他的作品具有強烈的當下意識與人性透視，但對於情愛的翻騰，則另有捕攫的迅疾手法，成英姝甚至於認為蔡詩萍是一個帶有陰性氣質的男人。著有散文集《不夜城市手記》、《三十男人手記》、《男回歸線》、《你給我天堂，也給我地獄》、《妳，這樣寂寞》。

◆作品賞析

三十歲的年紀蔡詩萍已經出任台灣重要的政論雜誌《中國論壇》月刊總編輯，馬森認為這需要「足夠的智力的挑戰和攸關民生國計的寬廣視野」，但他覺得蔡詩萍應該是一個詩人或畫家，他說：「在他侃侃而言的邏輯性思辨之後，我隱隱覺得有一些感性的藝術氣質隱埋在那裡，只因為他的教育和工作所形成的強韌的理性渠道，使這種感性委屈難伸。如果真有那麼一種潛在的藝術材質，就像隱藏在砂石中的寶石一樣，終會有榮顯出來的一日。」

但對已經習慣多重身分的蔡詩萍來說，扮演各種不同角色並不會造成他的困擾，他說：「我只是將文學以不同的型式呈現罷了，透過手是文字，經過口則是語言。」「每個角色都是我生活中的一部分，並非刻意經營出來的，而是自然而然順著生命的軌道發展，不論是在閱讀、創作、評論或做口述的表達，其實都脫離不了文學的範疇，因為在鋪陳文字的過程中，每一刻都充滿了樂趣。至於政治，則是我性格中好打抱不平的基因在作祟。」面對如此兩極化的政治評述與心靈抒發，蔡詩萍優遊自在，彷彿兩棲的台灣山椒魚（蠑螈）。

〈男人之愛〉選自《三十男人手記》，這樣的書名，將書的內涵標示得非常清楚：三十歲進入後青年期的男子心中之所思，隨手而寫的札記。三十歲的男子正是漸漸告別青春，而又眷戀青春的年歲；理性漸漸統御思想，而又隨時想加以否定的年歲。這時的男子，仍然像台灣兩棲的山椒魚，站在理性的這端緬懷青春，或者窩在感性的角落嚮往果斷。

〈男人之愛〉寫出同性之愛，在我們成長的過程，同性的助成力量，佔有百分之八十以上，共同的理想或夢想，共同的歡樂或悲傷，不都是這樣相攜手、相扶持，一路走過來的嗎？即使是過了青春期以後，事業上的合作，休閒時的互動，不也是同性相互助成？「同性之愛」的這一區塊，是散文創作者較少觸及的地方，如有，泛泛敘述友誼之情而已，更深的情意未曾嘗試，〈男人之愛〉試著走入這樣的範疇，所謂「相濡以沫」的那份深情。但是為了區隔「同志之愛」，我們可以看出蔡詩萍整篇散文的架構，設定在跟自己愛戀的女友娓娓述說，如此，既可回味青春年少時一起奮鬥的伙伴情意，又可區隔男女情愛之間的些微差異。這是三十男子才會緬懷的青春。

◆延伸閱讀

1. 陳義芝主編，《蔡詩萍精選集》，台北：九歌，二〇〇三年十二月
2. 楊照，〈男人‧男人，你在哪裡？——評蔡詩萍的《三十男人手記》〉，《聯合文學》九八期，一九九二年，頁一八三—一八六
3. 蕭攀元，〈告白男性啟蒙經驗〉，《聯合報》四八版，一九九七年六月八日
4. 王開平，〈絮語一個戀人——訪作家蔡詩萍〉，《聯合報》四一版，二〇〇〇年六月五日
5. 賴素玲，〈蔡詩萍出入情書窺見人性〉，《民生報》四版，二〇〇〇年六月二十六日

荷花生日

張曼娟

六月二十四日，等待了一個春天的荷
冉冉地浮升，剎那間，破水而出

江南一帶以六月二十四為荷花生日。隱遁濕泥中等待了一個春天的荷，冉冉地浮升，剎那間，破水而出。

圓葉，初生的被稱做荷錢，悄悄透露了荷的身世與來歷，原是富貴的水生花。

而我真正見到荷錢，是在杭州西湖的三潭印月，島上的荷池，燦燦發亮。走得更近才發現，荷葉上被人投擲了大大小小數不清的硬幣，儼然成了一座許願池。

不遠處的年輕母親把錢幣放進孩子掌心，小孩踮起腳尖奮力拋出一道弧，荷葉被擊中，旋轉著，托住錢幣，也慈悲地托住一對母子的夢想。微風變幻著光影，佇立池邊的每張面容都因錢幣的反射而明潔。荷葉上鋪滿的錢幣，則令我困惑：究竟是中國人的願望太多？或總是不能如意？

一池荷葉衣無盡。

人們殷殷祈求的，不過是衣食充足罷了。然而在許多時代，這想法卻成為奢望。所以中國人常處在一種匱乏的狀態，或是物質；或是精神。

大學時教授文選的老師，正直、耿介，卻也有著匱乏，一種深入五臟六腑，時時發作卻無法藥治的病症，曰思鄉。七十幾歲的老先生，把一篇篇看似平常的古文，解析得有聲有色，對學生的要求相對的也很嚴格。有一回老先生在課堂上發現部分同學沒帶課本，只將課文影印替代，詢問理由，同學回答：「太重了。」老師勃然大怒，說自己住那麼遠，都不覺得重；住在學校宿舍的同學卻嫌書太重。老先生拂袖而去，憤怒之中還摻著傷痛。

老先生離去以後，全班嘩然，不知所措。我在座位上合起書，才注意到這書確是重的，像這樣的書，我每天總要帶兩三本來上課，而在通學往返四個多小時的路程中，因為覺得理所當然，竟忽略了它的重量。以後，再沒有老師在課堂上像這樣糾正我們的行為；便是我自己成了老師，也不曾如此。現代的師生關係，講究的是溝通與諒解——若溝而不通，只得諒解了。但，我還是懷念老先生對自己和學生的嚴格，那站在講台上，髮絲花白的，是一種令人景仰的儀型，每一句話都能理直氣壯，不僅是經師；更是人師。

後來，老師還是回到班上給我們講課，每次我都直盯著看，目不轉睛，恐怕稍不留意，就會錯失什麼重要的字句。

學期即將結束，天氣燠熱難耐，老先生想必察覺了我們眼睫的倦懶，於是放下書本，說起故鄉與年輕歲月。老師也曾有過嬌痴的青青年少，夏季裡夥著同學們，袖一瓶好酒，央求教詩詞的老師到太湖上課，師生們租條船，泛進荷田深處，荷葉粗壯高挺，既可遮陽又能避雨，一片碧綠盈眼。荷葉深處聽得見一唱一和的採荷女歌聲清揚。老師用荷葉盛酒，穿透荷莖，直流入咽喉，荷葉盅擎在手中，詩意盡在玉液瓊漿裡流瀉，何須講授？

聽故事的我們，距離太湖好遠好遠，嗅不著荷香，卻在初夏的溫風裡，嗅著一股不知名的香氣，清冽而放肆。應該來自教室旁的山坡，相思樹和一叢叢竹子，遮蔽天空，使我們有一片陰涼幽靜的所在。

此時，當我傳述這個故事，講台下的學生睜著年輕的眼眸，出神、嚮往。而教室旁的山坡已被夷平，成為新建大樓的工地，鎮日裡沙土蔽天，機械聲隆隆響著。

原本就不寬敞的校園，因工程車進進出出，顯得更侷促。學生與我商量轉學考的事，態度十分堅決，因為他不喜歡這個校園。這地方也曾美麗，但他沒趕上；這地方完工後可能有很好的遠景，但他等不及。

青春如此倉促呵。

我遂不再言語。感情若不曾歷經歲月的培養成就，便不能深厚；唯有深厚的情感，才禁得起等待。甚至等待本身也值得記憶。

最初，我完全迷眩於荷花的姿容，卻在靜待花開的過程中，發現寬闊如裙的荷葉，也有著無法取代的圓滿動人。

一直覺得這花是從天堂移植來的。每一朵荷，都是一個自足的世界，為東方人所鍾愛。中國人注意到嬌媚的花色，較少香氣；花瓣層疊繁複的，多不結果實，荷花卻能兼具色、形、香，還在蓮蓮中結成潔白的蓮子，清脆甘甜。

荷花又象徵百年好合的吉祥；藕斷絲連則有著欲捨而不能的深情相思；菩薩座下是一朵荷花，優雅、自在，有什麼花比荷花更適切？

到泰國去旅遊時，正是生命中一次淺淺的低潮，又逢冬季，台北植物園的荷花池，如一面擦拭過的明鏡，照見自己蒼白的容顏。

陽光卻等在泰國，荷花也等在那兒。商店、飯店、街道，隨處都可以見到，亭亭的一株又一株。入鄉問俗，我向寺廟旁一個黝黑大眼的小男孩買了一株白荷花，進入金碧輝煌的建築物去朝拜。白荷內部仍是花苞，外緣已綻放的部分被整齊地折疊成花托，托著那燭火一般瑩亮的鮮妍潤美。

莊嚴地擎著這株白荷，行走在喧嚷嘈雜的人群中，心情奇異地平靜舒和了。

生命與美，便是我今生的皈依。

小時候看神話電影，最愛哪吒三太子，愛他雖是孩童，卻已打抱不平，一腔熱情。愛他在殺死龍王太子，闖下彌天大禍時，以匕首自戕，昂然地說：「以血還父，以骨還母」，不肯連累雙親。魂飛魄散，他的師父用蓮藕拼出他的形體，用荷葉替他裁衣，最後，用一朵盛開的荷花變成他的容顏，這樣清麗的再世為人。

許多年後，在四川大足寶頂山石窟的佛雕中，看見誕生於荷花的童子，他們嬌巧可愛，安詳恬靜，據說因生於荷花，故而一塵不染，沒有凡俗的痛苦嗔怨。我仰望許久，帶著忻慕的情緒。

住宿在重慶，飯店的藝品販賣部有泥塑彩繪的荷花童子，可放在掌心賞玩，我挑選了幾個特別精巧的，仔細包裹在箱子裡，一路顛沛折騰，好容易回到家來。小心翼翼取出來，卻見到耳朵、鼻子、小小臉頰，滿是斑剝的傷痕。先是懊喪、疼惜，然而，把他們安放在架上時，突然忍不住地微笑，即使是生於荷花的童子，既入紅塵，也免不了要有磨難和傷挫的。

架上還放置朋友燒製的陶藝品，一片枯乾的荷葉做成盌形，下有蓮藕，上有花瓣已然落盡的蓮蓬。它應該叫做「聽雨」，初見時尚未上釉，我急急為它命名。朋友上了和陶土接近的顏色，燒成以後，送來給我。

留得殘荷聽雨聲。

荷殘便該是秋天了，然而，聆聽枯葉被雨滴敲打時的回聲，卻仍充滿著澎湃的生命力。

有些酷暑長夜，燃燒似的熱浪，令人輾轉難眠，我便起身，將「聽雨」擱在窗台上，想像著一場清涼的雨。

生於季節的荷，終將歸返季節，深深隱遁在水鄉，帶著前世的繾綣回憶，靜靜等待下一次，生日。

——《人間煙火》，皇冠出版社

◆作者簡介

張曼娟，河北豐潤人，一九六一年生。世界新專報業行政五專部、東吳大學中文系畢業，東吳中文研究所碩士、博士。曾任教於香港中文大學，現為東吳大學中文系教授，並擔任「紫石作坊」總策劃。曾獲全國學生文學獎小說首獎、教育部文藝創作小說第一名、中華文學獎第一名、中興文藝獎章。重要散文集有《緣起不滅》、《百年相思》、《人間煙火》、《風月書》、《夏天赤著腳走來》、《曼調斯理》、《黃魚聽雷》等。

◇作品賞析

張曼娟是青春的象徵，第一本散文集《緣起不滅》，即在《民生報》每週排行榜連續四十七週排名第一；她率先成立台灣地區第一個文學創作工作室「紫石作坊」，帶領青春作家跨越文壇門檻，為文學點燃傳承之火。或許這就是張曼娟的作品普遍受到廣大青年讀者喜愛的原因，有如現代詩裡的席慕蓉，長篇小說界的瓊瑤。風靡的範疇包括她抒情散文的新穎書寫，新小說中的古典奇幻情節，古詩詞的新型說解，永遠充滿著青春的活力與喜悅。

最近的兩本散文集，《曼調斯理》一方面記錄一九九七至一九九八年，張曼娟任教香港中文大學時，也正是香港回歸之初，香港所挑起的起伏劇變，香港遂成為張曼娟對享樂與流行文化的啟蒙城市；一方面則藉著二〇〇一至二〇〇二年，張曼娟藉香港《經濟日報》「曼調斯理」專欄，引領香港讀者眺望她所居住的城市——台北，文章裡有文化人的視野，有悲憫心的溫柔，台北終究是她心靈皈依的溫馨地。《黃魚聽雷》則是透過食物觀照生活與感情的美食散文集，讀著一篇篇魚肉蔬果裡的張曼娟，彷彿嗅到了她字裡行間釋出的千百種最細膩動人的生活原味。記錄城市與飲食，原是暴露「食」與「色」之作，張曼娟筆下卻仍然婉約、溫潤，慢條斯理，像黃魚聽雷那樣深深沉入海底。

〈荷花生日〉真的以荷花的生日作為開端，而荷花真的像人一樣，有著專屬於自己的生日，六月二十四日，荷花破水而出，展現美的極致，一如張曼娟的散文，不論周遭是清水或污泥，自在而優雅地吐露自己的芬芳。

荷花的美，即使跟「錢」有關、跟許願相牽連，在張曼娟的筆下仍然是明潔的笑臉。即使是重重的「文選」、即使是生了氣的老教授，在張曼娟筆下仍然要以荷花、詩意慢慢滲透。或者是最不具詩意的新建工地，最傷感情的學生轉離，在張曼娟的散文裡，也要關涉倉促的青春，經得起等待的情意。

泰國的白荷，魂飛魄散後的哪吒形體與容顏，泥塑彩繪的荷花童子，殘荷聽雨的陶藝，張曼娟隨手拈來，彷彿都是前世今生的繾綣回憶。

〈荷花生日〉也真的以荷花的生日作為結語，帶著繾綣回憶，荷花等待下一次有情的召喚，我們期待另一次美的邀請。

◆延伸閱讀

1. 林燿德，〈從張曼娟現象談起〉，《自由青年》八一卷二期，一九八九年二月，頁二〇—二三
2. 柯志宏，〈張曼娟的散文世界〉，《傳習》一二期，一九九四年，頁一四七—一五一
3. 黃秋芳，〈張曼娟作品〉，《翰海觀潮》，台北：行政院文建會，一九九七年五月，頁二九八—三〇一
4. 蔡明蓉，〈談張曼娟的古典之情、浪漫之愛〉，《中國現代文學理論》五期，一九九七年，頁一四四—一五六

天涯海角

——給福爾摩沙

簡 媜

你所在之處，
即是我不得不思念的天涯海角。

1 春之哀歌

春，已投海自盡，人說她畏罪。

當百年森林一夕之間被山鼠囓盡，成群野鳥在網罟懸翅；溪川服食過量之七彩毒液，大批游魚在河床曝屍。那千里御風而來的春婦，蓬首垢面於島嶼上空痛哭：「福爾摩沙！你遺棄我！福爾摩沙！何以故？」

遂降於山顛谷腹。紅檜斬首後，血流成河漫過她的足踝；折翅的蝶體在礫谷上堆積成塚，任螻蟻搬運屍臭。遠方小鎮升起濃煙，百萬隻串烤鶺鴒清燉嫩鴿，滿足人們對和平的慾望。煙塵瀰漫天空，令群花褪色，樹蟬自動割喉。時在五月，一名少婦自名為春，枯槁於雜草叢生的死湖，在蚊蚋聲中，散髮哀歌：

我所思兮！海洋之國，翡翠之島，位於太平洋最溫暖的波濤。我命候鳥分批守護，魚龍逐浪而舞；我讓禾苗在平原舒骨，蝴蝶蘭與靈芝草在山崖結巢。這是我鍾愛之島，不准大漠滾沙、冰雪鎮壓。我派遣太陽，如春蠶吐絲；指定彎月，像新婦描眉。每年，季風穿梭南北，雨水佔領四至六月，替我辛勤的子民拭汗，為我心愛的稻禾灌溉。夜以繼日，我在縹緲的天庭親暱地呼喚，美麗的情人啊！我終生的福爾摩沙！

我曾以歌聲與你盟誓，福爾摩沙！每年元宵燈滅、七夕雨前，我將帶著眾神的祝福，欣然返家。

那時，稻浪翻騰於野，你已為我鋪好綠絨被；山坡上，遍植茶樹白花，我向山澗借水，親手為你煮茶。福爾摩沙，相逢的故事多似繁星，熠亮之後無不轉墮風塵，唯你與我，以眼認眼，以身還身。島國之外，若有人尋春不見春，當知道，我已回到福爾摩沙身邊，猶如雨落入深淵，風與風再續前緣。

站在雄偉的山脊骨，我褪下錦繡衣襦，撕成胭脂分贈群樹，讓豔麗的花朵如狂奔的探子，告訴你有人千里賦歸；我的雙羽翼懸掛於古松枝，露水浸潤一夜，黎明時，將有百萬隻白羽鳥自松濤裡飛出，盤旋於天空反覆啁啾，將我年來的情思，一一啣入你的耳朵。

我換上布衣，打扮得像一名不曾遠離的村婦。天光初瀉，雞已三啼，我折枝笄髮，掬水果腹，隨著一伍莊稼漢子，來到平野。啊！阡陌如織，薄霧之中，又如千條飄帶，一起向我招搖。劍葉上一行凝露，爭著對我耳語，昨夜有人未曾闔眼，頻頻催促月亮趕路。我一眼望穿，遠方稻田浮升白煙，乃是你在假眠。我一躍而入，噤聲匍匐，過身之處露溼耕衣，稻葉搖曳如一叢琴絃。有股溫熱遊散於莖葉之間，我已踏著故鄉的泥土，年來的渴慕轉眼成真，我逐漸探觸你的鼻息，接近你的身體——啊！福爾摩沙！我喚著你的小名，別躲了吧！我嘻嘻然而來，福爾摩沙！來向你求愛！

有風，自天上吹襲而來，一席綠被湧生萬千波濤，被面的鷺鷥繡倏地飛走了！只剩葉與葉交頸挲摩，金黃之火燎過原野；穀與穀撞擊，我聽到結實的米粒如玉石相激。啊！最野的雀都驚走，今春的穀子將熟。你剝開殼兒，餵我第一粒白米，嘻嘻然問我：米熟否？我拈去你眉睫上的草屑，舐淨你頰面的泥漚，我說，唯恆久之等待與不變的恩愛，米得以熟。你既酬酢以骨血，而今而後，我怎會吝於以淚代酒。遠處，有農人招呼：「誰家的，外地來的村姑，歇個午！」我挽髮整衫，水淋淋地上岸。莊稼之妻遞來陶缽，為我傾注今年的茶水，我樂於相告，萬頃稻穀即將豐收。面對你躺臥之處，我覆眉而飲；再斟一缽，向你揚去，水珠沿空低飛，潑成你我的合歡酒。福爾摩沙！就算織女焚杼，牛郎斷軛，我與你結髮綰袖，不輕言放棄。爾後，我若在異域飄泊，當反覆咀嚼那一粒白米，我若在天庭執戟，最能解渴的，還是故鄉的清茶一缽。福爾摩沙！相逢的故事多似流星，唯你與我，以眼認眼，以身還身。

十五月圓，二十懸鉤。我懷著福爾摩沙之子，宿於山坳草舍，貞靜如一名農婦。白晝，我蹲踞河灘，為菜蔬染色、瓜果調漿；夜來，替蛙鼓試音、樹蟬綳絃。港灣傳來遠洋漁船已經歸航，我命燕子為我剪髮，紡織娘星夜趕到，搓髮為繩；我令所有的星子一齊掌燈，讓我親手執針，補綴漁網。我們是海洋之國，若不懂得髮膚相護，終會陸沉。

清明微雨，四月五，烏沉香插遍山崗古墓。彎形鐮刀只斬五節芒、爬墓藤，不斬家國血脈。數百年來滄桑渡海，何曾畏懼狂浪噬舟？縱使船破人浮，猶掌握一線香袋不容盡濕，遂扶老攜幼，家祠南來。幾番烽火燎燒，焦了田園，毀了屋舍，塗炭的只是一己面目，青碑上冠戴父兄之姓，還給家國清白。皇天在右，后土居左，墓庭上鋪設三牲酒禮，供著的是自家園子的上好水果，死生既然同爨，血緣臍帶綿延不斷。青苔滋生於石縫，燭焰如豆，照映百家姓名。百年家國滄桑，最難句讀的，在這片墓域；或為英年軍伕，前來叩拜的，是他的鬢白兒子；或是不歸漁人，新寡少婦跪於空塚，頻頻招魂；或是一生流徙，撇了妻小在海島埋骨的老兵，仍有念舊袍澤，來給兄弟斟酒……。酒過三巡，焚祭後，銀箔如黑紙鷂飛入歷史的墨池，流浪民族，一命只抵一字。此後何以傳家？一國之名，家族之姓，一冊千萬字寫成的歷史。

四月杏花怒，五月桃子胭脂，六月石榴產子。我擇了吉日，領島民之子嬉遊於林樹之間溪澗旁。我熟記他們的乳名，合十擲筊，卜算前路，他們是漁夫之子，農婦之孫，雖是草民實乃國之貴胄，既享祖澤庇蔭，又能鴻運當途。當他們攤開細軟的手掌，掌紋縱貫橫走，合符後竟是家國未來的地圖。我要捕捉那流動的眸光，讓光芒匯聚成一座大海洋，盛載著夏天的芭蕉扇，也漂洗了秋天的紅海棠。我引領他們到活潑的山澗，為他們濯衣沐浴。赤紅的童體一一躍入潭中，彷彿一樹蘋果擊出水波，潭水都甜了。我折桃枝為帚，輕輕地為他們灑背袚除；還要依序合掌，接取岩隙滴泉，喝下後祈求長生康健。他們的粗胚衣衫，穿晾在蔓藤上，好似一道道玉帝硃批過的護符，永遠要貼在島嶼門楣。我哄他們入睡，起身尋找果園及菜圃，摘來多汁的紅蓮霧，黃玉西瓜，還有鬆土覆著的甜肉番薯。我砌土為竈，捲草誘火，薯肉悶出一道餓人的薄煙，而小玉西瓜正浸於山澗底，要冰鎮孩童們軟紅的小舌。一傘樹葉篩動陽光，光影幻作一尾尾游魚，穿梭於孩子臉上的茸毛。我傾聽那波浪似的鼾息，知道他們夢著高崗，夢著藍色的天空，夢到在草原上追逐小牛犢，夢著竹籬笆外紅色的雞冠花，夢到母親的炊煙，走失的陀螺，還夢到稻草垛上一隻雄雞喔喔地啼，田裡的穀子長了翅膀，一齊飛到大稻埕上……。我不禁疼惜，又指梳順他們的額髮，吹乾髮莖上的夢汗。這安靜而甜美的午後，林樹青草皆為孩童夢蓆的島上，我多麼願意永遠居住，作一名編織童話的女僕。我趁著良辰未盡，潛入孩子的夢裡附耳叮嚀，不管走得多遠，飛得多高，日暮黃昏之前，讓我們相互叫著同伴的名字回到誕生的島嶼，圍坐在林蔭之下，分食熱燙的甜薯。我願意以我的命運與孩子的夢境結盟：明年，當蓮霧在枝頭搖鈴，你們要記得回來，我會烤熟紅薯，微笑等待。而我將產子，梅雨後七夕之前，福爾摩沙，我要獻出你的骨肉。潛藏海底，我隱居在紅珊瑚隙，以海草結廬，採紫苔鋪榻；巨鯨與豚魚已分頭清理海路，以迎接嬰之破腹而生。我安靜地躺臥，不食不飲，不喜不懼。鹹波中，我紅潤的女體逐漸溶解，化成魚群身上斑斕的紋彩。

繁華洗盡，我素樸如一顆海底的人淚。嬰在腹中頓足，嬰出之日即是春盡夏至，季節與季節遞交權杖，讓夏以少年英姿守護母親所愛、父親所在的島嶼，帶來雷雨與豔陽，使生命得以沸騰。我漸漸離魂，心中淤積著不捨的恩愛，福爾摩沙！我把強壯的夏天託付你，你要褓抱這口希望，並且答應為我等待，明年元宵燈滅，我會帶著眾神的祝福再次起航，那時，稻浪翻騰於野，我要回到我思念的島上……。雷，在高空崩動，閃電鞭裂海面，長鯨已清理海路，殷紅之嬰將破海騰空而來，振翅，俯吻，他鍾愛的父母城邦。

而我閉目，漸漸離魂，遙想稻浪翻騰於野，山坡上，茶樹靜靜地開著小白花。遙想福爾摩沙，明年，你會前往高山湖泊，星夜裡，為我鋪設鴛鴦被……

歌哭灑入泥土，猶不能彌補龜裂；高山湖泊如一面塵封之破鏡，水禽交頸而亡，在蛆吮後朽成白骨。散髮之婦拾簪刺目，羞於指認這瘡痍之地、破碎之島。哀慟中，七竅汩汩涎血，目瞽聲啞，指裂而足刖，匍匐於乾死之湖，撕裳斷袖，焚於荒野，恩義既然轉墮風塵，終此一生無須眷戀無須守節。遂編髮懸石，森冷之夜，投海自沉。

春已絕。

人們蟹居於水泥城市，自鎖於鋼欞鐵門之內，吃酒嚼肉，叩盤歡歌，呵欠之後，刷牙洗臉，上床作樂。獨有一名人世之母乃拾荒婦，神情憔悴，衣褐百結，黑夜中自東南海面起程，行腳南北。空乏竹簍，沿著歌聲問路，說要尋找一名世間人子，為某投海婦人題字豎碑，時在五月。

2 蘭嶼古謠

夕陽掉入太平洋，太平洋浮出一顆紅人頭，頭上熱帶雨林固守這古老火山島。珊瑚礁星羅棋布，好比女巫的黑腳趾，站在銀白浪裡，日夜向迴游的魚群招手：「啊！雅美的祖先善於造雕紋舟，造舟為了在海上行走，在海上行走為了捕魚，喃喲喃喲！鬼頭刀、浪人鰺，還有漂亮的白飛魚。」

晚風習習，族人以歌待客。

祖母綠的芭蕉葉，我們叫他福爾摩沙。芭蕉葉甩了一顆大露珠，噫！就是Botol Tobago，這是土話。日本人叫我們雅美族，我們是快樂的捕魚人，會說こんにちは；聽不懂閩南話，學了一點點國語，會唱三民主義，認得新台幣。外國人最愛坐飛機，坐飛機來問我們How much？你要去殺蛇山抓紅角鴞，還是要買曬魚架上的燻飛魚？妳的竹簍這麼大，要裝水芋頭還是大法螺？啊！希・亞羅索維有兩粒小石頭，比我更聰明的小石頭。我現在要到涼台上唱很多條歌，等我心情好一些，再告訴妳希・亞羅索維的小石頭。啊！我的神喲！請祢讓我唱得很流利，不要唱錯。

黃毛豬散步於海濱公路，尋覓豬母藤及波羅蜜，踩扁五四三二一個可口可樂空罐頭，傍晚就自動回到國民住宅旁邊的窩。原始部落沒有廁所，灌木叢裡任君選擇。曬魚架上齊整地掛曬男人魚與女人魚，男人女人都愛唱歌，小心地收藏tobaco。卵石鋪設的空庭上，種著白艾草，豔紅的日頭花一朵朵。庭上豎立大石板，有的立有的臥，據說是望夫石，坐在石上唱唱歌，等候雕紋舟自海面平安歸來；或云石板數目表示家人有幾個，倒塌的石板表示有人永遠不再回來。每一造木屋三大落，茅草涼台面對著大海洋，等候文明的浪潮沖來一波波遊客。工作房裡可以舂小米，強壯的少年吃了會長肉，跨過海洋去台灣找工作。四五年才找齊一百五十塊好木頭，蓋了主屋要一代一代地打掃乾淨。每座木屋都有很長的故事以及族人相互祈福的歌，並且驕傲地用古謠慶賀新屋落成。曾經，長子以雄渾的聲音起頭：「我把印度鞭藤做的圓環掛在父親肩上，我繼承祖先留傳的宅地、金片和財產，希望我的子孫繼續住下去，新宅內增加許多財富。」年邁的父親以光榮的高音唱和：「啊！我的斧頭最銳利，我天天到山上伐木蓋房子，我開墾水田不敢懶惰，還養很多豬、很多羊，我分配給大家。」戴著貝殼鍊的母親迫不及待地唱：「我早上很早起床，直到天黑都勤勞工作，照顧我們的水芋田，我的男人手拿咬人狗把害蟲趕走，我會背起水籐簍把水芋一粒粒地採收，收成的水芋分配給大家，大家都讚美我，我並不值得讚美，實在很不好意思啦！」於是執禮的老者伸展雙臂唱出趕惡靈歌，卻在最後，模仿惡靈的口氣唱著：「雖然你造了這個房子，可以住到很老，但終有一天你會離開這個房子！」

古謠趕不走惡靈，終有一天族人都會離開部落搬入水泥建築，並且打造最安全的防盜鎖。台灣來的同胞要選購民俗文物必須趁早，煙燻的陳年水椰壺懸在工作屋，五十元新台幣，老婦人雙手奉給你，帶回台北標價一千五。既然閩南民家的豬槽可以養蓮花，廟宇的雕菱窗掛在大廈裡當版畫，丁字褲也夠寬，鋪在茶几上喝老人茶。文明成功地估價了原始，而原始不斷地販賣自己，所以公路邊縣政府的告示牌只會對遊客恫嚇，請勿購買八角禮帽或驅趕惡靈的雕紋刀、水藤兜與藤甲、陶壺與八字治金飾。但遠洋商船來過，國寶級蝴蝶蘭與金鳳蝶大量減少。婦女頸項所戴的，一根線頭穿著塑膠鈕釦，多彩的貝螺項飾圈在手上兜售。啊！芋頭之後，燻魚之後，椰子之後，tobaco-tobaco！

「歌謠會不會再度繚繞國民住宅？黃昏時坐在涼台上看海，八點整會不會被連續劇取代？當大同瓷器比雕紋木盤晶亮，外銷成衣比煙塵染布耐穿，有誰願意告訴我希・亞羅索維的小石頭？」拾荒婦問。

礁岩錯落成一泓清潭，海蛇與鰻魚在潭底棲息，陽光游走於潭面，像一名執鏡頑童探測魚群發光的秘密。三兩個大眼睛的小孩快樂地裸泳，爭著在石頭上寫下姓名，水漬轉眼被陽光沒收，留下一則古老的雅美神話，說有一個叫希・亞羅索維的年輕人上山砍柴，拾獲兩粒會打架的小石頭。黃昏時，族人捕魚歸來，圍坐在希・亞羅索維的涼台上分食椰肉觀賞石頭摔角。奇石的消息不知怎地流傳到海外，一艘外島船帶來金片、瑪瑙買走小石頭，就這樣，希・亞羅索維每到黃昏就對著海洋痛哭，因為蘭嶼再也找不到會打架的小石頭。黑皮膚的海洋兒童快樂地訴說祖先的故事，潛入潭底拾來一枚大貝殼，友善地放入拾荒老嫗的竹簍，又怯怯地伸出一根指頭，十塊錢或是一包tobaco？

啊！飛魚會不會再次向雅美的族人託夢，說惡靈已經悄悄回來？

3 港都夜曲

切仔麵，一碟海帶一盤豬頭肉，頭家娘，紅露酒摻保力達P，不醉不是我的兄弟。

啊！今夜又是風雨微微，異鄉的都市；路燈青青照著水滴，引阮的悲意。青春男兒，不知自己，欲往哪裡去？

靛青色的夜掩不住港口漁燈，燈火閃爍在浪子的瞳仁，要回到家鄉女人掛起梳妝鏡的窗台，抑是漂泊於異國海域，在扣押的獄中吟唱浪子的無奈？攀居世界前幾名貨櫃營運量，這城市逐漸練就傲人的鋼鐵性格，人們宣稱此處乃海島之國的一雙鐵腕，忠實地把貨色運給經濟強國，又定時提供第一手舶來貨。這裡的男人孔武有力，善於煉油、拆船，任憑太陽在肌肉上抹辣，盡責地養家餬口。旗津外海每天都嚥下一枚猩紅日頭，卻也改善不了入夜之後鹹腥的浮風。歇航的水手不屑魠魠魚焿，偏愛泡沫生啤酒，嚮往燈火闌珊的街頭，七級風侵襲海棉床墊掀起巨浪曲線，並且在封盤以前，以起錨之日簽注「大家樂」，除了賭注有什麼能控訴生命的輪盤？明天，女人掛起梳妝鏡，為誰拭洗身上的魚腥？

所以，清道夫分別出門了，港都無雨，電線桿上張貼綁架兒童照片撕票後必須刮洗漿糊漬，保留百萬懸賞槍擊要犯或重金尋找心愛的博美犬，某婦人哀哀欲絕。這個因長期失眠佈滿血絲的高燒都城，從不缺乏擴音喇叭一大早沿街呼喊台灣人覺醒，宣稱政治乃刻不容緩的拆船重工業。所以，污臭的愛河已經整治，遊艇上演奏了一場小提琴之夜。然而政治堪輿師是否能偵測這新興之城總共埋伏幾枚地雷？在深奧的明牌籤詩與核電廠舉辦的釣魚比賽之間，誰是最後的贏家？假使萬人大壁畫終於使鋼鐵沙漠出現文化綠洲，誰能傳遞薪火？如果每個人都必須說流利的台灣話，站在橋墩對愛河發表一場血緣演說，鯉魚與吳郭魚會不會自動分開，從此涇清渭濁？

豔陽已高掛中天，二港防波堤宛如一把利刃，以兩公里的刃身刺向海洋心臟，海浪雙向沖堤，彷彿是身亡時刻最洶湧的血液。疲倦的拾荒婦在此獨坐，竹簍裡塞滿集會宣傳單，及一疊即將張貼的最新兒童綁架案——此乃穩賺不賠的拆船輕工業。堤岸盡頭，一座廢棄的守望塔，門扉鬆著鮮紅漆，在鹹腥的海風中浮盪，半空中彷彿有裸婦血崩，而遲遲聽不到嬰啼。灰鷗聚集於塔頂，喧囂地討論彼此的漁獲量，交換政治正確情報及走私行情。黃昏來了，一輪紅日以宿醉姿勢，降於煤渣漂浮的海面，彷彿隨口嘔吐檳榔汁；港都的漁火竄起，夜色深沉，朱門塔終於在終極之堤消失。此刻，清道夫紛紛出門了，街頭上，路燈青青照著水滴，青春男兒，不知自己欲往哪裡去？

4台北搖滾

如此這般的走著，在天空和地面之間，你是一個城市英雄；如此這般地活著，在未來和過去之間，你是一個城市英雄。

無所謂地閱讀股票大幅漲停，無所謂地分期貸款一間公寓三十多坪，無所謂地娶妻生子不堅決反對外遇，無所謂地討論年終獎金或愛滋病，內閣是否改組無所謂，只要示威遊行不阻塞忠孝、仁愛、信義、和平，無所謂地準時回家吃晚飯，新聞報導裡選舉造勢像一場免費電影，氣象預測明天會下無所謂的暴雨，連續劇有愛有恨非常無所謂，其實明天帶不帶傘出門再決定，要不要去大陸投資無所謂，每年三月要報綜合所得稅，如此這般地走著，走累之後死在哪裡無所謂。

自從排名世界第十二貿易強國，首都台北早已展現撩人身姿，準備擠進國際舞台。這個豔光四射的都市，如一名一夜之間致富的貴婦，成為世界各主要城市忠實的消費者。懂得選購巴黎最新流行服飾，關心多變的天氣是否影響用來製造皮鞋的義大利牛隻，每天下午三點鐘細細地啜飲英國皇家紅茶，討論美國乾旱何時解除或蕾莎如何馴服了戈巴契夫？台北臉上看不見歷史的汗斑，所以盡情選用外來文化化妝，如果多明哥的首席歌劇能夠治癒困擾多年的飽嗝，颱風擊潰基隆河堤洪水淹了辦公大樓，表示台北正流行解構；所以，四線林蔭大道上長出高麗菜，數百隻母雞啄破進口轎車的輪胎，證明農民也懂得後現代！

解嚴之後，人人皆有發燒的本能，要求權力重新架構並且在利益的鼎鑊裡分一杯羹，如果台北是一部龐大機器，誰能描述它要生產的是什麼東西？當環球性的選美在掌聲中圓滿閉幕而一場火爆衝突卸下立法院的匾額，誰能分析到底應該歡喜還是憂慮？最高明的丈量師能否計算多少平方公里的土地已成為殖民地？誰來凝結上一代的血淚與這一代的汗水，告訴下一代除了外匯存底還留下更值得驕傲的東西？誰能預測完整的中國流的是長江還是淡水河？如果暢銷作品等同於麥當勞漢堡能迅速解餓，誰前往焚化爐為夭折的靈魂默哀？要經歷多少黎明與黑夜的鞭笞，台北才能悠然醒來，在歷史巨冊二十世紀那一頁，朗誦一首偉大城市才寫得出的史詩。

但是燈火與聲色交織的夜已經悄悄降臨。狂飆少年佔領道路以證明存在，而胭脂女孩正沉醉於雷射舞台。穿過喧囂夜市，拾荒婦終於來到玻璃帷幕大廈的頂樓，卻驚見時間已酒醉在避雷針上，以疲軟的手勢招呼這名無處投宿的流浪婦，並讚賞她竹簍最適合丟擲空啤酒罐頭。霓虹仍舊製造機械繁華，芒光在她頭上灑成白霜。末世紀的夜逐漸深沉，明日是否有太陽自海平面東昇？時間之神搖搖頭，說：把存在交給菸頭去燃燒，福音書就是酒精成分的液體麵包。至於未來，去凱達格蘭大道打聽吧，我這兒不是選民服務處，無需嘮叨。

5 夏之獨白

我多情的母親沉海自盡，尋找人間赤子前來撈屍的拾荒婦遲遲未歸。我是被棄的遊魂，在父與母絕裂之後找不到誕生的洞口。我背誦母親的戀歌，福爾摩沙是我們鍾愛的島國。我祈求太平洋的波濤拍擊福爾摩沙的額，父親啊！賜我面目賜我英勇的名姓！而春季將盡，我雖纏繞於母親身側猶無法阻擋噬肉的鹹波，鯨吞之中我眼見春天已腐朽，盟誓過的恩情化為烏有。

我要偕著母親的靈魂越過海洋而去，母親啊！切勿頻頻回頭。我已吩咐，閃電不必追趕，天空的雷無需等待，因為，春與夏永遠不會回來！

——一九八八年十月二十六日〈聯合副刊〉

——《天涯海角——福爾摩沙抒情誌》，聯合文學出版社

◇作者簡介

簡媜，原名簡敏媜，台灣宜蘭人，一九六一年生。台灣大學中文系畢業。曾任廣告公司文案專

員、《聯合文學》主編、大雁書店創辦人、遠流出版公司大眾讀物部副總編輯、實學社編輯總監，現專事寫作。曾獲吳魯芹散文獎、中國時報文學獎、國家文藝獎等。作品以散文為主，重要散文作品有《水問》、《只緣身在此山中》、《月娘照眠床》、《下午茶》、《夢遊書》、《胭脂盆地》、《女兒紅》、《紅嬰仔》、《天涯海角》、《舊情復燃》等。

◆作品賞析

散文界的孫中山，我曾這樣看待簡媜。簡媜的散文一出手就已顯示不凡的視野，跳脫前輩散文大師的既有窠臼，文路的鋪陳，思路的開拓，每一篇都展現龐大的架構，在這樣龐大的架構中，隨意蔓延花葉，讓人隨時發現驚喜，忍不住逗留讚嘆，卻又急於前尋在龐大的架構中必定存有的珍寶，而且，真的在眾多驚喜中仰望到一顆稀世的珍寶、或者可以俯拾一地渾圓的珍珠。簡媜的散文一直在追尋新穎的角度，絕不遵循既有的規範，也不重蹈自己的腳印。

早期的作品以親情與宜蘭為架構，在古典文學的辭藻與漳州語法的腔調裡，悠遊自在。結婚後的嬰兒觀察，母愛流露，顯然是人性的必然歷程；但是《天涯海角》的追蹤，開闊了土地與心靈的思索，再度衝破性別的藩籬，為散文增加了歷史厚度。直至《舊情復燃》，則環繞於城郊生活與人情滋長，在勁秋落葉與芳春柔條的悲喜之外，更探問、質疑文明社會的起落、因果，衝高新一代勇毅女性的寫作典範。

〈天涯海角——給福爾摩沙〉是散文創作裡的歷史書寫，讓我們感受到歷史的重量。或許正如她自己在「作品小註」中所說：「這篇文字的曲調太特殊，他需要一個可以放懷朗誦的地方。」

可以歌的散文，現代體的賦，〈天涯海角——給福爾摩沙〉為現代散文新立典型，而且是此調久不彈的可以歌的賦。特別是第一首的「春之哀歌」，縱古往今的思緒，翻飛的意象，淋漓酣暢的感覺，龐沛的氣勢，是前人難以為先、後人無以為繼的佳構，是對台灣永遠的盟誓。其後又以「蘭嶼古謠」、「港都夜曲」、「台北搖滾」周延時空，終之以「夏之獨白」，盡善又盡美。台灣散文如果願意以一篇為終始，〈天涯海角——給福爾摩沙〉可以是我們期待已久的公主。

簡媜有著「福爾摩沙所在之處，即是我不得不思念的天涯海角」的應許。所以，她的散文也就成為我們的福爾摩沙，我們不得不思念的天涯海角。

◇延伸閱讀

1. 蘇綾，〈簡媜和她的「山」「水」〉，《文訊》二七期，一九八六年十二月十日，頁二〇五—二三一
2. 蔡素芬，〈鄭明娳、簡媜對談散文創作〉，《國文天地》四卷二期，一九八八年七月，頁六六—七四
3. 韓濤，〈黎明書簡——致簡媜話散文意境（情境）〉，《中央日報》一八版，一九九五年三月十四日
4. 鄭如真，〈繁華落盡見真淳——論簡媜的散文世界〉，《書評》一七期，一九九五年八月
5. 吳鳴，〈深沉的歷史書寫〉，《中央日報》一九版，二〇〇二年三月十八日
6. 陳室如，〈批評的鑑賞／鑑賞的批評　試以「文心雕龍・六觀」法解讀簡媜「天涯海角」〉，第六屆青年文學會議，二〇〇二年十一月

人啊！人

瓦歷斯・諾幹

一、時光之手

大溪鎮以東，過了關門，就是文獻上所稱的「大嵙崁前山群」的族人，經過樹林蓊鬱的北橫公路路口，還是習慣族人msbtunux的稱呼。去年以來，整理日據理蕃資料，初次看見了夾藏在泛黃頁冊中的沉默的族人，他們有的擔任醫療所工作，有些是警察、農業指導員、教師，為數最多的是前往南洋參加為天皇而戰的戰役，由於他們見諸史料的文字引起我的興趣，理蕃資料稱這一群人為「先覺者」，今年初，我開始訪查「先覺者」或是他們的後人，復興鄉已是我第五個田野調查的區域。

時值週末，前往拉拉山或者後山巴陵的旅車絡繹不絕，在煙塵漫散的北橫道，彷彿可以推想百年前載滿樟木的手推車，山間此起彼落的吆喝聲有如競賽。到了日據時代，手推車換鋪輕便鐵道，它一直延伸到我們熟悉的角板山台地，這時，汗流浹背、手臥煞車木條的客族墾戶已經換乘瀏覽山光水色的日本警察，以及他們雍容華貴的妻子了。來到台地入口，七、八十年前老照片上的鐵道於今已不復在，它們停留在族老的腦海中沉沉入睡，通常需要某些喚醒的步驟，鐵道或者日式建築物或者紀念碑、人名……突然出現在時光的螢幕上，我私下以為這正是田野的許多魅力之一。追尋著這個魅惑的力量，我彷彿被隱秘的時光之手推進每一位報導人的面前。

二、鳥雀神話

車過霞雲，新建的紅色羅浮橋宛如北横地標横跨兩山腰間，低側一列老舊的羅浮橋已被漆成怪異的藍紫色，假日時節，測試膽量的高空彈跳如期舉行，遊人通常趴在新橋邊觀看免費的表演。經過新橋，我看到舊橋有人試著躍下，遠遠的看去分不出是否害怕，有人在新橋幸災樂禍的鼓動，我覺得這遊戲無聊至極，匆忙告別新橋。

來到羅馬公路，兩側的綠竹一如幾年前所見正迎風招展著，車過美腿山，我終究還是有些猶豫起來。

幾年前登訪族老時夜幕已然下垂，知道是為了「白色恐怖」的採訪眼下先是一驚，之後便沉默起來，像一具死滅的雕像。族老的友人在旁頻頻勸酒，側過頭對我安撫，喝完一瓶他就會說，不要擔心。酒過不只三巡，酒瓶淩亂的棄擲桌底，族老仍舊堅守著緊抿剛烈的嘴角，友人生氣的站了起來，你現在不說要等死了才說嗎？友人指著自己的軀體變型的壞死骨盆，你看啊！你看，誰讓這個骨盆壞掉的。我知道那壞死的骨盆是坐監時拷打加上監牢常年滴水所致。族老最後低聲的說：我孩子要考高中，我不要讓他知道他有個匪諜的爸爸。

窗外的星月安靜下來，整個山村沉浸在哀思般的寧靜氛圍。日後，這寧靜的山村影像便成為我對族老的記憶母帶。

追尋著記憶的母帶來到山村，我告訴自己，只要採訪族老的哥哥這位「先覺者」的事誼就好。見到我意外的來訪，族老大異以往的熱誠招呼。族老說我還記得你，孩子。我回答Mama（族語，長輩的尊稱），我也一直想念你。訪談從一九五二年九月的一個早晨開始，大嵙崁溪從後山奔流而下，從枕頭山往東面望去，你可以看到四個人影在微曦的光影中前進，族老與他的哥哥分列前後，中間夾兩位十三到十五歲的姪女亦步亦趨加快他們的小腳步，兩位姪女將被送到台北女師就讀，族老分發到桃園平地任教趕著報到，我們都看到了四個人的嘴角洋溢著新生而充滿希望的笑意。他們一行越過角板山沿著舊步道直取大溪，到了大溪就有班車抵桃園，在桃園你們可以依照心意坐客運車或是火車，父親對著兩位陽光般的女兒說。可惜，這一天族老的哥哥突然不見了，以後也不再有機會看著女兒進學，事實上，兩位女兒也無緣進入北女師的校園內。族老在模糊而散亂的記憶膠卷試圖定格，他找到四人在大溪車站旁的小吃店吃著一塊油豆腐與一碗味噌湯的影像，他還聽到哥哥的聲音從四十五年前的大溪傳了過來：慢慢吃，到了學校要努力。這一句是說給女兒聽的。還有一句是這麼傳來的，要認真教書，以後一定要回部落教泰雅的孩子。族老日後果然回到部落，但他已經沒有教書的資格了，那一年他已經三十多歲，之前的歲月他一直因為哥哥的政治案件而數度遷移在幾個牢房之中。記憶的膠卷其實並沒有持續太久，我們很快的就看到兩位便衣將族老的哥哥請到大溪分局，分局就在隔一條街不遠的地方，「真的不遠嘛！我在心裡這樣想」，族老努力的回憶，他看到哥哥只說了一句放心之類的話，哥哥的身影轉過了街角，就只剩下來往的行人越過街道，轉過了街角哥哥不見了，從此哥哥真的不見了。

族老的哥哥並非不見，只不過凝縮成我們所知道的警總案件幾行鉛字，沉黑的鉛字就像一則無法飛翔的鳥雀神話。

族老握著我整理出來的哥哥在日據時期的文章，慎重的說了聲謝謝，對著手上的資料輕聲的喃喃：很久沒有看到哥哥了。

我們走出屋外，天幕尚未掩蓋山村，陽光斜射這一方山野之地，它已經大異於我幾年前記憶母帶的印象了。族老忽然對我說孩子已經畢業了，我們相視一笑，彷彿洞悉某種深藏已久的秘密。

三、帶你回部落

握著翻譯好的日文資料，我總是感到紙上鉛字緩緩游動著，他們躺臥已久卻遺留某些生命的軌跡不願歇息，他們爬越我的指尖抵達髮下一吋的腦海中，有時候乘著山嵐襲入鼻息之間，這使我無論在白日或黑夜中形塑著某種虛幻的想像，正如同我失去報導人的線索時，透過想像，我恍惚以為站在一九四四年日據末期的枕頭山上，穿越樟樹葉隙間，我看到一個十五、六歲蕃社尋常的原住民青少年，剛完成六年的蕃童教育並且夢想著成為典範中的族人，例如幾年前當上總督府評議員的日野三郎、大溪郡雇員松山魁吾、新竹州理蕃課巡查原藤太郎，這些都是擦身而過的族人，你下定決心要追尋典範繼續求學，在角板山教育所補二生時你聽到了總督將要來到角板山的消息，總督親臨蕃社巡視可是一件大事，我知道你的情緒一如角板山地區的族人興奮莫名，其他的族人只能流露出欣羨與妒意的目光吧！沒有錯，我日後看到補二生深谷安吉高昂的情緒表露在〈高砂族對總督閣下駕臨角板山的感想〉一文，但就只留下這一篇文章，寫完這一篇文章之後你到哪裡去了？我游移在大嵙崁幾座山間仍然看不見任何蛛絲馬跡，深谷安吉到哪裡去了呢？石門水庫的黃族老說不記得有這個人，角板山現存的族老也認為記憶中不曾有過深谷安吉，他到底在哪裡？難道都沒有後人嗎？為什麼深谷安吉像黯夜的空氣無法捉摸。羅馬公路上，車行隨蜿蜒的道路左扭右擺，我的疑慮也跟著千折百迴起來了，總有人知道吧！我如此安慰自己。

羅馬公路從羅浮村起，迄馬武督社（今關西鎮錦山里），靠近羅浮村右側翠竹間，樂信・瓦旦在一九九三年安葬於此，那裡塑有一雕像，眼望羅浮村，再遠一點可遠眺角板山平台、志繼社，更遠的地方為山勢所阻，那裡應該是一百年前熊空山下的大豹社，這些地方正是大豹社百年退卻的路徑。在一九九三年之前，樂信・瓦旦的骨灰一直與大兒子長伴相隨，骨灰有時藏在異地的床底下，有時擺在櫃子裡，移地遷居的時候骨灰也長伺在旁，猶如一對患難的父子。樂信・瓦旦也是我資料裡的「先覺者」，大兒子林族老住在羅浮，每次經過北橫或是羅馬線，總不忘去探望族老，我們之間彷彿有一條歷史的繩索牽引著，一如此時，我將車子停放在熟悉的庭院，眼望日本流風的山水格局，光陰的氣息便慢慢圍攏過來。

族老說幾個月前傷到脊椎，箝上鋼釘。我看到族老艱難的從躺椅轉身走下，我也看到時光之手撐住族老的背脊慢慢將他推上彩虹橋，右側的躺椅上猶殘留一枚衰老已極的笑意。族老說這些日子為了寫一篇文章所苦，說是自己的視力已經大不如前，躺臥床上就像一隻在樹洞等待祖靈的飛鼠。

我看著字跡端秀的〈我的父親林瑞昌的一生〉一文，族老安祥的說著農會退休之後自己的山野生活，有時候攜妻走到林家祠堂，彎腰將父親身旁的野草拔除，經過街道也試著跟族人招呼寒暄。言談之間，我已經看不到族老在幾年前驚悚的表達某些情緒，那些關於一九五四年冬末的記憶似已沉澱在大嵙崁溪底，成為一顆顆堅硬的鵝卵石。我還記得族老與族人穿過冬天的早晨來到都城的談話，他們的神色在街道中顯得過分持謹，到了嗎？聲音似乎來自朔風之中，之後他們又再度靜默疾走，來到亂葬崗的道路旁，招引白幡的陰冷之門宛如鬼魅襲來，他們在水池中各自尋找自己的父親，找到之後親手安靜地燒焚親人的軀體，以年輕的十指親自耙梳父親留下的骨灰，發出暗啞的默禱聲，然後安穩的裝在一方罈中，他們按照族中的誓詞說著：爸爸，我要帶你回部落了。回到羅浮回到長興，沒有人知道他們的父親也回來了，族老說那一年的冬天可冷極了。

初春離冬季的記憶其實並不太遠，大嵙崁溪兩岸的綠竹昂揚挺秀，我感覺山村安謐的風景適合族老安撫著曾經激動的心室，族老緩緩推移一封寄自日本友人的來信，信裡夾雜一篇談論皇民化下台灣高砂族「先覺者」的文章，直指族老父親的婚姻為「政略婚姻」，是日人統治高砂族的「協力者」，反過來說，就是族人的「走狗」與「原奸」。為什麼不來採訪我呢，我一直在陪伴著父親啊？族老只說了這麼一句話。

吃晚餐時族老無法上桌，在臥室一角以自製的餐桌進食，春天的陽光開始黯淡下來，室外的黑夜就竄進來緊緊的擁抱孤獨的老人，Yada（族語，對女性長輩的稱呼）頻頻勸食，族老在室內默默進食。在昏黃的視野裡，我以為樂信・瓦旦乘著暮色回來了，他的神情顯露出猶豫與進退兩難的困境，當他決定扮演著收繳族人槍枝以換取族人迎向現代化的空間時，是否想到自己的命運其實已經交由歷史的影武者決定了呢！沒有人回答我的疑問，Yada 說吃飯啊想什麼，我收回視線，喃喃的發出自己也聽不到的聲音：好像有人回部落了！

四、山谷迴音

當我驅車行駛於北橫路上已非僅止於想像了，道路沿著溪谷腰部切割而過，遠看像一條創意十足的現代皮帶，這條路百年以前是族人姻親或是物物交換或者是羊腸獵徑，過了不久，隆隆的砲聲使它成為一條方便管理族人的理蕃戰備道，今天，它已經鋪上石油煉製的柏油，我們聽不到昔日砲聲或是迎接子彈的哀嚎，也聞不到獵人肩上獵物淌下的血水乃至於人世間的血腥氣息，它們都掩藏在焦黑色澤的瀝青路面之下，我們看到了初春煥發著白皙花芒的油桐樹，除此之外，綠色的披衣也留下上一次暴風雨肆虐的黃色傷殘，在雲霧隧道的對山，怵目驚心的山崩見證了大自然的力量，一條黃色泥路攀爬其上有如游絲，再遠一點就是色霧鬧部落，那裡也有一位報導人，今日恐怕無法登上，我還是選擇先越過高坡來到後山的高義。

幾年前初次來到高義是滿心期待要去見一九七三年的「隊長」，隊長曾經代理過國小校長，那個年代要成為校長是要一點手段的，角板山的族老說著，復興鄉充斥著東北客（大陸滿洲人），因為他們聽得懂日語，很多人就藉著傳送莫須有的戰功獲致功名，以後，我們的族人也參與了密報獎金的誘人遊戲。隊長後來以組織游擊隊謀反政府的罪名關了十三年，判決書說他是游擊隊的隊長，武器、部隊藏在阿里山。在高義，族老的二兒子神情嚴肅的充當翻譯，族老的話其實不多，顯然政治的空氣不願使族老開口，談到武裝游擊隊一事，族老苦笑著，我最遠只到過桃園，就是他們帶我走的那一天。

在上高義是第二次見面，我特意邀請隊長到「副隊長」家中，入夜後我們開始喝著驅寒的酒，對面的上巴陵燃起燈火點點，十一月末的空氣始終徘徊門外，族老幾次欲言又止，後來都被他擰成顫抖的酒液塞回肚腹之中，面對著承認自己是密告者，恐怕非常人所為吧！離開上高義，我寧願讓十一月的冷空氣擊滅，也不忍見到族老頂著歷史形成的冷鋒。

幾日來的冷鋒終究遠颺北台灣，車抵高義，在山坡上搭建的小部落一如往常，溫潤的空氣瀰漫山間，我熟悉的找到一節石階走下，有人坐在石階走道上閉目養神，走近身旁酒氣襲人，他抱著什麼東西睡著了，我走下，仰著頭看望，喚了一聲族老的名字，軀體動了起來，懷裡一條老狗緩慢溜下，果然是族老。我說怎麼睡在這邊，要不要扶你進屋。族老瞇著眼，你來啦！孩子，我在等你啊！我的兒子都在桃園，我留下來照顧老家。我知道，我說還是進屋睡個覺吧，太陽很快就要下山了。族老不肯離席，突然大聲的問你的爸爸媽媽是什麼人，你的祖父母有沒有刺青，我說有刺青，我們是泰雅族人。對啊！族老說著你是泰雅族我也是泰雅族，我的爸爸媽媽都有刺青，孩子你說，我是誰？我會是共匪嗎？我當然知道我們是同族人，泰雅族與共匪顯然相差十萬八千里。族老真的醉了，族老緩緩的將頭顱枕在膝蓋上，很快的就發出沉悶的鼾聲。離開石階，我暗自垂想族老也許不會記得這一次的見面，剛才的談話不過是說給尋常的山谷聽的，或許，只是說給自己聽的吧。偏斜的陽光照耀著對山，我對著族老俯視一眼，突然覺得黑夜很快的降臨在石階上，我的視線輕輕的搖動一下，石階上的老人卻隱沒在夜色的幕帷，老人彷彿消失在大寮崁的山谷中了。

在雪霧隧道邊停車，對著高義的方向望去，黃昏已經席掩而至。我隨意的抽取書本，隨意的翻閱《台灣第五回高砂義勇隊──名簿、軍事貯金、日本人證言》一書，此刻我希望書中的名字爬上我的手臂，穿越我的鼻息，營造一幕幕歷史的影像，我看到安川新一、高田安二、福田　實等各郡族人的名字，他們錯列橫置，共同擁有遠赴南洋的命運，共同被記載在一紙黃色的簿紙上，松山誠治、米田正夫……我大聲對著山谷吼著，古山義雄，山谷次第回答：義雄……，石橋正夫、深谷安吉、有村……山谷再度傳來：安吉……的回聲，深谷安吉，這不是我要找的先覺者嗎？我找到了，我終於在第五回高砂義勇隊的戰歿名單上找到深谷安吉，原來族老早已跟隨我出入部落幾個月之久了，我終於忍不住對著降下夜幕的山谷喊著，深谷安吉……這一次，歷史的山谷沒有任何的回聲，只有心臟的跳動聲從胸臆間跳出：咚咚咚……咚咚……

──第一屆台北文學獎散文類首獎

──《迷霧之旅──紀錄部落故事的泰雅田野書》，晨星出版社

◆作者簡介

瓦歷斯・諾幹，曾用漢名：吳俊傑。台灣原住民 Atayal（泰雅）族，一九六一年出生於雪山山脈南緣的 Mihu 部落（隸台中縣和平鄉自由村雙崎社區），屬 Pai-peinox 群，人類學分類稱「北勢群」。

台中師專畢業。曾任教於台中縣和平鄉自由國小、中興大學中文系。一九九〇年起主持台灣原住民文化運動刊物《獵人文化》及「台灣原住民人文研究中心」，近正籌劃原住民文學館。創作涵蓋詩、散文、評論、報導文學、原住民人文歷史等，近期嘗試小說創作。曾獲時報文學獎、聯合文學小說新人獎、聯合報文學獎等多種。瓦歷斯從一九八三年開始發表詩作，一九八五年之後，才真正找到自己的文學依歸，創作力因而逐漸豐沛。曾出版詩集《泰雅孩子・台灣心》、《想念族人》、《山是一座學校》、《伊能再踏查》，散文集則有《永遠的部落》、《戴墨鏡的飛鼠》、《番人之眼》。

◇作品賞析

瓦歷斯・諾幹最早的散文集《永遠的部落》，是以校園時期「柳翱」的筆名出版，十足的青澀味道，但其中〈說起崩落中的族群〉一文，可以說是關注弱勢民族命運的先聲。《戴墨鏡的飛鼠》才逐漸找到書寫的方向：黑色幽默，帶點魔幻寫實的場景，嫻熟應用泰雅語言。《番人之眼》則從原住民的觀點看世事，以獵人捕捉飛鼠的銳利的眼光，穿透文明與荒野的界線，傳述來自山海部落的原住民心事。

達悟族的夏曼・藍波安走向海洋，以部落與族人的生活場景作為他文學生命裡獨特的文化資產，相同的，泰雅族的瓦歷斯・諾幹走向山野。但他們也都經過一番掙扎、洗滌、轉化、拋除、蛻變，或許這是所有原住民作家都要經歷的陣痛，吳晟曾以這樣的掙扎探討原住民作家的抉擇、醒悟：「若非經由漢人知識分子的養成教育，瓦歷斯有可能成為具有原鄉認知、並為我們熟知的詩人嗎？成為一名知識分子的教育過程，無論是生命樣貌、思維方式，已型塑了多少泛稱的漢化？必須花費多大力氣，才可挽回多少原住民的質素呢？瓦歷斯曾說：『我是整個泰雅族埋伏坪部落當中，詩味表現最糟糕的一個。』我們可以想見瓦歷斯對老輩族人的崇敬，也可以想見他自覺到被漢化的包袱。」

瓦歷斯不只是為泰雅部落、為原住民而發言，他從泰雅部落、原住民開展的胸襟，懷抱著整個台灣島嶼，整個台灣人民。路寒袖曾言：「他的關懷來自血緣的島嶼之愛，是以超越了弱勢族群慣常的悲憫哀歌，進而氣壯無懼的挑戰威權、批判偽善。」

〈人啊！人〉不同於隱地的同名作品，隱地的〈人啊人〉是語錄式的格言體，人生思考的結晶；瓦歷斯的〈人啊！人〉則是沉痛的政治迫害的訪查與探詢。

白色恐怖時期的高壓統治，受害的對象是全島的台灣人民，無論河洛人、客家人、原住民、外省族群，全都籠罩在這樣的陰影裡，即使所謂解嚴之後，人民心中還有一個警備總部，敢怒不敢言，真相從未真正大白。一般追訴白色恐怖的政治迫害，焦點一直放在河洛人、客家人身上，原住民、外省族群往往被忽略，瓦歷斯的〈人啊！人〉適時補足這樣的缺憾。原住民在台灣，未能同享台灣的龐大資源，受災受害時，卻要一起承當，台灣對原住民顯然欠缺一份公道。

瓦歷斯這篇〈人啊！人〉旨在控訴國民黨執政時的不當，我們閱讀時隨他穿越山林，也不免帶著一份驚懼。山林的陰冷、神祕，彷彿回到白色恐怖期的冷肅、驚惶。

◇延伸閱讀

1. 林水福，〈台灣原住民的散文——剖析《永遠的部落》〉，《中華日報》一五版，一九九七年九月三十日

2. 魏貽君，〈地牛踩不斷的番刀——試論瓦歷斯・諾幹九二一地震前後的部落發聲策略轉折〉，《台中縣作家與作品論文集》，台北：行政院文建會，二〇〇〇年十二月，頁二三五—二七一
3. 廖炳惠，〈原鄉的呼喚〉，《中央日報》一八版，二〇〇二年四月十八日
4. 尹象菁，《原住民文學中邊緣論述的排除與建構——以瓦歷斯・諾幹與利格拉樂・阿嬇為例》，台中：靜宜大學中文研究所碩士論文，二〇〇二年七月
5. 瓦歷斯・諾幹，〈親近或者疏遠——我的報導文學創作經驗〉，《二〇〇二年兩岸報導文學之發展與未來研討會手冊》，宜蘭：佛光人文社會學院文學所，二〇〇二年十一月，頁四

梳不盡

鍾怡雯

每增加一個背包，我就順手多買一把梳子。梳子，而非衣服或鞋子，變成背包最緊要的配件，雖然不倫不類，我卻頗為自己的小聰明而自喜。因為健忘，出門常常漏帶東西，加上會拖，老是最後一刻才奪門而出。總是人在外面，才發現缺錢包缺梳子，或是少了髮夾手錶。

沒有髮夾，就放任頭髮追風。吃飯時只好不嫌麻煩，一次又一次的把頭髮掃到腦後。至於手錶，託忘戴手錶的福，遲到還可以臉帶微笑，毫不愧疚的說出理由。缺這兩樣，生活不會大錯，也就容易一忘再忘。錢包最麻煩。當然每個背包都可以放錢包，卻無法在每個錢包複製一張駕照、提款卡或者健保卡。還好，這種不可忘記又不能替代的重要東西，也只有一項。

剩下梳子，算是髮夾的替代品，可又不像髮夾收拾了頭髮還賴在頭上。它收服追風的髮，像個安分的婢女，把主人打扮得體便退隱，因此無妨多買幾個。我喜歡扁梳，像啃淨的魚骨頭，不佔空間又便宜，丟了也不心痛。去年十月兩個妹妹來小住，發現梳子簡直像我身上取下的肋骨，走到哪貼到哪。進了洗手間，她們先辦正事，而我先找梳子。

於是她們不忘隨時嘲諷我。二對一的辯論，後來竟是我佔了上風。非辯之罪，而是事實勝於雄辯。兩個古怪機伶的妹妹，最後敗在一個懶人的頭髮之下。我告訴她們，我服膺每天梳髮一百下的鐵律，雖不能確切實行，心嚮往之，因此時時記掛。如此可以結實手臂，並且促進頭皮的血液循環，烏髮兼美臂，一舉兩得。唐朝神醫孫思邈說的，養生要法之一，是備一把「百齒梳」。她們一個染髮，一個削髮，不折不扣的黃毛丫頭，瞄一下我的頂上風景，只好認輸。

然則事實並非如此，我是道地的知易行難。仔細算過，出門時，梳髮次數可達五十，在家則不及二十。起床後把睡亂的髮梳服貼——大概只要十下，接著把頭髮像扭抹布一樣轉幾轉，折成數段，拿個大夾子一別，不必照鏡子，就可以把頭髮打發妥當。

我披著一頭懶髮。懶剪，便任它放肆的長。圖打理方便，於是不燙。每天洗頭，就讓它自然風乾。雖沒有特別照顧，也絕不損壞它。請你相信我，不必花錢去護髮，那只會寵壞它。大學時一位學姐，為了養那頭長髮，她一星期打工三到五天，每小時四十元，每個禮拜護髮加洗頭，就去了三四百。被寵壞的頭髮從此驕縱成性，只要一個星期不管它，光澤立刻消滅，細看還毛毛燥燥，脾氣很不好。

很多人以為照顧長髮費時費力，其實不然。越不在乎，它就長得越好。我沒有胡亂編派，讀過一篇叫〈種樹郭橐駝傳〉的古文嗎？為什麼郭橐駝能把樹種好？訣竅就在「順木之天」。別人種樹都愛護太甚，時時撫它搖它，雖曰愛之，其實害之。只有郭橐駝給足生長的基本條件，就放任它成長。樹反而繁茂壯碩，結實纍纍。養髮如養樹，真的要照顧，我寧願多吃一些何首烏，養於內勝過養於外。

中醫深信髮乃血之餘，又說腎之華在髮，只有血足腎固才會有美髮。何首烏一大包兩百元，功能養血烏髮。《本草綱目》記載，當初命此藥名的人姓何，見這種植物入夜即葉合，認為是靈草，因此服食根莖，於是頭髮愈黑，而身輕體壯，於是名之為首烏。當然像我這樣喜歡追根究柢的人就會問，含羞草到了晚上也把葉子合起，他為什麼不吃含羞草？又怎麼知道要吃何首烏的根莖，而捨棄被視為有靈氣的葉片？

這些小疑問很快就被另外一個問題轉移了目標。那天我正埋首沈從文的《中國古代服飾研究》，突然靈光一閃，奇怪呀，為什麼古人不分男女都蓄髮？即使在清朝，男人剃了半個頭，腦後也還得拖著一條長辮。沒有自來水也沒電流供應的古代，剪短髮，或乾脆剃個光頭多省事，免吹免洗，也省去打水擦頭髮的繁縟。何況那頭長髮，還得上髮膏。《詩經》不是說，豈無膏沐，與子同澤？周公忙得連吃飯沐浴的時間都沒有，洗個頭也要被打斷三次，每次都得握著濕淋淋的頭髮出來會客，按照老人家的說法，這樣可是會「頭風」的。

留髮的意義何在？身體髮膚受之父母不敢毀傷的遺訓嗎？這是我的自答，其實是另一個疑問。總有修剪的時候吧？什麼時候剪？剪幾吋？統統不知道。

書到用時方恨少，印象中所讀所考都是一些知易行難的形而上大道理，譬如修身養性，或者一些被稱為「大事」的祭祀打仗。世俗物質與小老百姓的生活細節，特別是女人的種種，相較之下，實在太少。偶從詩歌裡讀到梳妝打扮的描寫，雖是小小的碎片，也像撿到寶。

大年初二晚上，快十一點了，我還找不到「古人為什麼留長髮」的答案。決定去吵老師。老師的聲音有點沉，顯然已被睡意浸泡著。我立刻先發制人，老師，你還沒睡吧？嘿嘿，這不是廢話，睡著也被吵起來了。老師以為我突然記起要給他拜年，沒想到卻丟去一個他也從來沒想過的問題。他沉吟許久，電話那邊不斷傳來鞭炮聲，最後他竟然說，妳找到答案再告訴我，我要睡覺了。這招高明，拆招於無形，且理所當然把問題再丟回給我。六十幾歲的老先生說要睡覺，學生哪敢說不？只好掛電話。查了《儀禮》。跟「髮」相關的資料就有三百三十筆，逐筆看下來，不到三分之一我就暈眩想吐。令人沮喪的是，這一百筆的資料全沒提到核心問題。我不想再查，起身找起士餅乾。嘴巴在動，手和腦也沒閒著，邊吃邊翻讀過的資料。《禮記》說女子十五而笄，那是以簪束髮，表示成年。

婦人束髮，最早可以追溯到燧人氏的時代，用羊毛繫縛再紮起，以竹子或荊梭當笄，貫其髻。束髮的羊毛必然要搓揉成繩吧！這樣才牢固。至於髻髮，起初一定不是為了美觀，而是方便，遂以隨手可得，大自然裡的植物為簪。唸碩士班時，有位同學竟能以筆為簪，輕易把長髮綰得一絲不苟，根本不必梳子也省下髮夾。雖然她穿著打扮時髦，我卻以為她頗有古風。小睡時弄亂的頭髮，捲幾捲，拿枝筆順手一插，就是整齊好看的髻。她教過我，我手拙，始終沒學會。收不服的髮絲，過一會兒便告瓦解，只好歸咎長了一頭忤逆的髮。

披頭散髮做起事來多不方便，妨礙視線之外，吃飯喝湯時，說不定還會嚼到飄散的髮，那可是以假亂真的髮菜。因此後來我發明把頭髮當抹布對待的捲法，也為了不妨礙做事。我以自身的處境替古人設想，留髮梳髻，頭髮大可一年一剪，不像短髮要常修，其實反而省事。何況古人喜歡豐厚黑髮，因此稱髮為烏雲，髮髻為蟠龍。頭髮越長，可盤的髻變化越多。對女人而言，以前大概沒什麼特別好玩的娛樂，不外梳妝打扮、撲蝶撲流螢、繡花盪鞦韆。在長髮上變花樣玩，也算是消磨閨中苦悶的好方法。這是我的推測，實際情況如何，就交給民俗學家考證去吧！

我也喜歡豐厚黑髮，不過對於漢代流行的高髻，實在不敢苟同。當時的童謠是這麼唱的：「城中好高髻，四方高一尺」。一尺高的髻，首先就得有厚重的髮量，因此得借助假髮，先盤成螺旋狀，下大上小，髻中得插支撐的柱，沒有戴慣的人只怕會步履踉蹌。別忘了，假髻還得添上飾物，譬如金步搖或是髮釵，打扮妥了，就像頭上栽了一棵很有分量，精彩繽紛的聖誕樹。走起路來花枝招展，危危顫顫，其實是重心不穩和努力平衡的結果。出嫁時，還得再加高一尺，兩尺高的髻插上六枝沉沉的銀釵，無法想像怎麼走路。當然這是富貴人家的女人，換成是平民或勞作婦女，這種純觀賞的髮式就不合用了。

〈陌上桑〉那位機智的羅敷，梳的是倭墮髻，又叫墮馬髻，側在一邊，似從馬上摔下之狀。我十分欣賞這位採桑女的形象，倒不是因為她勞作不忘打扮。黃衣紫裙固然艷美，但是不如一個鬆鬆的髮髻，帶出嫵媚而慵懶的情韻，諧和著春天的氛圍和節拍。春天，不就是讓人偷懶鬆懈的季節？我向來不喜歡把頭髮抿得一絲不苟，俐落過度，便給人一種過於正式的拘謹印象。

就像抹髮油的男人，不是土氣得可笑，就是油脂得可憎。我偏執的認為，只有兩個男人抹起髮油來是好看的，一個是周潤發，另一個是華倫鐵奴。這兩人太有型，連髮油那麼不討喜的東西到了他們頭上，都要轉變特質，妝點他們的氣度，塑成自身的一部分，好像那種髮式就該他們專屬。周潤發有點傻氣的笑容，硬是讓光可鑑人的頭髮，變得一點也不脂粉。

我自小在髮油味中長大，父親每天清晨洗完澡，都抹brycream牌的髮蠟。父親管那收服他一頭自然鬈髮的東西叫髮蠟。這個名稱令人想像它會塑出又僵又服的髮型。藍綠色的髮蠟，不論老少，從老師到小學生，都抹這種味道很重，又極普通的東西。如今回想，那味道確實太濃，其實有點難聞，絕非令人愉悅的味道。後陽台那兩盆繁茂如小型雨林的薄荷，就老令人想起brycream，或許髮蠟裡有薄荷的味道？它漸漸的有那麼一點懷舊的意味。但是，這東西也只合懷舊，我可不愛那種油膩的髮型，枕頭會留下可怕的污漬，以及噁心的味道。

家鄉老一輩的女人都抹髮膏，也多梳羅髻。像魚網一樣的黑網，簡單素樸，安分收住長可及臀的髮，網住這些女人的一生，網不住的是花白的髮。她們不用brycream，而是一種液狀髮油。雜貨店有賣，很便宜。瓶子瘦長，標籤上有個笑得很甜的俏女郎，兩條長辮垂胸。外婆生前就用這種髮油。和她不親，連姓名都不知道，就只記住梳髮的工具。單憑這點我就肯定，即使再唸一輩子中文系，也不會著迷於心性之談。我的生命記憶時而攀附氣味，時而依賴物體，徹底為物所役，倘若氣味與物體俱亡，記憶也將壞毀。

關於外婆的記憶，也只是氣味和物體。那氣味泰半來自髮膏和漿洗過的衣服，或者一個星期洗一次的長髮。她還有一把厚實的木篦，長著細密的齒。用了幾十年的老東西，被手澤髮膏潤得滑溜，而且齒牙動搖，有一兩處和外婆的頭髮一般疏落。一直想不通，髮既已稀，何不改用梳子？那背後必然有故事吧。如果可以，我想保留那把古拙的篦。當然不會用它，只是習慣留下活過的物件，撿拾生命的痕跡。譬如上回返家，搶得父母親結婚時的老床單一角。連母親都想丟棄的垃圾，卻讓我帶了回來，和首飾收在一起。

外婆在我來台前半年過世，我沒有奔喪。大年初二，只有母親匆忙帶著兩個妹妹北上，父親請假隨後再回。大學時讀到黃庭堅的詩句：「客心如頭垢，日欲撩千篦」，想起外婆梳髮的情境，以及，那枝老舊的篦。

後來才知道，梳和篦的功用不同。李漁說，善梳頭者，用一百錢買梳子，用一千錢買篦子，梳順髮，篦以除垢。顯然古人不常洗頭，因此積累的塵垢，需要一把細密的上好篦子。按照我的推斷，長髮易髒，久不洗，易滋長頭蝨。或許，那密齒也可梳落吃得太肥的蝨子吧！至於尖細的簪，不只可以髻髮，也可取下搔頭抓癢，杜甫不是說「白頭搔更短，渾欲不勝簪」？講究點的人家還分樿櫛和象櫛。樿櫛是白木梳，頭髮濕滑時用；乾而澀，則用象牙梳。梳子不嫌多，求其有用而方便，這是聰明的用物原則。

不論是梳髮去垢或搔癢，畢竟是梳子的正常用途，用以治病，卻接近天方夜譚了。李時珍《本草綱目》記載的那幾句話，我前後讀了不下十次，不敢相信自己的眼睛。

你以為梳子能治什麼病？當然跟蝨子有關。李時珍引一個叫陳藏器的人說法：「蝨病，煮汁服之（梳篦），及活蝨入腹為病成癥瘕者」。接下來他收錄的附方，是「敗梳敗篦各一枚，各破作兩份，以一份燒研，一份用水五升煮，取一升調服」。千真萬確，原文也十分白話了，就是用舊梳舊篦各一枚，各分作一半，以五升水煮，喝一升，即癒。李時珍白紙黑字寫下的。如果單只這一條，可能是誤錄，但接下來的幾帖藥方，則表示以上所述非個例。

總而言之，凡是「不通」的，都可以用梳子「梳通」，方法都是用木梳燒灰，計有「噎塞不通」（噎到）、「小便淋痛」（這個不必解釋吧）、「髮哽咽中」（頭髮哽到喉嚨，那一定誤當髮菜食用）。乳汁不通，配合內服通乳藥，外用木梳梳乳周百餘遍。還有一條，和「通」無關的，是治霍亂。方法也是敗木梳一枚，燒灰，以酒代水服食。另外，蜜蜂叮螫，以熱木梳熨傷處；狗咬傷，亦以木梳煮水食之。

你，相信嗎？我好奇的是，這些醫方，確實有人服過，並因此而病癒？這個發現，讓我不得不對《本草綱目》另眼相看。這哪是醫書，簡直是傳奇或志怪，像小說者言了，尤其我服膺藥食同源的道理，常自行調理中藥，為此多少有些憂心。

綜合這些藥方有兩個特徵，一是梳篦要舊，二須是木的材質。不知道關鍵在哪。我用的扁梳質材計有木、牛骨、塑膠合成，多半來不及變舊，就莫名不見。即使真能治病，也絕對找不到舊梳煮水。我倒有一枝用了五年的舊髮夾，那年剪了短髮，見到這枝鑲著亮珠子的髮夾，還是決定買下，耐心等髮變長。用了兩年，亮珠落盡，黑絨毛逐次剝落，露出半鏽的鐵骸。我便不好意思再戴出門，可是，只要在家，我就用這枝又舊又大，卻最舒服好用的破髮夾。

那麼，我的梳子們去了哪？一些陌生地方，譬如旅館，或者馬來西亞兩個家的某個角落。百貨公司、餐館的洗手間；計程車的座位上，火車的甬道間。像是孢子，四處散落。可以預見的是，這個譜系會隨著時間，無限蔓衍。

——《我和我豢養的宇宙》，聯合文學出版社

◆作者簡介

鍾怡雯，廣東梅縣人，一九六九年生於馬來西亞。台灣師範大學國文研究所博士，曾任《國文天地》雜誌主編，現任元智大學中語系教授。曾獲中國時報文學獎散文首獎及評審獎、聯合報文學獎散文首獎、九歌年度散文獎、吳魯芹散文獎、梁實秋文學獎、華航旅行文學獎、中央日報文學獎散文獎、星洲日報文學獎散文推薦獎及首獎、新聞局圖書金鼎獎等。著有散文集《河宴》、《垂釣睡眠》、《聽說》、《我和我豢養的宇宙》、《枕在你肚腹的時光》、《路燈老了》、《飄浮書房》等。

◆作品賞析

早期的鍾怡雯沉湎在她原鄉的雨林地景，南洋的生活圖景，蘊含深厚的人文情感，歷史文化的關照。後來她毅然離開，選擇一些不起眼的生活素材，增加語言的敘事性和趣味性，發掘平淡中的理趣，以語言釀製詩的質感，進而創造一個遊刃事理中的靈魂。有時還專注於日常生活的構成事物：化妝品、首飾、家具、跑車、還有寵物與纏人的病痛，記下作者以靈魂豢養自身的宇宙，有著女子的細膩與鍾怡雯獨有的時空觀照。

同是散文家的簡媜如此稱許：「豐沛的想像與獨特的敘述魅力，使尋常事物展露異彩，鍾怡雯無疑地是新生代中極亮眼的散文新星。她的潛力足以呼風喚雨。」詩人焦桐則以為：「鍾怡雯散文心思細膩，構思奇妙，通過神祕的想像，常超越現實邏輯，表現詭奇的設境，和一種驚悚之美，敘述來往於想像與現實之間，變化多端，如狐如鬼。」顯見童年生活的馬來西亞經驗，應該提供了不少神祕場景與幻想空間，因此，鍾怡雯與她的夫婿陳大為，曾合力主編《馬華當代詩選》、《馬華當代散文選》、《赤道形聲：馬華文學讀本》等書，為建構馬華文學經典、崇升馬華文學地位而努力。

〈梳不盡〉寫的是寫不盡的梳與篦，〈梳不盡〉的梳是名詞的梳篦，也是動詞的爬梳，千回百轉，爬梳不盡的篦與梳。

運用歷史掌故，穿插日常經驗，有時不妨炫學，有時不妨炫才，都成全了一篇風馳電掣的散文，而且還預告：「這個譜系會隨著時間，無限蔓延。」

凡常通俗，可以通俗到買背包加買梳子這樣凡常的女性瑣事；無稽無聊，可以無聊到吵問老師「古人為什麼留長髮」這樣無稽的生活餘事；旁蒐網羅，可以在《儀禮》中來回蒐羅三百三十筆其細如髮的資料；尋奇探祕，可以深入《本草綱目》中來回尋探敗篦敗梳如何梳通食道尿路。知性與感性兼具，俚俗與禮俗通吃，使尋常事物展露異彩的鍾怡雯，會將散文的譜系在無限的時間裡無限蔓延。

◇延伸閱讀

1. 賴佳琪，〈鍾怡雯：寫作和真實應該分開〉，《文訊》一三七期，一九九七年，頁四八—四九
2. 辛金順，〈烏托邦的祭典——解讀鍾怡雯《河宴》中的童年書寫〉，《中國現代文學理論》九期，一九九八年，頁一三一—一四四
3. 余光中，〈狸奴的腹語——讀鍾怡雯的散文〉，《聯合報》三七版，二〇〇〇年七月十七日

4. 李奭學，〈散文哪吒〉，《中央日報》一八版，二〇〇一年七月十二日

5. 唐捐，〈吾貓即宇宙，宇宙變寵物——《我和我豢養的宇宙》〉，《中央日報》一五版，二〇〇二年七月三日

6. 徐國能，〈安樂之書——評《我和我豢養的宇宙》〉，《聯合報》二三版，二〇〇二年七月十四日

月桃

利格拉樂・阿𡠄

沉悶鬱熱的四月下午，天空像一塊手染的布帛，東一塊西一塊的烏雲，悠悠盪盪地在低空中游走，沒多久，大地的盡頭轟然響起了一聲巨響，長空中出現一道令人心驚的裂痕，宛如世界末日來臨般，連一向聒噪的樹蟬，都在同時噤住了聲音，在熾熱的嘉南平原，午後的雷陣雨恆常便是以這種霸氣的姿態出現，就像南部著名的烈陽般，不讓人嘗到它的厲害是不會輕易善罷甘休的；果然，不到一根煙的時間，斗大的雨滴從陰暗的天空落下，氣勢磅礴得就像大自然合奏的交響樂曲，久久令人無法呼吸；我就這麼站在家屋下，讓大自然懾去我的靈魂。

不經意的，瞥見一雙雞爪似的雙腳，條溝般的皺褶，告知眾人它曾歷經滄桑，此時它正躺在屋簷下任由大雨沖刷，像是要藉著雨水的清洗，將附著在腳上的污穢全部淋去，到底是哪一個老人家啊？這般隨興的在大雨下，將雙腳歸還給大自然，盡情地享受著雨水的沖洗，心裡浮現出問號，悄悄地，我將眼光以與雨水反向的角度一路往上爬升，剛到小腿處，浮現眼簾的是一個接一個的小人兒牽著手跳舞，那是排灣族刺繡中常見的圖案，也是排灣部落中最典型的舞蹈表現方式，一顆顆直徑不過一釐米的各色珠子，竟然能夠排列出活潑生動的圖形，可見這件衣裳的主人功力不凡，仔細端詳，那些在黑絨布上狂歡的小人兒似乎正對著我笑呢？

在小人兒頭上的，是一大片無止境的黑，直到小腹，就像南部的夜空一般，黑得純淨，連一顆星子都沒有；儘管布上已經有幾處因為長久的穿著而顯露出磨損，卻仍可從它餘留的色澤裡，看出這塊黑色絨布當初必定有著上好的質感和光彩吧！在夜空的襯托之下，於是那蒼白的大手就顯得有些突兀了，就像此時正在地上讓雨水滋潤的雙足一般，這雙手也佈滿了歲月所留下的痕跡，不同的是，在粗糙的手背與指節上，有著代表身分的刺青。

刺青，在原始社會中常常是含有勇氣與美麗的雙重意義；在人類學上，它另外有一個專有名詞稱作「毀飾」，從字面上解釋，便是一種傷害身體的裝飾，不同於外加的裝飾品，正好與它在原始社會中所蘊涵的深層意義不謀而合。排灣族的刺青，與社會制度有著密不可分的關係，在以往，刺青常是部族中的貴族或具特殊身份的族人才能享有的至上榮耀，且不同圖案的組合也正代表著不同層次的人，就像家族徽章一般神聖不可侵犯；在雨簾中，老人手上的刺青模糊無法辨識，隱隱約約中只能見到靠近手腕部份，菱形與線條交錯地浮現，用來上色的藏青據家族中的人說，是自煮食的大鍋鼎下刮下來的，在染料尚未發明的當時，是最好的天然色素。

老人此刻手握著一塊十字布，許是年紀老了吧？排灣部落中的女性是不屑使用這種十字布刺繡的，只有能夠將微小的珠子縝密地排列出各種家族圖騰，才有可能獲得族人眼中發射而出的讚美眼光啊！「那是小孩子們練習用的玩意兒呢！」我曾經不只一次地聽到這樣的戲謔語，但是當我仔細地看著老人所繡出的圖案時，竟然帶給我深深地震撼與莫名的感動，隨著她雙手優雅的擺動，一來一往中，一條活脫脫地百步蛇赫然出現眼中，昂首吐著蛇信的百步蛇身，正靈活地纏繞在她手中那塊十字布上，若不是老人優雅的手勢制止住它，那尾百步蛇似乎隨時都會自黑布上一躍而起，攻擊在一旁偷窺的我……。

不知道什麼時候，天空將暢快淋漓的雨水給止住了，混合水氣的大地，發出陣陣難聞的霉味，想必是這場雨水已徹底地流進地表的心臟，稍稍紓解了燥鬱的地熱。氣候的變化似乎對老人起不了任何影響，她依舊老神在在坐在屋簷下進行她的刺繡工程，殘餘的雨水順著石板「滴答、滴答」的落在地上，也同時落在老人家的腳背上，只是專心刺繡的她，渾然不覺那惱人的雨滴，望著她的雙手，一針一針來往的動作，像僵化的機器反覆操作，我想，除了刺繡外，她必定還想著什麼事情吧？

也許是累了，老人家放下了手中的十字布，非常用力地伸了個懶腰，伸手探了探背後的網袋，變魔術似的拿出一對小米春，我會心地笑了笑，原來老人家嘴饞想吃檳榔了，看她熟練地將檳榔、石灰、老藤依序放進小米舂中，大手一蓋，便這麼慢慢地磨呀，幾串深呼吸之後，老人將磨檳榔的木棒放在口中舔了幾下，發出一聲滿足的呻吟，隨即便把磨好的檳榔汁與殘渣一口倒進嘴巴，驚鴻一瞥中，我意外地發現她有一口失去牙齒的牙齦……。

嚼著嚼著，對面小學的放學鐘聲響了起來，配合小朋友步伐所放奏的童歌尚未結束，我已經見到一大群黑壓壓的頭顱出現在眼前，愉快的叫聲竟有些像百年前祖先出草時，衝鋒陷陣的吶喊聲，令我不禁一陣心驚膽顫。「VU、VU」❶一個健壯如山羊的小男孩朝著老人的方向奔馳而來，老人原

❶ VU VU，排灣語，泛稱祖母輩。

來呆滯的表情，頓時顯出豐富的變化，有期待、興奮，還有更多的是長者對晚輩的疼惜；我認得那一個小男孩，是部落中出名的頑皮小孩，雖然如此，他卻很少遭受到長輩的責罵，這與他的家庭背景有很大的關係，因為他的祖母正是部落中的巫婆。

巫婆在部落裡是個重要的角色，據外祖的口述，巫婆幾乎可以操控族群的生死與未來，不論是部落祭典、外交，甚至是小至嬰兒的出生禮，都得由巫婆透過各種儀式的進行，傳達給住在天上的祖靈得知，在遠古一切不可知的時代中，其神聖與重要是可想而知的。這一代的巫婆職司歷史，已經有將近八十個年頭了，跨越了日領與國府二個時期，也同時見證了無數的殺戮與政權的替換，就像個隨時間搖擺的鐘擺一般，始終找不到停歇的一天；已年屆百歲的巫婆，因為找不到繼承人，便一直這樣辛苦又憂心地繼續著部落中的各項祭儀。

在我的部落中，巫婆的產生是充滿奇異的傳說的；家族中的老人家說過，在新一代的巫婆人選出現時，「天定」的人必定會在她生活周遭發現五顆特殊的珠子，至於這五顆珠子長得是什麼樣子？便只有身為巫婆的人才知道。只是，這麼多年來，時間在日月星光的更移中快速地流動，在部落族老與老巫婆的期盼下，新的巫婆人選始終不曾出現；終於在四年前，住在下部落一位中年婦女，被人發現行為舉止有異於常人，原本是被家人認定得了「失心瘋」，請巫婆前去驅魔時，才在巫婆的慧眼下認出是新一代的巫婆傳人，使得原本一向安靜的部落，掀起了一陣不小的風波。

新巫婆的出現，在傳統部落中可是一件不小的大事，這不但意味著將有一大堆關於巫婆儀式的舉行，同時也代表著一個新的部落政權的替換；就在部落族老與巫婆的忙碌籌備中，卻傳來了一個不好的消息，原來，這名婦女來自虔誠的基督教家庭，忠貞的宗教信仰使她無法擔任巫婆的司職，這下子，可真是愁煞了部落的族人了；而最難過的，莫過於年邁的巫婆了。

從期待、興奮到失望，這短短數天的時間裡，巫婆竟像是老了十幾歲般，部落中的每一個人都可以在夜裡聽見她那一聲長過一聲的嘆息，更不用說充斥在她臉上的皺紋有多少了，而極端的憤怒更使得一向聰明的她喪失了睿智的思考，竟然向那名婦女施下了令人恐懼的咒語，使她終身無法擁有健康的身體；此後，便常常可以見到巫婆佝著背的身影，在部落中如幽魂般地晃蕩。

事過境遷一年，巫婆的詛咒像個影子般緊緊地跟隨著那位婦女，使得她的田地就如同她生病的臉色一般，逐漸地荒蕪枯萎，好強的巫婆始終沒能原諒她，據說這與部落即將舉辦的重大祭典有關。

三年前（一九九三年），是部落重要的一年，因為那一年正好輪到五年一度的「五年祭」，這個祭典的神聖意義大於所有的祭典，它所代表的是對於所有祖靈的敬畏與懷思，而整個祭典所進行的時間，更是所有祭典中最長、最累的；年紀已逾九十的巫婆，因為擔心自己無法順利地完成所有的祭程，更擔心這可能是她最後一次主持了，因此早在祭典的前一年便開始籌備著，我漸漸地能夠了解求好心切的巫婆何以無法原諒那位婦女了。

果不其然，巫婆擔心的事情終於發生了，不同的是，這個錯誤並不是巫婆所造成的，而是由鄉公所的官員所惹出來的禍。原因是此次的「五年祭」適逢部落遷村四十週年，體制內的官僚於是想出將祭典與遷村紀念合辦的點子，此舉原是無啥惡意，只是看在一向遵守部落禁忌的族老眼中，這無疑是犯了祖靈所留下來的規矩啊！無奈族老們的抗議聲，因為隔著寬廣的林邊溪，始終無法傳達給鄉公所的官員們，於是只好在巫婆的陣陣祈禱聲中，祈求祖靈們的諒解。

「五年祭」與遷村紀念大會似乎是在一片愉快的和樂聲圓滿落幕，在當天入夜以前，大家都懷疑自己是否太過於杞人憂天，隨著月亮與星子的昇起，族人緊繃的心終於得以逐漸放鬆，就在一夜安睡之後，太陽尚未照到部落時，卻傳來了巫婆病危的消息，就像是晴天霹靂一般，震得族人不知所措，益發讓族人相信這是祖靈的懲罰。

巫婆在經過一個月的住院治療後，終於在族人浩浩蕩蕩的陣容下迎接出院，經過病魔的折磨，巫婆原本羸弱的身體，顯得更加地衰弱了，在子女與族人的關切下，巫婆逐漸地調適身體，於是，在不錯的天氣裡也可以見到她在子女的攙扶下外出散步；約莫經過了半年的時間，在巫婆的召集下，部落中的族老們開了一個緊急的會議，會議的結論是將在近期內重新舉辦一次「五年祭」，以補償對祖靈的不敬，並再次祈求祖靈的原諒；後來部落的確又重新辦了一次隆重的「五年祭」。

這件事是發生在我回部落前二年，二年後，我與巫婆重逢在雨中的部落，我見到的，不是族人口中奄奄一息的巫婆，也不是外祖母所說得失魂落魄的巫婆，反倒是個愉悅又輕鬆自在的老人；我想，她應該已經經過了那一段愧對祖靈的日子，或者應該說，她已經獲得了祖靈的原諒與祝福了；而巫婆臉上的笑容，竟不禁讓我想起開在盛夏的白色月桃，兀自在黑夜中飄送著濃濃的花香，展現她特有的生命與戰鬥力。

——《誰來穿我織的美麗衣裳》，晨星出版社

作者簡介

利格拉樂・阿𡠄，排灣族人，一九六九年生，畢業於大甲高中。早期曾與瓦歷斯・諾幹共同創辦《獵人文化》雜誌，組成台灣原住民人文中心，致力推展原住民文化事務。近期則對原住民運動與台灣女性運動進行交叉思考，以女性運動的角度檢視原運，開始以原住民女性的新身分認同，書寫焦慮。著有散文集《誰來穿我織的美麗衣裳》，《穆莉淡MULIDAN：部落手札》，並編著《一九九七原住民文化手曆》等。

作品賞析

台灣新文學的創作，原住民的聲音極為微弱，原住民女性創作者更為稀有，因此，阿𡠄的出現特別引起注目。阿𡠄的創作特色是以散文形式敘述一則則原住民口語相傳的故事，她自承採用散文形式是因為寫小說力有未逮，邱貴芬卻認為：「把阿𡠄的創作放在原住民書寫及運動的脈絡來看，不用傳統小說形式，似在拒絕小說形式通常隱含的虛構性，暗示原住民弱勢處境的真實，不容文字稀釋。同時，阿𡠄創作的特有結構（傳承一個個原住民女性口語相傳的故事）亦有強調原住民女性集體創作的意味，凸顯書寫的族群位置，與漢人社會作家標榜個人主義的寫作姿態大不相同。」

達悟族的夏曼・藍波安，泰雅族的瓦歷斯・諾幹，他們的身分認同其實是身分回歸，外省籍的漢人父親與排灣族母親混血的利格拉樂・阿𡠄，曾嫁給泰雅族的丈夫，她的身分是複雜且迭經變動的，從所謂的外省人第二代，到原住民，到原住民女性，在族群間不斷地尋找、建構、解構，而後肯認、宣揚。她的文學作品呈現了這樣的痕跡。

〈月桃〉是一篇畫龍點睛式的作品，一路讀下去，五段、十段以後，依然不知道為什麼標題訂為〈月桃〉，明明長篇文字都在描寫巫婆的神祕，何以〈月桃〉為名？一直要到文章最後才知道，這也像我們對原住民的無知，原住民所顯露的神祕，是不是也要到最後一刻才能揭曉？

全篇的旨意在描寫巫婆的神祕與神力，利格拉樂・阿𡠄卻是從天象的變化、雨的沖刷，進入神祕的氛圍，從刺青的「毀飾」漸次了解巫婆的不可侵犯，從小男生的撒野漸次了解巫婆的地位。最後以部落「五年祭」的大事件點出「漢原」文化的相異與隔閡，尊重，才是最該遵循的法則。最後以「巫婆臉上的笑容，竟不禁讓我想起開在盛夏的白色月桃，兀自在黑夜中飄送著濃濃的花香，展現她特有的生命與戰鬥力。」我們期望，這不僅是巫婆的生命與戰鬥力，月桃所象徵的，也是原住民的生命與戰鬥力！

◈延伸閱讀

1. 林奕辰，《原住民女性之族群與性別書寫：阿𡠄書寫的敘事批評》，台北：輔仁大學大眾傳播學研究所碩士論文，二〇〇一年

2. 尹象菁，《原住民文學中邊緣論述的排除與建構——以瓦歷斯・諾幹與利格拉樂・阿𡠄為例》，台中：靜宜大學中文研究所碩士論文，二〇〇二年七月

3. 邱貴芬，〈原住民女性的聲音：訪談阿𡠄〉，《中外文學》二十六卷二期，一九九七年七月，頁一三〇—一

四五
4. 楊翠，〈認同與記憶：以阿𡠄的創作試探原住民女性書寫〉，《中外文學》二七卷一一期，一九九九年四月，頁七一—九七
5. 董恕明〈邊緣之聲——九〇年代台灣原住民女作家阿𡠄研究〉，《山海文化》二一—二二期，二〇〇〇年三月，頁一九五—二一一
6. 簡瑛瑛，〈〈紅嘴巴的VuVu〉導讀〉，《日據以來台灣女作家小說選讀》，台北：女書文化，二〇〇一年七月九日，頁二一七—二二〇

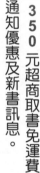

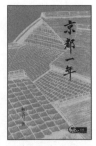